MAYELEN FOULER
En tierra de fuego

Editado por Harlequin Ibérica.
Una división de HarperCollins Ibérica, S.A.
Núñez de Balboa, 56
28001 Madrid

© 2015 María Rosa López
© 2015 Harlequin Ibérica, una división de HarperCollins Ibérica, S.A.
En tierra de fuego, n.º 194 - 1.6.15

Todos los derechos están reservados incluidos los de reproducción, total o parcial.
Esta edición ha sido publicada con autorización de Harlequin Books S.A.
Esta es una obra de ficción. Nombres, caracteres, lugares, y situaciones son producto de la imaginación del autor o son utilizados ficticiamente, y cualquier parecido con personas, vivas o muertas, establecimientos de negocios (comerciales), hechos o situaciones son pura coincidencia.
® Harlequin, TOP NOVEL y logotipo Harlequin son marcas registradas por Harlequin Enterprises Limited.
® y ™ son marcas registradas por Harlequin Enterprises Limited y sus filiales, utilizadas con licencia. Las marcas que lleven ® están registradas en la Oficina Española de Patentes y Marcas y en otros países.
Imagen de cubierta utilizada con permiso de Dreamstime.com.

I.S.B.N.: 978-84-687-6163-3

A mis padres, que inspiraron a dos de los personajes secundarios. Por una vida de superación y ejemplo.

A la familia Sarlé, a mi querida Teresa, a Pablo que fue mi cicerone y a Patricia, por la hospitalidad y el amor con el que me acogieron durante mi estancia en Buenos Aires.

A Adela, por tantos momentos y días que compartimos. Por tu apoyo y cariño.

PRIMERA PARTE

El color fuego de su pelo incitaba a imaginársela...
Un aroma a naranjo amargo lo atrapó.

1

Buenos Aires

Agosto de 1943

Esa mañana El Calafate apareció cubierto por una inmensa capa de nieve que le confería un aspecto de lugar apacible, tranquilo, algo que seguramente se podía esperar de un pequeño pueblo tan alejado de la civilización, casi perdido en los confines de la tierra. Sin embargo, en la habitación de la gran casona a Frank le ahogaba el calor cada vez que miraba aquella maleta, la que se llevaría con él a Barcelona, la que entregaría a su familia política y con la que se desprendería de las cosas más personales de Anna.

La nieve borraría sus pasos al alejarse de la casona como los borró el día en que enterraron a Anna. Parecía que la naturaleza se empeñaba en hacer desaparecer cualquier vestigio del paso de aquella mujer por su vida y su casa.

¿Quién podría acusarle por no sentir dolor ante la muerte de su mujer? Confiaba en que aquel viaje supusiera un antes y un después en su vida.

Buenos Aires le recibió con sus centenarios jacarandás floreciendo. Frank reparó en la fecha del *Buenos Aires Herald*, 19 de agosto de 1943, y en un acto reflejo y sin dejar de mirar los titulares extendió la mano con la plata para pagar al vendedor ambulante. Caminaba sin demasiadas ganas. Las calles de la ciudad comenzaban a cobrar vida. Los limpiabotas, apostados en las esquinas más transitadas, aguardaban a sus madrugadores clientes. Alguna nota de bandoneón sonaba en la lejanía. A su lado, un jovenzuelo empujaba con energía un carrito que dejaba a su paso una estela de olor a cafés y bollos calientes. ¡Eran los aromas y la música de Buenos Aires, el «París americano»!, como lo bautizaron en los felices años veinte. Qué bonito era llevar por primera vez a una mujer a pasear al parque Palermo, inspirado en el Bois de Boulogne, o a la impresionante Avenida 9 de Julio que te transportaba a los Campos Elíseos.

—¡Chico: café y media luna! —pidió. Su estómago le recordaba que no había cenado la noche anterior. Se sentó en el banco, necesitaba tomar un poco de aire. Buenos Aires disfrutaba de una agradable primavera mientras El Calafate seguía viviendo un duro invierno. Le costaba tragar la media luna; tiró de la cadena plateada que mantenía a salvo su reloj en el bolsillo del chaleco y sus espesas cejas se arquearon decidiendo que era hora de moverse.

Mientras se adentraba en la zona de Belgrano, sin darse cuenta su boca se torció en un gesto de desagrado. El barrio alemán de la capital se estaba convirtiendo en una pequeña Alemania, creando Puntos de apoyo (*Stützpunkte*), y Grupos locales (*Ortsgruppen*), llegando incluso a fundar una filial del temido Partido Obrero Alemán Nacionalista. ¡La Quinta Columna de Hitler empezaba a rugir imparable en Sudamérica!

Frank detuvo sus pasos. El sol se reflejaba en la placa del edificio y la leyó aunque sabía muy bien lo que tenía grabado: *Cámara Alemana de Comercio, delegado Herr Otto Stauffer*. Contuvo la respiración un segundo mientras pensaba que esa sería su última gestión antes de partir a España. Subió con agilidad la majestuosa escalinata de mármol que presidía la entrada.

Al otro lado de la calle, el hombre que le seguía consideró que había recopilado suficiente información. Rebuscó en el bolsillo de la americana hasta encontrar un papel que en sus tiempos debió de ser una servilleta y con mal pulso apuntó en él la hora y el lugar. Entornó los ojos evitando la última bocanada de humo y la colilla se precipitó hacia el suelo dejando libres sus manos, que se apresuraron a frotarse entre sí. La mañana era fresca a pesar de los tímidos rayos de sol que la iluminaban. Volteó la solapa de la americana intentando cubrir un espacio más amplio de su cuello mientras enfilaba sus pasos hacia el barrio porteño de Montserrat, hacia la Gran Vía, como a él le gustaba llamar a la Avenida de Mayo.

—¡Frank, amigo! —El hombre se acercaba a él con la mano extendida, acompañándose de un gesto que invitaba al visitante a pasar al interior del despacho—. No sabe cómo siento… —Su español arrastraba un fuerte acento alemán. Sus pequeños ojos miraban con disimulada envidia el aspecto físico del otro hombre.

—Gracias, Otto —contestó Frank secamente. Sus ojos parecían más interesados en el contenido de la mesa del despacho. Sin duda el delegado estaba repasando la prensa del día, pues varios periódicos alemanes cubrían la pulida superficie, entre ellos el *Freire Presse* y el *Argentinisches Tageblatt*, que ocupaban un lugar preferente en aquella selección. Quién lo diría, el mismísimo señor delegado de la Cámara de Comercio con el *Argentinisches,* periódico conocido por sus ideas liberales y antinazis.

El despacho de Otto se había convertido en el mayor santuario de habanos de Buenos Aires, resultaba difícil imaginárselo sin uno de ellos en la boca. El alemán tomó entre sus manos, con suma delicadeza, la caja de cedro donde guardaba su preciado bien.

—¿Gusta, *querrido* amigo? —Frank no conseguía decidir qué era lo que le irritaba más de aquel hombre, que le llamara *querrido* amigo o su modo de arrastrar las erres. Aceptó un habano como parte de la puesta en escena, así decidían los negocios los hombres, fumando un buen puro y con una copa de oporto en la mano. Por suerte para él, la enorme mesa de nogal recién encerada les separaba.

—Hay cinco regiones tabaqueras en Cuba —explicó el alemán—, pero la mejor por su clima es Vuelta Abajo. —El humo creaba una improvisada cortina que escondía la cara de Otto haciéndola aún más inquietante—. ¡Umm…! ¡Divino! —exclamó al tiempo que cedía a su visitante la guillotina con la que cortar la perilla del cigarro. Al hacerlo, Frank reparó en la vitola, pero pronto su atención se centró en la foto de la pared... Ludwig Freude y Juan Perón. El círculo parecía cerrarse pensó, era conocida la simpatía que Perón profesaba a los alemanes y a Freude. Freude era el presidente del club alemán. Sin duda, ellos estarían relacionados con el golpe de estado del GOU.*

—¿Los conoce? —Otto reparó en su interés.

—No personalmente —contestó el inglés.

—Son unos buenos amigos, ya me entiende, buenos para nuestra causa —rio enseñando los dientes—. Se conocieron en Mendoza. Freude, el de la izquierda —señaló—, construye caminos allí y en San Juan para la empresa de Perón.

Frank escuchaba a Otto con toda la atención que podía acumular ante aquel hombre que lucía cada día más orondo. Se adornaba con un ancho mostacho y le gustaba usar anteojos, solo porque creía que le conferirían un aspecto más intelectual, pero ni aun así podía desligarse de su porte de militar alemán con el que llegó tras la gran guerra. La guerra —suspiró interiormente—, ahí era donde él debería estar, en el frente, quizá así pudiera liberar todo el rencor y la rabia que le estaban consumiendo por dentro. Le asqueaba asumir el papel de héroe silencioso, sentado en aquel despacho, frente a una bandera germana.

—¿Decidido en su empresa europea? —La voz de Otto le arrancó de sus pensamientos—. Debe pensarlo bien —hizo una pausa en su discurso intentando entender por qué querría alguien abandonar una vida cómoda, y sin darse

*GOU: Grupo Obra de Unificación. Logia nacionalista que agrupaba a oficiales del ejército y que tuvo un peso importante en el movimiento militar del 4 de junio de 1943.

cuenta se rascó la cabeza—, ya sabe a qué me refiero, en plena guerra. Es peligroso —intentó escoger sus palabras—. Ejem —carraspeó—, verá, quiero que sepa que es incómoda para mí nuestra situación, mi país bombardeando el suyo...

—Nosotros somos hombres de negocios —atajó fríamente Frank, que en su fuero interno se revolvía contra aquel halo de amistad con que el alemán quería cubrir sus relaciones—. Ni aquí, ni ahora, usted es alemán y yo británico, limitémonos a ser unos ciudadanos que viven en Argentina con, digamos —eligió sus palabras—, intereses comunes en Europa. —Se esforzó en evocar algo parecido a una sonrisa, aunque ya no recordaba cuándo fue la última vez que lo intentó.

—Es una forma inteligente de verlo —el alemán respiró más relajado apoyando una mano en su panza y desparramándose en el sillón de piel—, no me *gustarría* que un trasnochado patriotismo interfiriera en nuestros negocios.

—Eso es algo que no ocurrirá. —Frank hizo un esfuerzo por esconder el asco que le provocaba aquel hombre, al tiempo que deslizaba un sobre por la mesa. Otto se apresuró a atraparlo y un silbido de satisfacción fue su respuesta al ver su contenido.

—Su última información merece eso y más —justificó Frank—. Y ahora que sé que conoce a Perón y que él está tan cercano al poder desde su posición en el GOU, aún más. Debe estar atento a todos sus movimientos, en especial si mantiene relaciones con nazis. No escatime en gastos, Otto.

Frank sintió un escalofrío al estrecharle la mano.

2

Barcelona - El reencuentro

3 de septiembre de 1943

A pesar de los días que había pasado a bordo, a Frank el viaje a España le resultó corto, quizá fuera porque temía el encuentro que le aguardaba. Dobló la esquina de la Avenida Diagonal y se paró abandonando por un momento la maleta en el suelo. El rótulo que anunciaba el Paseo de Gracia era casi ilegible, pero recordaba la calle y la casa.

Cargó de nuevo la maleta y siguió caminando. Empezaba a oscurecer, el otoño se acercaba silencioso, una estación que serviría para describirlo a él, un inmenso y frío otoño era lo único que habitaba ya en su interior. El timbre de un taxi-ciclo le despejó, algún coche con ruedas metálicas aparecía en la lejanía, en la esquina un puesto de castañas despedía un calor y un olor a tostado que en ese momento le reconfortó, aunque ignoraba que aquel alimento constituía el único sustento de muchas familias.

Subió con resignación las escaleras de entrada a la casa. Los cantos de casi todos los escalones estaban rotos, el mármol mostraba sus grietas sin tapujos. Sin duda Barcelona había cambiado, la guerra la había cambiado, dejando edificios de los que solo restaban algunas columnas; otros, más afortunados, conservaban sus fachadas aunque redecoradas por impactos de balas perdidas o bombas caídas del cielo. El empedrado presentaba grandes agujeros y la casa, la majestuosa casa, el orgullo de Montserrat, también había cambiado. El jardín ya no existía y la pintura de la fachada había saltado. Le pareció una casa triste... o quizás fuera él el que arrastraba la tristeza consigo. Miró al cielo, ¡solo faltaba que lloviera!

El dedo le tembló ligeramente al tocar el timbre. La maleta a su lado parecía desprender un ardor que le quemaba la pierna, tomó aire y confió en la suerte. Tocó de nuevo, aunque deseó que no hubiera nadie.

En el interior de la casa, Fuensanta se sobresaltó con el soniquete del timbre y, extrañada se dirigió a la puerta. Apenas le había dado tiempo de cambiarse para comenzar a preparar la cena. Tras servir la merienda siempre solía escaparse hasta la esquina con la excusa de hacer sus «mandaos». El miércoles era su día preferido, el día en que llegaban a los quioscos las nuevas letras de las cancioncillas de moda. Ese día había conseguido el último éxito de la Gámez y se pasaba el día tarareando las coplillas y dándole ritmo a las faenas de la casa aunque, eso sí, debía hacerlo en voz baja para no molestar a «la baronesa», que consideraba aquella costumbre poco refinada.

Tocaban de nuevo. «¿Quién será?» No era día de recibir, no era viernes. Fuensanta consultó el reloj de pared al pasar por el pasillo: las siete de la tarde. «¿Quién podrá ser?», se preguntó de nuevo, normalmente las visitas se anunciaban. «¡Las buenas costumbres se han perdido, como la guerra!», se dijo. «¿Será alguien pidiendo comida? ¡Pos sí qu'estamos...!», refunfuñó.

Se decidió a abrir la puerta y observó con atención al hombre que tenía frente a ella. «Tiene que ser él», pensó.

—¡Dios mío! Pero si es... usted. —Su voz salió como un hilillo impregnado de emoción y su rostro adquirió un color sonrosado que alternaba con un tono blanco. Fuensanta, con los ojos empañados, olvidó por un momento su posición en la casa y abrazó al visitante. Frank tomó aire de nuevo como preparándose para lo que le aguardaba. Por fin, la mujer se separó de él al tiempo que secaba su cara con el delantal y le hacía señas para que entrara a la casa.

—Pase, no se quede ahí. ¡Dios mío! ¡Dios mío! —Floreció su religiosidad, esa tarde encendería algunas velas a su santo por él.

—¿Cómo está, Fuensanta? —preguntó impaciente por ver cómo sería recibido por el resto de los habitantes de la casa.

Ella no había cambiado en ocho años, seguía con sus rizos plateados y cortitos, su cara redonda a juego con su figura y un gesto siempre amable en la cara. Fuensanta se aproximó con la intención de coger la maleta, pero él lo evitó. Apretó fuerte el asa, la cargó y se detuvo en el vestíbulo un momento, fijando sus ojos en la escalera que descendía desde el piso superior. Viejos recuerdos asaltaron su mente.

—¿Están mis...? ¿Están en casa? —preguntó. Debería haber avisado, se dijo. Algo extraño le rondaba por el estómago.

—Sí, sí, ahora mismo les aviso. Pase a la sala, enseguida voy a por ellos. ¡Dios mío, no lo puedo creer! —En sus ojos aparecieron de nuevo lágrimas rebeldes que enjugaba con el borde del delantal. Tanto tiempo sin una causa por la que reír en aquella casa, aunque estaba segura de que aquella visita traería más dolor que otra cosa.

Fuensanta no podía dejar de mirarlo mientras abandonaba la habitación. Recordaba bien a aquel hombre alto, musculoso. Alguna cana había aparecido en su pelo rubio oscuro, algunas arrugas bordeaban sus sienes. Su piel era más tostada, el azul de sus ojos más frío.

Allí todo estaba igual, el tiempo no había pasado, se dijo Frank. Los mismos jarrones, los mismos candelabros, la radio sobre la chimenea, el sillón de Ferran y las fotos de familia en los mismos ostentosos y pesados marcos de plata. Bueno, quizá menos plata en los estantes, pero permanecía el gramófono cuyo sonido le pareció escuchar en su imaginación.

Tomó una de las fotos, donde una joven pareja posaba a la salida de la iglesia. Anna y él. Sonrió triste un momento y se fijó en ella, su rostro parecía feliz. ¿Qué ocurrió para que todo cambiara? Pero el eco de unos pasos hizo que olvidara la foto. Ferran fue el primero en entrar en la habitación, los hombres se dieron la mano con afecto y tras una pequeña vacilación se fundieron en un efusivo abrazo.

—¡Frank! —La voz de su suegro sonó emocionada.
El hombre se separó un poco más de su yerno y levantó la cabeza para observarlo. Era él sin duda, pero venía solo. El recuerdo de su Anna hizo que unas pequeñas lágrimas brotaran de sus ojos. Ferran era un hombre emotivo, sacó rápido su pañuelo y se giró de espaldas. Frank respetó su momento sin decir nada pero el peso de la tristeza se acumulaba en sus ojeras. Creía que ya lo había superado, que aquella visita sería simplemente una prueba de fuego que podría afrontar con entereza, pero ahora no lo sentía así.

—¡Frank! —Montserrat hablaba desde la puerta de la sala donde permanecía inmóvil sin decidirse a entrar. Sus helados ojos azules se cruzaron por un instante con los de Frank. La mujer respiró hondo antes de caminar hacia él. Tenía frente a ella al hombre al que entregó a su hija y ese pensamiento hizo que se viniera abajo por un momento, pero reaccionó con rapidez y la voz salió de su garganta con su habitual tono de dureza, una voz áspera, grave—. ¿Cómo dejaste que pasara? ¿Cómo? —Sin duda sus palabras iban cargadas de un profundo reproche.

—Montserrat..., fue un accidente. —Su voz titubeante le enfadó consigo mismo. ¿Por qué se estaba justificando? Él, menos que nadie, debería excusarse por nada, pero ellos no sabían, nadie allí sabía la verdad. Su caballerosidad le impedía hablar, desahogarse. En eso debían de consistir los secretos pensó, en ser algo oscuro, negro, profundo e inconfesable.

El joven observó al matrimonio, los ocho años que habían pasado habían dejado huella en ellos también. La mujer tenía el pelo más blanco, era la primera vez que la veía mostrando alguna debilidad, pero su figura seguía siendo delgada, alta, y el tono autoritario de su voz no había desaparecido. El riguroso luto le confería un aspecto aún más duro. Frank la imaginó resentida con toda la situación política que tuvo que vivir, la alta burguesía catalana a la que pertenecían había sido muy castigada al finalizar la guerra. Si él supiera leer el rostro vería que en el de Montserrat pesaban los nuevos hábitos que se había visto obligada a adquirir, como reducir el servicio, utilizar como el resto de los mortales cartillas de racionamiento... Sí, los ocho años, la muerte de una hija y la guerra habían hecho mella en la estirada Montserrat.

Ferran, en cambio, con algún kilo de más continuaba solícito a las necesidades de su esposa. Él siempre había sido un hombre apocado ante el carácter de su mujer. Acataba todas sus decisiones aunque no las compartiera. Ferran estaba ya acostumbrado a moverse, a hablar y a callar al dictado de aquellos fríos ojos azules.

Fuensanta irrumpió en la sala con el servicio de café y unas exiguas galletas caseras, miró a su señora y meneó la cabeza. Llevaba en la casa treinta y dos años sirviendo, toda una vida desde que llegó a Barcelona con su marido desde su Carmona natal. Su «Tomiro», como ella lo llamaba, aunque en realidad era Teodomiro, tuvo la suerte de entrar como tintorero en la fábrica del señor. Pero pronto aprendió el oficio y ascendió a tundidor. El señor Sarlé siempre decía que era muy bueno con los paños, «un gran trabajador», decía de él. Y ahí estaban, su Tomiro con el señor Sarlé y ella con «la baronesa».

¡Treinta y dos años! Lo que la convertía en una más de la familia, o al menos eso le gustaba pensar a ella. Dejó la bandeja sobre la mesa y se retiró lentamente hacia la puerta, como si quisiera escuchar lo que se iba a decir. «¡Qué desgracia! Esto no tenía que haber pasado», murmuró para sí mientras se alejaba.

Frank permanecía con los dedos de las manos cruzados, absorto en sus pensamientos, analizando la situación, esperando que pasara rápido un tiempo prudencial para poder salir de aquella casa y de aquellas vidas y empezar de nuevo con la suya. Estaba tan absorto que, hasta que oyó a Montserrat repetir su nombre, no se percató de que el café estaba servido.

—¡Te hemos estado esperando cada uno de los días de estos seis meses! —Las palabras salían una a una, con una cadencia que recordaba al sonido de los tambores en la procesión de Semana Santa.

—*I'm so sorry!* —A Frank siempre le afloraba el inglés cuando estaba nervioso, debía controlar la situación—. No he podido... no estaba preparado. —Se sorprendió a sí mismo de nuevo excusándose. En realidad no encontraba nada que decirles, temía sus preguntas y temía no poder contenerse.

—Lo importante es que estés aquí. —Ferran ya estaba acostumbrado a desempeñar el papel de conciliador en aquella casa.

—He traído... —Frank no encontraba las palabras—. Me pareció que os gustaría tener algunas de las cosas de Anna. —Sus ojos se posaron en la maleta pensando si realmente había sido una buena idea llevarla consigo.

—Te lo agradezco, pero prefiero verlas luego a solas. —El tono de Montserrat se iba helando a medida que hablaba.

—Sí, claro, claro —asintió aliviado, aunque estaba

asombrado. Montserrat seguía sin perder su compostura. Apoyó la taza de café sobre la servilleta y esta sobre su rodilla, concentrándose en el negro líquido. «¡Ya ha pasado lo peor!», se dijo. El humo caliente que ascendía de la taza era lo único cálido en aquella habitación—. ¿Y Rosa? —se decidió a preguntar, la imaginaba muy cambiada a como era ocho años atrás. Recordaba a una jovencita pelirroja.

—Bien, bien —contestó Ferran—. Ya tiene veinticuatro años. ¡Es pintora! —exclamó con orgullo contenido al notar la afilada mirada de su mujer sobre él.

Ferran se mostraba muy cohibido ante Montserrat, ¿era así antes?, se preguntaba su yerno, igual que se preguntaba si había conocido realmente a Anna o simplemente se casó con ella.

—¡No es como su hermana! —El tono de la madre al pronunciar esas palabras fue de lo más lapidario—. ¡Nos está dando muchos disgustos! —El rostro de la mujer se endureció mostrando unas escondidas arrugas.

Frank empezó a compadecer a los habitantes de aquella casa, que eran como las figuritas de porcelana que lucían en las estanterías: ninguna parecía haberse movido ni un milímetro en aquellos ocho años. Con Montserrat parecía ocurrir lo mismo; la onda de su pelo, que se iniciaba en la frente, bajaba firme por el mismo lado derecho para ser aprisionada a la misma altura con la misma horquilla de ocho años atrás. Un broche lucía sobre la solapa izquierda de la chaqueta, el cuello de la camisa asomaba orgulloso mostrando su bordado, el pañuelo de encaje permanecía solícito en su mano y su cuerpo encorsetado en aquel traje negro era la misma imagen del pasado. ¿Sería aquello la familia? Frank parecía descubrir en ese momento que nunca se había sentido parte de una. Sus amigos Pedro y Teresa eran lo más parecido a una familia que jamás había tenido.

—¡Montserrat! —protestó Ferran separándose del respaldo de la butaca.

—¡No la defiendas, Ferran! —El tono autoritario afloró de nuevo—. Cuando cumplió los dieciocho —explicó— se fue a recorrer España con un medio novio poeta inglés. Bueno, él decía que era poeta, pero en realidad no lo conocía nadie.

—Laurie Lee —apuntó el marido.

—¿A recorrer España? ¿En plena guerra civil? —Frank empezaba a sentir cierta curiosidad por aquella jovencita.

—¡Ahí la tienes! —prosiguió la mujer—. Tiene un carácter imposible. Desaparece todo el día. Ahora ha montado un estudio de pintura y siempre está rodeada de gente rara y desperdiciando buenas proposiciones de matrimonio. ¡No sé a qué espera para casarse! Todas sus amigas...

—¿Hablas de mí, madre? —La voz de Rosa sonó alegre, jovial.

Las tres miradas se juntaron en la puerta. Rosa apareció en ese momento con el rostro acalorado, su melena rojiza apenas se sostenía ya recogida bajo el gorro negro del que se escapaban algunos mechones. La chica se fijó en el hombre que estaba con sus padres. Se tomó su tiempo, mirando con detenimiento cada uno de los detalles de su vestimenta: el traje gris oscuro, que a duras penas podía disimular su cuerpo musculado, el chaleco que dejaba entrever la camisa blanca, su corbata gris perla de rayas blancas oblicuas. Recaló en la cara. Unos ojos azules resaltaban en su piel tostada. ¡Los ojos de Frank!, identificó por fin, solo que ahora tenían menos luz, quizás fuera porque llevaba barba.

No sabía exactamente qué pero algo en él era distinto y ella sabía observar. Su mandíbula era cuadrada y marcada, en conjunto era un rostro muy varonil. Rosa se sorprendió ante las palpitaciones de su pecho, aunque enseguida su aplomo y su desparpajo tomaron de nuevo el lugar que les correspondía.

—Rosa, ¿no saludas a tu cuñado? —preguntó su padre levantándose.

Ella se acercó al grupo caminando segura de sí misma, con aquel sensual movimiento que le daba a sus caderas, con pasos cortos y femeninos y la espalda erguida. Conocía el efecto que producía en los hombres. Frank ni siquiera notó que la servilleta resbalaba al suelo al levantarse. El color fuego del pelo de aquella mujer le incitaba a imaginársela ardiente, apasionada... Aquella casa debía de haberle afectado. ¡Era su mujer, aunque el rubio de su pelo se había tornado color fuego! Se inclinó un poco con la intención de darle dos besos a la recién llegada, pero estos se perdieron en el aire..., solo se llenó de su fragancia. Una exquisita esencia de naranjo amargo lo atrapó.

—¿Cuándo has llegado? —Rosa tomó asiento sobre el brazo del sillón que ocupaba su padre de nuevo. Sabía lo que eso incordiaba a su madre.

—¿A Barcelona? Esta misma mañana. He estado unos días en Madrid resolviendo algunos asuntos —explicó él. Le costaba retirar su mirada de ella.

—¿Cómo va la hacienda? —quiso saber Ferran, aunque en realidad solo pretendía relajar un poco el enrarecido ambiente que se creaba cuando madre e hija compartían un espacio. Reparó en la crítica mirada de Montserrat sobre su hija.

—Estancia, le llamamos estancia, no hacienda —le aclaró su yerno—. Próspera. Hemos aumentado las ventas de carne con la guerra, es la otra cara de la moneda —agregó con cierta tristeza Frank—. Supongo que el mal de unos beneficia a otros. Personalmente no me puedo quejar.

—¡Evidentemente! —exclamó Montserrat mientras colocaba los pliegues de su falda con meticulosidad—. Vosotros no habéis pasado por una guerra, ni tenéis que hacer cola con una cartilla de racionamiento entre esa muchedumbre maloliente, ni tenéis que aguantar que os roben las verduras del huerto, ni...

—¡Madre! —cortó Rosa—. No sé por qué te pones así, el torrefacto no es tan malo —dijo señalando el café. En su fuero interno sentía un pequeño placer mortificándola—. Aún no has tenido que beber semillas de algarrobas, ni has tenido que inscribirte en el «plato único» del Rívoli.[*]

—No será gracias a ti. *Qualsevol dia faràs que ens matin a tots!*[**] —Montserrat la miró con ira contenida. Se jactaba de ser una profesional del protocolo y ante todo se debía a su invitado, pero aquella jovencita la sacaba realmente de quicio. Fuensanta se asomó a la puerta de la cocina, ese día el asalto empezaba antes de la cena.

—Recuerda que debes hablar la lengua del imperio, ma-

---

[*]Rívoli: Antiguo cine situado en la Rambla de Barcelona que fue utilizado en la postguerra como comedor público del Auxilio Social.

[**]¡Cualquier día harás que nos maten a todos!

dre. —Rosa estiró un poco el cuello imitando aquel gesto que tanto caracterizaba a su madre, el gesto que solía hacer cuando acababa de hablar, como si con ello dictara sentencia.

Frank asistía al intercambio verbal casi agradecido de que la conversación derivara hacia otro lado, pero Ferran la cortó avergonzado.

—Ya está bien, os recuerdo que tenemos visita. —Se levantó para impregnar de una autoridad desconocida a su voz.

—Perdónanos, Frank, ya te dije... —intervino Montserrat.

—No te preocupes, Montserrat, no tiene importancia. —En realidad lo agradecía, era el momento de irse—. ¡Debo irme! —dijo levantándose.

—Quédate a cenar con nosotros —pidió Ferran, que vio la oportunidad de escapar de aquel dúo—. No puedes irte así después de tanto tiempo.

—Otro día. Volveré otro día —repitió.

—Está bien, como quieras —se resignó Ferran—. Te acompaño a la puerta.

Frank sintió pena por Ferran pero al oír la puerta cerrándose tras él respiró aliviado. Esperaba poder concluir esa parte de su vida, quizá una visita más antes de irse y adiós para siempre.

Cuando empezó a caminar de nuevo fue cuando notó que las piernas le temblaban. Se negaba a reconocerlo, pero ver a Rosa le supuso un choque emocional para el que no se había preparado. Era evidente que ya no era aquella jovencita que guardaba en sus recuerdos, el tiempo había torneado unas formas femeninas en su cuerpo que le impactaron, y su rostro, parecido al de Anna, le provocó un escalofrío. Pero algo acababa de recordarle que seguía siendo un hombre.

El cielo se había oscurecido, casi tanto como el interior de la casa. Montserrat se centró en su hija viva, en su manera de vestir, aquellos odiosos pantalones ceñidos tan escandalosos, su melena despeinada. Todo en ella estaba fuera de lugar. En ella pesaba mucho la educación que recibió como señorita de la alta burguesía, sabía muy bien cuál era su sitio en la sociedad y su misión como mujer y esposa. En su familia los matrimonios siempre habían sido convenidos por los padres, claro está en atención al patrimonio de los pretendientes y su repercusión en el negocio o empresa familiar. Las mujeres debían limitarse a organizar y gobernar la casa y traer hijos al mundo. En eso coincidía con el nuevo régimen.

Rosa prefirió abandonar a su madre en su mar de quejas y reproches para refugiarse en su habitación, aunque había tan poco de ella allí... No estaban sus libros, dignos de la quema en opinión de su madre, ni sus pinturas, ni amor. Aquellas cuatro paredes solo albergaban objetos insignificantes para ella a excepción de su caja.

Podría resultar una habitación acogedora, sus paredes lucían un papel que las forraba de color vainilla, igual que los muebles, de tono marfil, ribeteados en sus bordes por una fina línea ocre. De las llaves de los cajones de la cómoda, el armario y el escritorio colgaban unos ostentosos cordoncillos dorados rematados con un par de borlas de color crema. La cama se perdía bajo enormes y mullidos almohadones. A sus pies, un baúl, que debió de ser en un principio de pino blanco, se exhibía ahora esmaltado.

Rosa levantó la tapa del baúl, que quedó suspendida por dos gruesos cordones granates y alzó con cuidado su vieja caja de madera en la que a duras penas se leía la inscripción *A.R.*. Nadie en la familia recordaba ya a quién respondían las iniciales, ella la había heredado de manos de la abuela y esta, a su vez, de su madre. Creían que había pertenecido a una tía de su abuela que murió siendo muy jovencita. Tocaba aquella caja como si al arrastrar su mano por la vieja madera esta pudiera transmitirle todos los secretos que algún día albergó. ¡Quizá una historia de amor, de celos, de ambición! ¿Viviría ella algo así? La idea de tener una vida estéril de aventuras y pasiones la torturaba. Desde que viera *Lo que el viento se llevó*, en el pase privado que organizaron en el Ritz, ya que en España seguía censurada, ansiaba ser una especie de Scarlett O'Hara y encontrar a su propio Rex.

Sentía adoración por aquella caja y por su contenido: un paquete de cartas amarillentas, una flor, varios libros, algunos dibujos y un ejemplar antiguo de la revista *Semana*. Se sentó ante la pequeña mesa redonda situada junto a la ventana, miró hacia fuera, el verano estaba más que extinguido. Una fina lluvia manchaba el cristal. Dejó el paquete de cartas sobre la mesa y al tirar del cordón estas se deslizaron suavemente sobre el tapete de ganchillo. Giró el primer sobre dejando a la vista el remitente: Anna Bennet-Jones.

Se olvidó de las cartas por un momento y acercó la flor a su cara como si aún conservara su fragancia. Recordó el día en que Frank se la regaló: bailaban, ella tenía dieciséis años y él sonreía por encima de su hombro a otra joven. Pero la música acabó y Frank se separó de ella regalándole la flor que llevaba prendida en el ojal de su chaqueta, le obsequió con un beso en la mejilla y se alejó en busca de su novia.

Acarició con cariño los libros, escritos por su autor preferido, Antoine de Saint-Exupéry, *Vuelo Nocturno* y *Tierra de Hombres*. Eran libros de culto para ella por desarrollar su acción en Argentina, en la hermosa y misteriosa Patagonia. Sentía un lazo especial con aquella tierra, la quería aún sin conocerla. Repasó con atención las viejas fotografías de su abuela materna y la invadió la tristeza. ¿Sería su destino igual? ¿Ligada a un hombre al que no querría?

Volvió su mirada al paquete de cartas y comenzó a leerlas con avidez, intentando memorizar cada uno de sus detalles. Cada carta constituía una pequeña historia de amor. Su hermana tenía el don de la escritura, Anna dibujaba con letras lo que ella podía pintar en un lienzo, así era como conocía cada paisaje, cada azul del cielo, cada voz, cada momento de amor entre su hermana y Frank. La vida tenía muchas rarezas, pensó, mientras las hermanas convivieron sus relaciones nunca fueron buenas, estuvieron cargadas de una absurda competitividad. Tardó mucho tiempo en comprender que todo estuvo fomentado por su propia madre. Pasaron varios años antes de que recibiera la primera carta de Anna desde Argentina, y fue a partir de ese momento cuando Rosa empezó a conocerla y a quererla.

La lectura de las cartas le resultó corta, ahora su contenido había adquirido una dimensión desconocida, hablaban de Frank, pero de un Frank distinto, uno que ahora era libre y estaba allí. Tenía más necesidad que nunca de conectar con aquella tierra que ofrecía vida, aventuras, pasión, llena de verdaderos hombres y ahora uno de ellos estaba muy cerca de ella.

Se despojó de los botines y movió los dedos de los pies contentos por alcanzar la libertad tras un agotador día, los apoyó en el escabel y decidió releer *Vuelo Nocturno*:

Et le pilote Fabien, qui ramenait de l'extrême Sud, vers Buenos Aires, le courier de Patagonie, reconnassait l'approche du soir aux mêmes signes que les eaux d'un port: à ce calme, à ces rides légères qu'à peine dessinaient des tranquilles nuages. Il entrait dans une rade inmense et bienheurese.

3

El Ritz

4 de septiembre de 1943

Paul Howard-Dorchy se detuvo ante el 668 de la Gran Vía de las Cortes Catalanas. Frente a él se erigía majestuoso el Hotel Ritz. Ya no quedaba ni rastro del enorme rótulo de cartón que había cubierto su entrada durante los primeros años de la guerra, cuando pasó a ser el «Hotel Gastronòmic, nº 1», custodiado a ambos lados por las siglas UGT y CNT.

Saludó como de costumbre al entrar llevándose el dedo índice a la sien. El portero permaneció apostado en la entrada con su elegante uniforme y su enorme gorro, pendiente de la llegada de algún nuevo cliente al que atender. Nada más entrar en el vestíbulo esquivó a la costurera que zurcía con gran destreza la carísima alfombra que daba la bienvenida a los clientes. Dirigió su mirada hacia el pequeño mostrador de madera que defendía contra viento y marea Ramón. El Ritz no sería lo mismo sin él allí entregando las llaves de las habitaciones, dando los buenos días o las buenas tardes con su inglés aprendido de oídas a los ilustres huéspedes. Paul se fijó en él y no pudo evitar una carcajada; Ramón lucía un bigote de reciente incorporación a su cara y se esforzaba por sonreír torciendo la boca hacia un lado.

—¿Te ha dado un aire que te ha torcido la boca? —preguntó divertido Paul, cuyo español era cada vez más perfecto.

—¡Muy gracioso, *mister* Howard! Sabía que en cuanto me viera me diría algo. —Ramón se esforzaba por adoptar una postura altiva y almibarada que creía que lo acercaba a los caballeros que se hospedaban en el hotel.

—¡Ramón, Ramón! —repitió el inglés—. Lo imposible es callarse ante ese espectáculo.

—Quéjese a mi mujer. Desde que la traje aquí a ver *Lo que el viento se llevó* se ha empeñado en tener a Clark Gable en casa. —Aunque en realidad el bigote era lo único que lo acercaba a Gable.

—*Ah, my friend!* ¡Mujeres, mujeres! Han sido nuestra perdición desde el principio de los tiempos —contestó mientras echaba una ojeada a la prensa del día cuidadosamente ordenada, sobre el mostrador de madera, por nacionalidades.

Ramón se encogió de hombros resignado a su sino, ya era el tercer cambio de imagen que había sufrido en ese año.

—¿Ha llegado? —preguntó Paul sin más explicaciones. Con el tiempo los dos hombres habían desarrollado un gran entendimiento.

—¿Inglés, sobre un metro noventa, ojos azules, unos

treinta y cuatro años? —Ramón se vanagloriaba de ser un gran fisonomista.

—*Well done!*

—Se ha registrado esta mañana, me ha llamado mucho la atención porque nunca había oído a un inglés hablando español con acento argentino.

—¡Ese es Frank! ¿Qué habitación le has dado?

—¡La 108! —exclamó casi ofendido por la pregunta—. Tratándose de un amigo suyo, siempre lo mejor.

La 108 no era una habitación cualquiera, era el salón de las habitaciones reales. Comunicaba desde el interior con la 107 y la 110, los dormitorios señoriales, que siempre se mantenían desocupados cuando se asignaba la 108 por motivos de seguridad para sus inquilinos. En la 109 se disfrutaba del baño romano. Tener la 108 significaba disponer casi al completo del ala izquierda del edificio, lo que dotaba de una gran intimidad y seguridad, no en vano artistas y políticos que huían de la segunda guerra mundial se habían alojado allí en su itinerario a otros países.

En el pasillo contiguo a recepción sonó la puerta del ascensor al abrirse, los dos reconocieron el sonido de su campanita. Frank enseguida ubicó a su viejo amigo, lo encontró igual a como lo recordaba: ¡todo un *gentleman*! Con un poco más de barriga pero con su habitual buen humor y simpatía. En sus tiempos de adolescentes, cuando estudiaban en Cambrigde, Paul era ya el estudiante más popular, siempre enzarzado en la organización de fiestas y derrochando optimismo. Hubo un tiempo en el que él se sintió así, pero quedaba ya tan lejos que a veces creía que lo había soñado.

A Paul su amigo le pareció más envejecido. No la piel o

su porte, era su conjunto, incluso sus ojos azules habían adquirido una tonalidad más grisácea. Le resultó extraño verle allí, tan cerca después de tantos años separados; sin duda la vida los había tratado de forma muy distinta.

—¡Frank! —exclamó, y los dos hombres se fundieron en un fuerte abrazo que duró varios segundos.

—Vaya, por ti no pasan los años, Paul —dijo Frank pasándose al inglés.

—Los años no, pero... —Paul señaló su barriga con una sonrisa en los labios—. ¡Demasiadas comidas de trabajo!

—Me alegro mucho de verte, Paul. —Su voz sonó con sentimiento.

—¡Ay! —suspiró—. ¡Amigo, amigo! —Qué podía decirle—. Me hubiera gustado estar contigo cuando... *you know*, pero aquí son momentos difíciles y no puedo abandonar el Consulado bajo ningún concepto. —Paul se esforzaba para que su explicación no sonara a pretexto y Frank asintió con la cabeza, no deseaba hablar del tema.

—*Come on!* Te invito a cenar, tenemos mucho de que hablar. —Paul pasó el brazo por el hombro de su amigo y juntos se encaminaron al salón-restaurante.

Cruzar el pasillo del *Ritz* significaba escuchar un hervidero de diferentes lenguas: francés, italiano, alemán, inglés... El hotel se había convertido en un centro internacional y, como el Consulado inglés, el Ritz de Barcelona parecía en aquellos tiempos un estado independiente con inmunidad. Cuando llegaba la noche y se abría el telón del escenario de la llamada «Graella del Ritz», en las cálidas noches de verano, ni la guerra ni el hambre ni las complicadas tramas de los espías que ocupaban las mesas parecían existir.

4

Anna

La llegada de Frank obligó a los habitantes de la casa Sarlé a enfrentarse por fin con una realidad que hasta entonces habían conseguido eludir, la muerte de Anna. Las manos de Montserrat se empeñaban en temblar al contemplar el reportaje publicado en *Semana* sobre la boda de su hija: *La hija del empresario Fernando Sarlé y su aristocrática esposa, doña Montserrat Bosch, celebró su enlace con el terrateniente de origen inglés, afincado en Argentina, el señor Frank Bennet-Jones.*

¡Qué fotos tan magníficas! Anna parecía una princesa. Los ojos de Montserrat se empañaron levemente. El reportaje mostraba los exteriores del Casino de San Sebastián, un majestuoso edificio erigido sobre la playa de Barcelona, acuartelado por inmensas cristaleras. El gran salón de fiestas lució más espectacular que nunca ese día, y el propio Esteve Sala, uno de los dueños, se implicó personalmente en la organización del evento a petición de Montserrat. Durante meses los círculos más notables de Barcelona se llenaron de comentarios elogiosos sobre el banquete y la fiesta. La actuación de la orquesta de Sam Wooding dejó a todos impresionados, nadie podía esperar que aquella fuera una de sus últimas apariciones antes de retirarse en 1935. Las fotos de la revista eran el único testimonio que le quedaba a Montserrat de ese día. Ya no quedaba nada de entonces, el Casino desapareció con la guerra, al igual que las magníficas terrazas cubiertas junto al mar que ocupaban en las tardes de domingo, aquellas tardes en las que Anna daba lectura a sus relatos al tiempo que degustaban un chocolate caliente.

A Montserrat la muerte de su hija se le anunciaba en el preciso momento en que abría aquella maleta y tocaba sus cosas: su broche preferido, la toquilla que se ponía sobre los hombros cuando estaba resfriada y guardaba cama, los pañuelos que hizo bordar con sus iniciales... Tantas cosas que representaban tantos momentos, aquel ajuar que prepararon con ansiedad... Rozó con los dedos las letras bordadas en el pañuelo: A.S.. Recordó el día en que entregaron toda la ropa a las hermanas para que la grabaran, pasaron por la Avenida del Tibidabo montadas en el coche de caballos. Recorrieron un hermoso paseo ya imposible de revivir. Una lágrima se escapó rebelde y descendió por su cara sin permiso.

Rosa observaba a su madre desde la puerta, la habitación de Anna se había convertido en su refugio y santuario. En cierto modo le daba pena verla así, la guerra la había castigado en su orgullo, en su posición, pero la vida le había robado a su niña. Por un momento le dolió su llanto. Rosa, en cambio, se sentía insensible ante su muerte y eso la asustaba. No fue capaz de derramar ni una lágrima cuando llegó la noticia. No sentía dolor ni alegría, no sentía nada. ¿Podría una persona albergar sentimientos de amor y al mismo tiempo de indiferencia? Quiso a su hermana, ¿por qué entonces no podía llorar por ella?

Montserrat percibió su presencia y, levantándose, señaló los objetos que tenía desparramados sobre la cama.

—¡No está! ¡El espejo no está! —se quejó. La tensión que intentaba controlar en sus manos, evitando hacer con ellas algún aspaviento, hacía que la vena de su cuello se hinchara.

—¿Y qué importancia tiene? —preguntó Rosa decidiéndose por primera vez en mucho tiempo a entrar en aquella habitación.

Le pareció que olía a rancio. Su madre no permitía que Fuensanta abriera las ventanas para que se aireara, pensaba que así mantendría atrapada el aura de su hermana. Movió la cabeza intentando despejar esos oscuros pensamientos. En cierta forma la reacción de su madre la sorprendía, la creía tan derrotada por el dolor que no entendía su preocupación por un espejo.

—¡Tiene mucha importancia! —le contestó Montserrat, a quien ofendió la pregunta—. ¡Ese espejo ha sido el regalo de bodas para las mujeres de esta familia durante tres generaciones! —Montserrat se movía indignada por la habitación estirando hacia abajo los bordes de la chaqueta ante la actitud indiferente de Rosa.

—Madre, quizá a Frank no le pareció tan importante como para traerlo, además una familia es algo más que un objeto. El espejo se perdió, olvídalo. ¿O acaso querías recuperarlo para mí? ¿Es eso? —La pintora esperó una respuesta con ansiedad. Intentaba descubrir en la cara de su madre algún gesto que le hiciera sentir o apreciar algún sentimiento hacia ella, alguna señal que le indicara que ella también le importaba, que le hiciera sentirse querida como hija.

—¡Tú no hables de familia! ¿Cómo puedes? —se revolvió la madre incorporándose de nuevo de la cama—. ¡Si no hubieras apoyado a esos malditos republicanos durante la guerra no estaríamos como estamos! —Eso era algo que jamás se cansaría de recriminarle—. ¡Todo el patrimonio que teníamos se reduce a esta simple casa y a la fábrica por tu culpa y tus dichosas pinturas, tenías que hacer esos horribles carteles de llamamiento al ejército republicano! —Su rostro iba adquiriendo un color desconocido—. ¿Qué esperas tú de la vida? Apenas tenemos servicio, me veo obligada a alternar con esas nuevas ricas de Acción Católica, unas mujeres sin educación, sin modales, sin apellido…

Montserrat paseaba nerviosa por la habitación, se sentía cada día más apesadumbrada con el cambio que la postguerra había traído a su vida. Aquello no era para ella, si se casó con Ferran fue para mejorar su posición, su padre se había preocupado mucho por conseguirle un buen casamiento y ella por aceptarlo. Ahora todo su sacrificio había sido en vano. Se lamentó que Ferran no hubiera heredado el carácter fuerte y decidido de su abuelo, don Miguel Sarlé, o de su padre Fabián.

Añoraba los años de bienestar, maldijo la vida en su interior, maldijo la guerra, aquella injusticia que le tocaba vivir. ¿Por qué a ella? ¿Por qué su Anna? Una pregunta cruzó veloz por su mente: habría preferido que fuera Rosa la que hubiera muerto? Un escalofrío le cruzó el cuerpo. Rosa, ajena a los lúgubres pensamientos de su madre, continuaba su lucha dialéctica que hacía que su cara se fuera encendiendo cada vez más, hasta alcanzar el tono de su pelo.

—¡Eso es lo único que te importa, tu maldita posición! —gritó a su madre.

—¡Mi posición, señorita, es la que te ha librado de la cárcel! ¿Y cómo me lo pagas? ¡Haciendo Dios sabe qué! —Las voces se expandían por toda la casa—. ¡Debería haberte dejado en aquel asqueroso agujero cuando te detuvieron, quizá hubieras aprendido que tus actos tienen consecuencias, incluso para los que te rodean! Tu obligación ahora es compensarme por lo que me has hecho pasar, pero no, tenías que despreciar a don Julio, tenías que humillarme todavía más. ¡Ahora que estaba tan cerca de poder recuperar nuestra posición en la sociedad!

A Rosa se le revolvió el estómago, ¡Julio! ¡Julio Muñoz Ramonet! Desde luego que ese era el partido perfecto, pero para alguien como su madre, o como su hermana. Su fama había crecido como la espuma en los últimos meses: en esos días, nadie capaz de adquirir el palacio Robert y el del Marqués d'Alella podía pasar desapercibido. Decían de él que era un hombre sin escrúpulos, ambicioso pero de brillante inteligencia. El dinero le sobraba y le gustaba demostrarlo cubriendo de joyas a las chicas con las que salía. Si se casara con él, ¿en qué se convertiría ella, en su puta oficial? Para eso ya tenía una legión de jovencitas, niñas que venían del interior para servir en las casas y que sucumbían fácilmente ante el brillo de las joyas, la vida fácil y el lujo. De repente se convertían en las famosas del momento, durante un mes o dos, hasta que don Julio se cansaba de ellas y las cambiaba por otras. Las lucía embutidas en preciosos vestidos, al estilo de las estrellas de Hollywood, y las compartía en sus entretenimientos con los «insignes varones» de la Brigada del Amanecer, llamada así por las horas en que daban por concluidas sus juergas, y no porque tuvieran nada que ver con la tétrica y temida brigada original.

Montserrat, de pie en medio de habitación, alternaba su atención entre Rosa y los objetos que cubrían la cama, como si pidiera la complicidad de Anna, que por supuesto nunca llegaría. Las dos mujeres se miraron frente a frente casi con odio. La muerte de Anna no había hecho más que agravar sus relaciones. Aquella conversación, o más bien discusión, como tantas otras, no la llevaría a ningún lado, pensó Rosa. Le dolía pensar así de su hermana, pero su madre tenía el don de enfrentarlas aún después de su muerte.

Salió tan atropelladamente de la habitación que apenas pudo esquivar a su padre, que sin duda había escuchado toda la conversación, pero como de costumbre permanecería al margen.

—¡Hija!, ¿por qué no intentas comprenderla? —pidió Ferran, que ya empezaba a estar cansado de aquella situación.

—Padre... yo no tengo tu... tu conformismo —dijo al fin con tristeza.

Rosa tenía claro que el de sus padres fue un matrimonio de conveniencia. Obligados a venderse por sus propios padres. ¡Ferran Sarlé, de joven y prometedor pintor a director de fábrica y a señor de...! Y ahora ya ni siquiera era Ferran, ahora debía llamarse Fernando. ¡Hasta el nombre le habían robado!

La conversación con su hija transportó a Ferran a otra época muy lejana en el tiempo. Se refugió en su despacho. El sonido de la puerta de la calle al encajarse al salir Rosa, el sonido de su propio cuerpo al hundirse en el sillón, el sonido de los aplausos del público cuando jugaba de jovencito en el recién creado Fútbol Club Barcelona, los recuerdos que los trofeos de la vitrina le traían, las fotos con sus amigos, encorvadas ya por el tiempo, como sus ilusiones, todo eso fue abandonado, quedó solo en su memoria, como el viejo campo del Velódromo de Bonanova donde jugaban.

Fueron días de gloria, de ilusión, de sueños. Los sueños de unos cuantos jovenzuelos empeñados en crear un nuevo club de fútbol, reunidos en el viejo Gimnàs Solé de la calle Montjuich del Carme. Parecía ayer cuando Solé le presentó a aquel pecoso joven suizo. ¡Él es Joan Gamper!, o al menos era como se hacía llamar, aunque en realidad su nombre era Hans Maximilian Gamper Haessig.

Crearon un equipo donde tuvieron cabida británicos, suizos, alemanes, que se divertían jugando al fútbol y que después de los partidos remojaban sus victorias y sus derrotas en la cervecería Moritz. Añoraba aquel ambiente de camaradería, de amistades. Eran los días en que mostraba su hombría, su valor. Sin embargo, ahora era capaz de poner fecha al último día en que sintió un halo de valor, el valor suficiente para encarar a su padre.

—¡Padre, quiero ser pintor! —le dijo.

Casi podía ver su cara frente a él, se transformó de tal manera que le pareció estar ante otra persona. El propio

Rusinyol hubiera podido inspirarse en ellos cuando escribió en *L'auca del senyor Esteve*: «¡Es un oficio de perdidos, de miserables, de pobres!... Ya lo veía venir, la deshonra y la ruina de la casa... Me matas...».

Sí, ese fue sin duda el último día en que tuvo un atisbo de valor. Después de aquello jamás se atrevió a pronunciar algo relacionado con sus deseos. Aquel día murió la pintura y enterró una parte de su vida, quizá la más importante.

Rosa se preguntaba si su padre habría llegado a amar a su madre con el tiempo... ¿con el tiempo? Quizá eso era el amor, al menos el que ella había visto, un amor que convertía a los hombres en seres abatidos y a las mujeres en materialistas preocupadas simplemente por decorar lujosamente sus pisos, comprando libros por metros, pinturas por su precio, acudiendo al restaurante de moda para demostrar que podían permitirse los más caros platos flambeados y el descorche de un De la Viuda.

Se prometió a sí misma que ella tendría a su lado a un hombre al que pudiera respetar, nunca se vendería, conocería el otro lado del amor, viviría una gran pasión, así, como sonaba la palabra: «pasión». Viviría algo tan fuerte e irracional que fuera capaz de transportarla lejos de ese mundo y de esa vida que la estaba matando poquito a poco.

5

Los amigos

Paul y Frank esperaban con paciencia la cena. Al menos habían conseguido una buena mesa frente al escenario, algo extraordinario aquella noche. El Ritz era prácticamente el único sitio donde, por aquellos tiempos, se podía tener la oportunidad de degustar una «cena a la americana», un lujo enriquecido además por la velada musical a cargo del famoso violinista francés Bernard Hilda. Nada en aquel salón recordaba la miseria de la vida exterior.

Aunque Frank lo ignorase en ese momento, ni la elección del restaurante ni el programa musical eran mera coincidencia.

Hilda había tenido sus pequeños escarceos con la resistencia francesa y su situación en Barcelona empezaba a ser comprometida, ya que la *Kriegsorganisationes Spa-*

nien* le pisaba los talones. Paul aprovecharía el próximo viaje de Frank a Madrid para preparar allí el terreno a Hilda.

El maestro de ceremonias apareció por fin en el escenario y un estallido de aplausos indicó que la sesión musical estaba a punto de comenzar. Paul reparó en sus vecinas de mesa; las dos mujeres, elegantemente vestidas, miraban con un mal fingido disimulo a Frank y unas risitas siguieron a sus secretas confidencias. Aunque de la misma edad, Frank les parecía más joven que su acompañante, quizá fuera por su atuendo informal.

Paul, en cambio, no abandonaba nunca su cuidada vestimenta. Complementaba su traje gris marengo con toda clase de detalles: un fino reloj de bolsillo se adivinaba al final de la cadena que descendía desde el ojal al bolsillo del chaleco, la corbata se sujetaba con una elegante aguja de oro, a juego con los gemelos... Guiñó un ojo a su amigo dándole un golpe de complicidad con el codo.

—Sigues teniendo éxito con las mujeres, ¿eh? —comentó con picardía.

Frank sonrió torciendo un poco la boca y moviendo la cabeza.

—¿Cómo estás? —Paul frunció el ceño, arrepentido por su infortunado comentario.

—Sinceramente, creía que bien —la pausa le ayudó a averiguar por qué no era así—, pero volver a esa casa, hablar con sus padres ha sido... Y luego, ella.

**Kriegsorganisationes Spanien*: Organización de guerra dependiente de la Abwehr, que disponía de diversos departamentos en Barcelona y de una férrea infraestructura administrativa.

—¿La hermana? ¿Has hablado con ella? —Paul se interesó especialmente por ese encuentro. ¿Cómo no lo había previsto?, se preguntó.

—Sí. Bueno, no, ha sido un breve saludo. Cuando llegué a la casa ella no estaba, llegó más tarde. Realmente me ha impresionado. —Los ojos de Frank miraban más allá, todavía se sentía confuso—. Por un momento me pareció estar viendo a Anna. Aunque su mirada tiene algo diferente, es atrevida, con otra chispa, pero, Paul, ¡era ella! ¡Era como estar viendo a Anna!

—Sí, parecerían gemelas a pesar de la diferencia de edad. Pero Frank —continuó Paul cambiando de tono—, mientras estés aquí, mantente apartado de ella, es lo mejor.

—Aún tenemos que solucionar lo del testamento, y bueno, antes de partir deberé hacerles alguna visita más de cortesía...

Se sorprendió a sí mismo viendo que en su interior buscaba una excusa que le permitiera volver a verla. Su imagen le llenó la mente de nuevo, sus dedos recogían uno a uno cada mechón de aquellos rizos que se esforzaban en escaparse rebeldes del gorro. Sin duda aquellos labios debían de tener un sabor dulce. Recordó su fragancia.

—Pero Rosa... —quiso insistir su amigo.

La llegada del camarero interrumpió su comentario. El olor de las costillas de cordero, acompañadas de maíz caliente, y un puré de patatas que rodeaba la carne con figuras imaginativas pareció favorecer un cambio de tercio en la conversación.

—¡Enhorabuena por tu familia y también por tu cargo, vicecónsul! —Frank levantó la copa para brindar por la meteórica carrera diplomática de su viejo amigo.

—¡Y agregado de prensa! —apostilló Paul con retintín—. *Cheers!*

El camarero se apresuró a llenarles las copas con el carísimo vino. Frank empezaba a sentirse un poco más relajado, estar con Paul le recordaba aquellas viejas cenas en el Colegio Mayor con los chicos.

—¿Qué sabes de Chapman y Lara? —preguntó Frank.

—Por el momento están a salvo —respondió Paul—. Fueron destinados a la NOSC, la Compañía española número 1. —Frank se decidió a cortar la carne ahora que había recibido una respuesta tranquilizadora sobre sus amigos—. ¿Están con el *Pioneer Corps*? —preguntó.

—Sí, su dominio del español fue decisivo. Ya ves, lo absurdo de la política y sus leyes, no pueden servir extranjeros en nuestros servicios secretos, así que no se les ocurre otra cosa que crear un cuerpo especial para ellos.

—Hay cosas que no cambiarán nunca. —Frank llevó de nuevo el tenedor a su boca. La carne no estaba mal, acostumbrado a su ganado le resultaba difícil encontrarla sabrosa—. Ellos —volvió a referirse a Chapman y a Lara— tienen sus estancias muy cerca de la mía. Chapman era el capitán de nuestro equipo de polo, ¡ingleses contra argentinos! —Hizo un gesto con el cubierto como si manejara el palo de polo—. ¡Yo debería estar con ellos! —se lamentó.

—¿Estás loco? ¡Tu trabajo es mucho más importante! —Miró con disimulo a su alrededor, todos parecían estar pendientes de lo que ocurría en el escenario—. ¿Has averiguado algo en Madrid? Nos estamos jugando mucho allí.

—Hoare no sabía nada.

La respuesta de Frank se acompañaba con un gesto de cabeza. Aunque a Paul no le sorprendió la noticia. Algunos generales del régimen profesaban gran simpatía a los alemanes y estaban deseosos de entrar en guerra.

—Si intentaran algo en Gibraltar, España perdería su neutralidad y nuestro país se vería obligado a declarar la guerra a España. —Paul volvió a comprobar el perímetro de la mesa antes de seguir hablando—. Desde la firma del 38 los alemanes están por todas partes. La Gestapo campa a sus anchas por todo el país, les han dado unas prerrogativas que escandalizan.

—Según Otto, mi contacto en Buenos Aires, deben de ser centenares los agentes que la Abwehr y la Gestapo han conseguido introducir en España. En la lista aparecen gentes de toda condición, desde diplomáticos hasta periodistas pasando por productores de cine y empresarios. Traigo conmigo una carta de presentación para Hans Lazar. —Frank se tocó la chaqueta.

—¡El jefe de prensa de la Embajada alemana! Estoy asombrado, es un personaje de muy difícil acceso.

—Bueno, en unos días me vuelvo a Madrid, a ver qué averiguo.

—Frank, sobre lo de antes —Paul necesitaba ser cuidadoso en la manera de expresarse, pero le urgía tranquilizarse a sí mismo y saber que podía controlar la situación—, será mejor fingir ante la familia, que no sepan el verdadero motivo de tu viaje. La guerra los castigó duramente y Montserrat no lo está llevando muy bien. Se codea con grupos de Acción Católica y gente cercana al régimen. Mejor no arriesgarse.

—¿Y Ferran? —quiso saber Frank.

—En realidad, su situación es delicada. El gobierno está utilizando el sindicato vertical, las Juntas de ofensiva nacional-sindicalista y la Falange española tradicionalista —aclaró Paul— para controlar a los trabajadores. Sitúan a colaboradores en todas las fábricas. La afiliación a ese sindicato vertical es obligatoria y están «depurando» a todo aquel que tenga un pasado «rojo». Lo que es seguro es que Ferran nunca haría nada que perjudicara a su mujer. —Hizo una pausa—. De hecho, han tenido mucha suerte, al estallar la guerra algunas de las principales fábricas, aquí en la zona republicana, fueron tomadas por los trabajadores. Las colectivizaron. Supongo que Rosa influyó en el hecho de que la suya fuera respetada, pero claro, después la tortilla dio la vuelta.

—Entiendo. ¿Y Rosa? —Frank quería saber sobre ella.

—Es una jovencita muy impulsiva. Durante la guerra se implicó ostentosamente con los republicanos, pintando carteles y haciendo campaña en su favor. ¡Demasiado idealista! —Se encogió de hombros—. ¡Es joven! —resumió Paul.

Frank permaneció pensativo y sacudió casi imperceptiblemente la cabeza. Intentaba alejar la imagen de Rosa entrando en el salón, cuando se quitó el gorro y su larga cabellera pelirroja cayó como una cascada sobre el jersey negro.

De repente las luces del salón perdieron intensidad, el receso de la orquesta había concluido. De nuevo el maestro de ceremonias apareció con la velocidad que le permitía la cortina de terciopelo granate que, lentamente, se recogía desde el centro hacia los costados del escenario. Los músicos ocupaban ordenadamente su puesto al tiempo que la estelar aparición de Bernard Hilda arrancó un sonoro aplauso del internacional público. Impecablemente vestido, esmoquin negro, camisa blanca, lazo al cuello hecho con maestría y con el pelo engominado hacia atrás, reflejaba la imagen de un hombre tranquilo y seguro al violín que entretenía entre sus manos. El ritmo del jazz inundó la sala.

6

Sesenta y nueve

5 de septiembre de 1943

Aunque Rosa debería estar ya acostumbrada aún seguía sintiendo una fuerte agitación en el pecho cada vez que doblaba aquella estrecha esquina para adentrarse en la oscurecida calle. Un farolillo en la lejanía señalaba tímidamente el camino, con una luz tan tenue que no pudo evitar torcerse el tobillo. ¡El maldito adoquín de siempre!, se quejó.

Estaba preocupada, no sabía quién sería ahora el nuevo jefe de barrio, cualquiera de los hombres con los que se cruzara podía ser el encargado de las delaciones. En esos días no se necesitaba ningún motivo especial para delatar a alguien, hombres que querían librarse de sus esposas, vecinos envidiosos... No, no se necesitaban excusas.

Introdujo la enorme llave de hierro en la puerta, salvó el escalón y empujó con fuerza. Se dirigió a la escalera con sigilo. Había memorizado cada uno de los viejos peldaños de madera y al llegar al cuarto piso dio unos golpecitos en la puerta antes de abrirla, lo convenido. En su interior el joven aviador se encogió aún más de lo que era posible en el reducido habitáculo que le escondía. Agarró con fuerza la pistola, notaba las gotas de sudor cubriendo con velocidad su frente. ¿Oirían el golpeteo de sus latidos?

Rosa encontró las luces del interior apagadas. Su estudio cumplía con todos los requisitos con que debían contar los alojamientos para fugitivos: ocupaba toda la planta, con lo que no tenían vecinos a los lados, gruesos cortinajes cubrían los ventanales hasta el suelo y ningún niño vivía en el edificio. Se dirigió directamente al baño y miró hacia el pequeño tragaluz del techo.

—¿David? —preguntó—. *It's me*, Rosa!

—*Here!* —respondió el hombre recuperando la respiración.

El tragaluz se abrió con un leve golpe y la pequeña claraboya dejó entrever la cara de un hombre que se apresuró a descender. Rosa se acercó al joven y le entregó un paquete envuelto en papel marrón y atado con una áspera cuerda, aunque tuvo que esperar a que el hombre acabara de componerse. Necesitaba hacer unos pequeños estiramientos que le recordaran que su tamaño no era el más adecuado para permanecer horas y horas inmóvil en aquel zulo.

—Es ropa —aclaró la chica—, no puedes salir de aquí vestido con ese uniforme. ¿Has comido? —Rosa se esforzaba en sacudir los pantalones para que no parecieran tan arrugados. Lo miró de soslayo, intentando calibrar cómo le sentaría aquella chaqueta algo raída en los codos.

—Yo, sí —balbuceó—. ¿Cuándo yo? —Hablaba con dificultad, intentando aprovechar su escaso vocabulario español acompañándose de gestos.

—¡Ah!, en media hora. *In half an hour, don't worry* —le aclaró ella pasándose ya al inglés, en el último año había tenido facilidades para practicarlo—. Tu contacto se llama Pat O'Learly, aunque también le conocen por Patrick.

—¿Es él inglés? —preguntó, algo reconfortado por la idea de ver a un compatriota.

—No, pero es el hombre que te pasará hasta Francia.

—*Great!* —Para él era más que suficiente.

Rosa le hablaba ya desde la ventana, no perdía de vista la esquina.

—Te dejarán en Chatterou, de allí volarás hasta RAF Ringway —le aclaró.

—¡Conozco! Aeródromo cerca de Manchester —asintió con la cabeza.

—*Exactly!* Date prisa en cambiarte, no tardarán. —Le entregó un sobre—. Aquí tienes tu documentación, incluye una cédula de identificación. Espero por tu bien que no tengas que usarla.

El aviador se levantó el jersey y sujetó el sobre entre el pantalón y su cuerpo, asegurándose de no perderlo.

—Dime —quiso saber—, ¿has hecho esto con *many* hombres?

—Oh, sí —rio ella, divertida por la pregunta—, creo que tú eres el número 69. —Rosa devolvió su atención a la ventana. Un coche se detuvo en la esquina y apagó las luces.

—Ya estoy —se acercó David—. ¿Qué yo parezco? —preguntó.

—*Handsome!* ¡Vamos! —le jaleó abriendo la puerta del estudio con sigilo y bajaron las escaleras con toda la calma que fueron capaces de mantener, Rosa reconoció la voz de Concha Piquer cantando tras la puerta del tercero, movió la cabeza como si quisiera apartar ciertas ideas de su cabeza.

David pronto conoció al llamado Patrick y le apretó con ganas la mano que le ofreció, en aquel momento no le importaba nada su nacionalidad. No entendía muy bien por qué aquellas personas arriesgaban su vida por él, al fin y al cabo ellos no estaban en guerra. ¿Por un ideal, quizá?

Observó a la pelirroja bromeando con el chófer. Si la hubiera conocido en otras circunstancias quizás podría haberla invitado a dar un paseo, o a tomar un té. Su risa le devolvió al momento, casi no se había dado cuenta del camino que habían tomado, pero ya estaban fuera de la ciudad. El camino de tierra les hacía saltar de los asientos por sus numerosos baches. Aunque era de noche se percibía bien el polvo que levantaban al pasar. Al llegar al claro Patrick aparcó el coche junto a una furgoneta que parecía estar aguardándoles. De ella salieron dos hombres.

Rosa se acercó a él.

—Aquí nos despedimos, David —le dijo tendiéndole la mano.

—Rosa, *thank you very much*, no sé cómo agradecerte... —David finalmente se decidió a darle la mano, la presencia de aquellos hombres le cohibía para hacer lo que realmente le apetecía.

—No me debes nada. Cuídate mucho, David.

—*See you,* Rosa, si algún día vas por Inglaterra...

—Te buscaré —sonrió—. *Take care*, David.

La chica se alejó de ellos tras arrancar el coche no sin cierta dificultad. David se sentía algo intranquilo con aquellos desconocidos, el trato con ella había sido encantador y aquellos días, a pesar del encierro, los empezaba a recordar con cierta nostalgia. La espera en aquel descampado le estaba poniendo nervioso.

—¿A quién esperamos ahora? —preguntó David impaciente. Su corazón bombeaba tan fuerte que apenas sentía el frío que avisaba de la llegada del otoño.

—Al *Moon Squadron* —contestó Patrick, seguro de que le resultaría familiar el nombre.

—¿La Unidad de la Luna? —dijo casi emocionado—. Yo he oído sus hazañas. —La sonrisa apareció de nuevo en su rostro y se frotó las manos con alegría.

—Ahora usted será una de ellas —contestó el hombre secamente. No quería distraerse, siguió mirando el estrellado cielo.

—¡Ahí están! —exclamó el más bajito de los otros dos hombres, que era la primera vez que hablaba. Su brazo señaló el cielo.

—Un *Westland Lysander*. —David reconocería ese motor aún dormido.

—Espera aquí. ¡Vamos, compañeros!

Los tres hombres emprendieron una precipitada carrera por el campo. David advirtió que iban vestidos como los miembros de la resistencia francesa, de buen seguro que hasta las etiquetas de la ropa eran francesas, sabía lo meticulosos que eran los del SOE[*].

---

[*]SOE: *Special Operations Executive.*

Cuando los hombres hubieron formado un triángulo iluminaron, casi al mismo tiempo, las lámparas de bolsillo que llevaban, improvisando una pista de aterrizaje. El *Lysander* tomó tierra y David echó a correr hacia el aparato a una señal de Patrick. La portezuela se abrió bruscamente.

—¡Entre rápido, tenemos que irnos ya! —gritó el piloto.

—¡David Hugh, señor! —gritó alegre al oír aquella frase en labios de un compatriota, y de un brinco se coló en el interior del aparato.

—¡John Nesbitt-Dufort, comandante de ala del *Moon Squadron*! —se identificó el piloto, que no perdió mucho tiempo en apretar su mano, hizo un ligero gesto con la gorra y retomó su posición al frente de los mandos.

—¡Encantado de conocerle, señor! —David elevó la voz para contrarrestar el ruido del motor.

—¡Lo creo! —rio el piloto.

7

La invitación

6 de septiembre de 1943

La jovencita, al verlo entrar en el despacho, casi dio un respingo en el asiento.

—¿A quién anuncio, señor?

Aquel hombre debía de haber comprado toda la tirada de la prensa matutina: el *ABC*, *La Vanguardia*, el *Ya*, el *Arriba*... Aunque claro, con la escasez de papel que sufrían ninguno de ellos pasaba de las tres o cuatro páginas impresas.

—Frank Bennet-Jones —contestó el visitante—. El señor Casanova me espera.

—Un momento, por favor. Tome asiento.

La secretaria se levantó con celeridad adentrándose en el pasillo al tiempo que se alisaba la falda y encogía tripa. Aquel hombre era muy atractivo y en el despacho no era frecuente recibir a hombres así. Se había fijado en sus manos, no llevaba anillo. Nuria era el prototipo de lo que Miguel Mihura bautizó en *La Codorniz* como «chica topolino». Cuidaba en la medida de lo posible su aspecto, cada noche dormía con una redecilla que aguantaba intactas las ondas de su pelo. Su sueldo era una inversión en sí misma, su padre la mantenía, así que ella intentaba vestir bien, aparentando pertenecer a una clase media-alta. Usaba trajes chaqueta y medias con costura. Peinaba su melena hacia arriba, destacando su maquillaje. Antes o después conseguiría que alguno de aquellos caballeros trajeados la paseara en su haiga. De ahí a las campanitas de boda solo restaba un estrecho camino.

Su jefe casi saltó de la silla al oír el nombre del visitante. Confirmado, se dijo ella, debía de tratarse de alguien importante y con mucho dinero para que Casanova se molestara en salir al pasillo a recibirlo.

—Señor Bennet-Jones, es un placer. —El abogado tendió apresuradamente su mano derecha mientras ocupaba la otra en colocarse con esmero el nudo de la corbata, quería causar buena impresión—. ¡Nuria, traiga un café para el señor!

—No se moleste —interrumpió Frank—, ya he desayunado y voy apurado de tiempo, gracias.

Casanova esperaba su visita. Su hermano le había escrito hablándole de él, por ello el abogado se atrevió a sincerarse con su cliente lamentando la situación de su pariente.

—Aquí corren tiempos difíciles para los que piensan como él —le aclaró—, y no creo que esto cambie pronto —predijo bajando la voz con precaución.

Frank asintió, en el poco tiempo que llevaba en España había podido comprender todo lo que la guerra aún afectaba a la vida cotidiana.

Rosa buscó con la mirada la cómoda. El reloj marcaba las doce de la mañana, tenía que darse prisa. Saltó de la cama, no había tiempo para un baño, así que lo sustituyó por una rápida ducha. En cinco minutos logró vaciar todo su guardarropa sobre la cama. ¡Nada!, se dijo, no encontraba nada apropiado a sus propósitos.

Por fin se decidió por una falda gris oscura estrecha que marcaba descaradamente su silueta. El escándalo estaría servido si la veía su madre o sus amigas de la Liga Católica. Encogió los hombros en un ademán que reflejaba lo poco que le importaban sus comentarios, no veía la razón de embalsamar las curvas de su cuerpo bajo la ropa solo por algún extraño concepto de «moral».

Se concentró de nuevo en la ropa y se entalló una chaqueta a juego con la falda que resaltaba su cintura de avispa. Respiró aliviada, aquello era otra cosa, nada que ver con los trapos que vendían en las tiendas. Por suerte contaba con Manoli, que le confeccionaba los modelitos que ella misma diseñaba.

Inclinó la cabeza hacia abajo y con los dedos masajeó suavemente la raíz de su pelo dándole volumen, los rizos adquirieron nueva vida. Aquel pelo suelto le confería un aspecto salvaje, sobre todo cuando alguno de los rizos más cortitos se cruzaba por su cara. Buscó una última aprobación en el espejo y remató su atuendo con una boina de color rojo, como la camisa. Un poco de colorete, una ligera sombra de ojos nacarada, un toque de carmín y raya negra en los ojos concluyeron su arreglo. Volvió sobre sus pasos para perfumarse ligeramente.

—¡Niña, niña! —gritó Fuensanta al verla bajar aceleradamente por las escaleras. Rosa se recogía con dificultad la falda para no tropezar—. ¡Pareces un muchacho! Las señoritas no salen corriendo —siempre la recriminaba con los brazos en jarras.

—¡Ah! —se quejó la joven—. ¿Y para qué crees que tenemos piernas? —Sabía lo que desconcertaban sus respuestas a Fuensanta.

—¡Eres imposible! ¿No vas a desayunar?

No sabía para qué le preguntaba, adivinaba la respuesta. Fuensanta hacía mucho que decidió darse por vencida con la niña.

—No puedo entretenerme ahora, Fuensanta. No me esperes para comer —en voz baja Rosa añadió—: Pero guarda mis raciones, ¿eh? —Le dio un rápido beso y salió de la casa dando un portazo.

Fuensanta movió la cabeza en señal de desaprobación. Conocía bien a Rosa y esas prisas solo podían responder a alguna nueva y alocada idea de las que circulaban por aquella revoltosa cabeza. No entendía cómo tanta energía podía caber en su pequeño cuerpo. Sonrió para sí al recordar alguna de las discusiones de Rosa con su madre acerca de sus «modelitos». Aunque se vistiera con un saco, Rosa encontraría la forma de resaltar su cuerpo.

—¡Ay! —exclamó echando una ojeada a la casa.

Cuánto silencio cuando ella salía de allí, no quería ni pensar que algún día se fuera para no volver. ¿Y su Tomiro? ¿Cómo estaría pasando el día? Esa mañana salió de la casa muy resfriado al trabajo, pero el hombre insistió en no faltar, él era los ojos del señor Sarlé en los talleres.

Frank abandonó el bufete algo más tranquilo por el paso dado, un paso que le acercaba a su vuelta a casa. El paseo por la Rambla le ayudaría a pensar, a ordenar sus ideas, o más bien a desterrarlas. Necesitaba distraerse un poco antes de volver a su hotel. Sin darse cuenta se encontró deambulando, disfrutando de las estrechas callejuelas del corazón de Barcelona. La visión de los escaparates le recordó que necesitaba comprar algún presente para los hijos de Paul.

La actividad le había despertado el hambre. Dejaría las compras en la habitación y tomaría algo quizá allí mismo, en el hotel. Al cruzar el umbral del Ritz pasó las bolsas a la mano izquierda con la intención de recoger la llave de su habitación. El vestíbulo estaba desierto en esos momentos, el único murmullo provenía del restaurante. En el mostrador, apoyada con mucha feminidad, solo había una mujer. La observó con atención, su risa era como un cascabel. Era un sonido alegre, bonito. Su pelo rojizo y ondulado brillaba ostentosamente bajo la luz y con el movimiento parecía lanzar pequeños destellos. La melena se acababa justo antes de alcanzar la cintura, dejando ver aquellas formas sinuosas que calzaban unos zapatos negros de tacón. La costura de las medias invitaba a seguir aquella línea hacia el infinito. Avanzó hasta situarse detrás de ella. Podía sentir el olor de su cuerpo, su perfume le embriagó. Se imaginó por un momento cómo sería acariciar su piel.

—Mi llave, por favor. —Su voz sonó ronca tras ella.

La mujer se giró al reconocerlo. Rosa se vio atrapada entre el mostrador y él. Por un momento bajó la vista algo aturdida, pestañeando, como si quisiera ganar tiempo, pero reaccionó rápido y de nuevo la dirigió hacia él con cierto descaro.

—He venido para que me invites a comer «bien» —recalcó Rosa con todo el encanto que pudo poner en su voz. Deseaba que no le notara la turbación que le producía su proximidad.

—¿Desde cuándo las mujeres se invitan? —respondió el hombre secamente, más por la sorpresa que porque no deseara su compañía.

Rosa se separó de él poniéndole una mano en el pecho.

—Desde que quieren recuperar el tiempo perdido con su cuñado —pronunció las palabras tan sinceramente que hasta ella podría creerse que esa era su única motivación.

—Su llave, señor. —Ramón les observaba con curiosidad, esperando ver cómo se resolvía la escena. ¿Cuñados? Eso sí era una sorpresa. Fijó sus ojos en las cartulinas donde apuntaba los mensajes para los clientes, aunque su atención seguía concentrada en la pareja.

Frank se adelantó un poco más para recoger la llave del mostrador. Se sentía desconcertado, para él la conversación ya había acabado, en cambio aquella criatura no se movía de su lado y no dejaba de mirarlo descaradamente. Su sonrisa hacía que le apareciera un hoyuelo en la mejilla derecha. Miró hacia otro lado para cortar ese momento.

—¿Sí? ¿Me invitas? —insistió ella coqueta—. ¿Has comprado regalos? —Señaló las bolsas.

—Sí, *well*, son para los hijos de Paul, un amigo.

—¿Paul Howard, el del Consulado?
—¡Sí! —Frank recordó las palabras de su amigo.
—¿Y bien? —insistió ella.
—*Ok, come on!* —Frank se rindió. Decidió dejar las bolsas en recepción y devolvió la llave.

Frente al rascacielos Urquinaona, sede del Consulado británico, se hallaba el British Club, aprovechado en aquellos tiempos como centro de propaganda británica. Rosa calibró lo que entrañaba entrar allí en plena luz del día, pero decidió ser egoísta, eso le aseguraba una buena comida sin tener que atenerse a los cupones. ¡Tanta maquinación le daba hambre!

—*It's nice!* —dijo él, que empezaba a recordar la decoración del club, apenas había cambiado.

—Sí, es bonito.

Aunque la atención de la chica se centraba en conseguir una mesita lo más alejada posible de la puerta que les ofreciera cierta intimidad, tendría pocas ocasiones de disfrutar de Frank para ella sola. El camarero les dejó la carta.

—¿Cómo conociste a Paul? —Rosa quería sacar todo el provecho posible del momento. Se despojó de la chaqueta acomodándola en el respaldo del asiento y su melena se deslizó sobre la camisa.

—Lo conocí en Cambrigde. Estudiamos juntos desde que teníamos diez años. —Miró hacia arriba calculando—. ¡Buff, hace ya veintidós años por lo menos! Los mismos que debes de tener tú. —Inconscientemente necesitaba levantar cuantas más barreras mejor entre ella y él.

—¡Casi tengo veinticinco años ya! —exclamó ella contrariada, no quería que él se diera cuenta de su diferencia de edad.

—*Excuse me!* —Frank puso su mano sobre el pecho e inclinó la cabeza sonriendo.

Aquello podía ser divertido, se dijo. Era la primera mujer que conocía empeñada en aumentar su edad. Decidió ponerse cómodo liberándose él también de la chaqueta, deshizo los botones de los puños de la camisa y les dio una par de vueltas hacia arriba. Sin notarlo apenas, Frank se puso en guardia, el comedor parecía haber encogido de repente, acercándolo más a aquella mujer. Sus paredes estaban cubiertas por un papel de florecitas de color verde pálido. A media altura una madera protegía la pared del roce de las sillas. La única luz provenía de las pequeñas lámparas que descansaban sobre las mesas redondas. Se preparaba para llover y el día se oscurecía poco a poco.

—Frank —empezó ella—, necesitaba estar a solas contigo, no te he dicho aún cuánto siento lo que te ha pasado, lo que nos ha pasado —rectificó—. Tú y yo compartimos eso, la pérdida de Anna.

Ella alcanzó a ver cómo se endurecieron los huesos de la mandíbula del hombre, aunque sus ojos no expresaban ningún tipo de emoción. Era evidente que no estaba dispuesto a hablar sobre eso. ¿Sabría él de la existencia de las cartas? ¿Le avergonzaría lo que ella pudiera saber sobre su vida con Anna? Rosa decidió enfrentarlo desde otra perspectiva.

—Háblame de Argentina, Frank, ¿cómo es la vida allí? —Sonrió con tristeza—. No es necesario que te cuente cómo es aquí. —Rosa lo miró con los ojos húmedos.

—Depende del lugar —le respondió él—. En la Patagonia, donde está mi estancia, la vida es dura. El clima endurece el trabajo, dificulta las relaciones entre las personas, el invierno te aísla durante semanas. Tienes que amar mucho la tierra para soportar esa especie de confinamiento. El pueblo... —intentó seguir.

—¡El Calafate! —interrumpió ella.

—Sí, El Calafate —continuó—. Consiste simplemente en una larga avenida, que empieza nada más cruzar el puente que salva el río. A la entrada del pueblo, girando hacia la derecha, ya puedes ver pequeños comercios en medio de la nada. En invierno la nieve llega a cubrirlo todo, puede alcanzar más de un metro de altura y nuestra única conexión con el exterior es el aeropuerto de Río Gallegos, a más de trescientos kilómetros del pueblo. Bueno, desde hace poco disponemos de una pequeña pista de aterrizaje, para urgencias.

Ella hizo un mohín imperceptible a la mirada del hombre. Conocía muchas cosas sobre Río Gallegos, y aún más sobre El Calafate. En realidad él no le estaba contando nada que no supiera ya. ¡Quería saber de él! ¿Qué había hecho los últimos seis meses? Quería detalles de su vida, de cómo pensaba, de cómo enfocaba el futuro y, sin embargo, él solo le contaba vaguedades. El camarero les interrumpió al servir la comida.

Frank captó su mirada de extrañeza, no acertaba a pensar qué estaba esperando ella que le contase. Intentó ser algo más social, solo iba a estar allí unos días.

—La vida en Buenos Aires sí es muy distinta. Anualmente —siguió contando— los miembros del Saint Thomas More Society celebramos un asado, aunque la colonia inglesa también frecuentamos el Dickens Pub, el John Bull Bar, el Queen Boss... Tenemos varios lugares de encuentro en la capital.

—¿Tenéis vuestros propios clubes? —se sorprendió—. ¡Y hasta seguiréis manteniendo esa tradición de clubes para solteros y casados, solo para hombres! —Rosa no disimuló su ironía, empezaba a estar algo molesta pensando que él no le contaba la realidad. Las cartas lo describían de otra manera, totalmente apegado a las costumbres argentinas, apasionado por la vida... No entendía nada, a no ser que protegiera sus sentimientos.

—En Buenos Aires pueden pasar meses sin que tengas que hablar español. Lees *The Buenos Aires Herald*, juegas al bridge en Saint Michael's. En el Pickwick Club se celebran tertulias literarias, de todo. En verano hay mucha animación con los certámenes de polo, las regatas en El Tigre...

Rosa torció el gesto ante aquel alarde de nacionalismo británico en un país que no era el suyo.

—¿El Tigre? —preguntó ya sin demasiado ánimo, viendo que estaba perdiendo el tiempo.

—Un río, en realidad es una de las desembocaduras del río Reconquista. A sus orillas se sitúan las mansiones más lujosas de Buenos Aires, allí viven muchos ingleses también. ¡Ah, y para comer como en casa está el London Grill! —Frank se aflojó el nudo de la corbata.

Rosa estalló por fin, no podía aguantar más.

—¿Me hablas de Argentina o de Inglaterra? —le preguntó desafiante—. Me parece muy extraño todo esto.

—¿Qué? —preguntó él, sin entender por qué se mostraba tan molesta. ¿Qué esperaba que le contase? ¿Que le hablase de Anna quizá?

—¿Así vivíais Anna y tú? —Mientras lo escuchaba se esforzaba en colocar aquella voz en las palabras escritas en las cartas. ¿Habría muerto con Anna aquel hombre tan pasional?

El golpe de la puerta del restaurante al cerrarse sobresaltó a Rosa e instintivamente puso la mano en su mejilla izquierda.

—¿Qué ocurre? —preguntó Frank viendo desaparecer el color del rostro de aquel «cascabelito».

—Tengo ese sonido clavado aquí —ella señaló su sien, el color de su cara había desaparecido—, de cuando me detuvieron. —Rosa hizo una pausa para tomar aire—. Bueno, al entrar los nacionales detenían a todo el mundo, pasé unas largas horas en aquella mazmorra antes de que mi madre «arreglara» mi salida. Cada vez que se abría y cerraba aquella maldita puerta era para llevarse a alguno de los que estábamos retenidos. Nos llegaban los gritos desesperados de dolor por la tortura y el miedo. Los que volvían lo hacían de un modo casi irreconocible, a otros ya no los volvimos a ver jamás. —Su voz se fue apagando poco a poco y su mirada parecía perdida en el pasado. Ocurrió en el pasado, pero estaba tan cercano en el tiempo como el lugar en el que se encontraban, a solo una calle de distancia de la Vía Layetana. La misma que albergaba la odiosa Comisaría con sus horrendos calabozos—. No significaba nada que fueras inocente —continuó, y su cuerpo se inclinó hacia la mesa, buscando más proximidad con Frank—, simplemente confesabas. Confesabas cualquier cosa. Se abría la puerta y el olor a sangre, a carne quemada, el olor a muerte se te metía muy adentro. —Llevó su mano hasta al pecho.

—¿Te pegaron? —Su instinto protector afloró casi sin darse cuenta al ver los ojos de ella empañados. Aquella feminidad que se desprendía de sus pícaros gestos, de las formas de su cuerpo, de la entonación de su voz, surgía de repente como una fina tela que lo atrapaba inconscientemente. Le dolió la sola idea de que alguien golpeara aquel rostro.

—Han sido tiempos muy duros, Frank, mucha gente ha muerto. Gente querida.

Ahora Frank entendió por qué Paul le aconsejó que se alejara de ella. Escucharla hablar así, con aquel sentimiento, con su convicción, bajaba la guardia de cualquier hombre. En ese momento la percibía desprotegida.

—Así que eres pintora —quiso cambiar de tema.

—Sí, ¡y estoy a punto de inaugurar una exposición! —La sonrisa apareció de nuevo en su cara haciendo florecer su hoyuelo—. ¡Espero verte allí!

Rosa inclinó un poco la cabeza hacia la izquierda dedicando a Frank una de sus miradas entre insinuante y tímida.

—¿Tu primera exposición? —preguntó el hombre.

—Después de la guerra, sí. Digamos que he estado «castigada» hasta ahora y me estoy trabajando el perdón. —Esbozó una sonrisita burlona.

—¿Castigada? —Aunque empezaba a no extrañarle nada viniendo de ella.

—Antes de la guerra mi vida era otra, la vida de las mujeres en general era otra. Teníamos libertad, derechos. ¡En fin! —Se encogió de hombros—. Que no supe elegir el bando adecuado en el 36.

—Pero, ¡tú debías de ser una niña entonces! —se sorprendió.

En tierra de fuego

—¡No te equivoques conmigo! —Rosa se revolvió en su asiento—. Soy muy madura a pesar de mi edad, he vivido mucho e intensamente. La guerra te hace madurar.

Si él supiera... Ella no era una niña, jamás había sido una niña.

A Frank le sorprendió su fuerza. El tono de su voz casi le sonó amenazador, sus mejillas estaban encendidas y los ojos le brillaban con la fuerza de una pantera. Había observado cómo introducía los dedos de su mano izquierda bajo el pelo, desde la frente hacia el flequillo meciéndolo suavemente, haciendo que un mechón del pelo le tapara por un momento los ojos. Seguro que Paul tenía razón, era impetuosa, pero transmitía tanta vida que era agradable estar con ella. Ojalá no le recordara tanto a Anna. Deseó que no fuera su hermana.

—Supongo que por eso me aburren los chicos jóvenes —resumió ella—, nunca saben qué decir para entretener a una mujer como yo. —Rosa se separó un poco de la mesa y, haciendo un gesto coqueto, añadió —: ¡Prefiero hombres maduros!

El inglés dejó lentamente su copa en la mesa, interesado por el cariz que estaba tomando la conversación.

—Y dime, ¿a cuántos hombres maduros has tratado?

—Los suficientes para saber qué quiero. —Su respuesta fue más que fulminante. Rosa tomó su copa y muy lentamente apoyó los labios en el borde para dar un sorbito.

# 8

La miliciana

Pilar y Rosa eran dos mujeres muy distintas. Pilar debía de tener cinco o seis años más que Rosa y nunca le preocupó lo más mínimo su aspecto físico. En sus tiempos de miliciana se acostumbró a usar pantalones amplios y camisas de hombre y acabada la guerra ya no renunció a ese atuendo.

Verlas juntas resultaba curioso, Rosa siempre iba ligeramente maquillada, con su melena bien cuidada y vestida expresamente para cada ocasión. Pilar lucía pelo corto muy negro, una piel oscurecida por la exposición al sol, anchas cejas y uñas excesivamente recortadas. Rosa la consideraba una heroína, una mujer que luchó en los frentes de Aragón y Cataluña, de las primeras que se afiliaron a la organización Los solidarios, fundada por Durruti. Desde entonces su trayectoria militar fue paralela a la de él, hasta su muerte. En más de una ocasión se preguntó si hubo algo entre ellos.

Pilar nunca fue partidaria de que Rosa entrara en la organización. La «burguesita», como ella la llamaba, no era más que una «niña bien» aburrida que quería jugar a espías por contrariar a sus papás. Reconocía que en ocasiones su colaboración había sido de gran ayuda, y que sus relaciones de «sociedad» en el Ritz, donde se manejaba a su antojo bajo la cobertura de retratar a tanto personaje famoso, les había conseguido muchos e interesantes contactos en el extranjero. Sin embargo, a pesar de todo, seguía sin fiarse demasiado de ella. Sus años de lucha le habían enseñado a calibrar el valor de los hombres en la batalla, era capaz de interpretar una mirada, y Rosa era demasiado emocional, le pesaban los sentimientos y eso estaba reñido, a su entender, con el arrojo y el valor.

Para la «burguesita» aquella era la lucha por un ideal, al estilo de lo que debía de haber leído en los versos de Espronceda o Bécquer, o incluso de Larra, pero la lucha no estaba en los versos, ni siquiera en las palabras. La lucha consistía en que no te temblara la mano al sujetar un arma, en ser capaz de apretar el gatillo y romper la vida que tienes frente a ti, y alguien que era capaz de dibujar la vida en un papel no podía ser capaz de borrarla de un disparo.

Caminaba deprisa pero levantó la vista al reconocer la voz de Rosa. No entendía cómo salía de allí, nada menos que del British Club, a la vista de todos. ¡Esa chica era una imprudente!

—¡Pilar! —En el mismo instante en que oía su propia voz Rosa fue consciente de su error. Pilar pasó de largo frente a ellos.

¿Amiga de Rosa?, se preguntó Frank. A simple vista aquellas dos mujeres no parecían tener gran cosa en común. De espaldas aquella mujer más bien parecía un hombre, pero Frank optó por no hacer ningún comentario.

Los dos cuñados tomaron el camino de regreso al Ritz casi sin decir nada. La tarde empezaba a refrescar al esconderse los últimos rayos de sol, que se alternaban con un suave chirimiri. Caminaban muy juntos, en ocasiones notaban la piel del otro rozar su brazo. Los escaparates anunciaban ya el calzado y la ropa de invierno. Rosa pensaba, pensaba en algo efectivo que alargara de alguna forma su «cita» con Frank.

—¡Oh, no! —exclamó de repente con fastidio.
—*What happen?*
La chica señaló su pierna derecha.
—Tengo una carrera en las medias, con lo que escasean. Necesito tu habitación —pidió.
—No tengo medias —cortó él.
—No necesito otras medias —protestó ella—, solo necesito tu habitación.

La joven respiró aliviada al entrar por fin en el ascensor. Le había costado, pero lo consiguió. Era difícil hacerse una carrera a conciencia, en cambio cuando no la deseas... Había tenido que sacrificar sus escasas existencias, pero el inglés merecía la inversión. Él retiró la mirada avergonzado al encontrar la de ella. El ascensor parecía ahora más pequeño. Volvió a sentir su fragancia. La puerta del ascensor se abrió. Frank miró a ambos lados del pasillo algo intranquilo mientras ella, totalmente despreocupada, entró decidida en la habitación en cuanto él le cedió el paso. La rica decoración de todo el edificio contrastaba enormemente con la realidad del exterior. Rosa se sintió algo impresionada, pero en ese momento no quería pensar en nada, dejó el bolso sobre la cama y se dirigió al baño.

Frank estaba incómodo, sentía la rigidez de su cuerpo. Controló la hora. Miró hacia el baño, la puerta estaba entreabierta. Rosa untaba con mimo el jabón húmedo sobre el pequeño agujero de la media con el dedo índice, extendía el jabón dibujando un pequeño círculo. Su falda subida mostraba buena parte de su belleza. Sus ojos se cruzaron fugazmente con los del hombre, pero en ese breve instante Rosa no alcanzó a ver el deseo que esperaba encontrar en ellos.

9

El Consulado

7 de septiembre de 1943

El día siguiente había amanecido radiante, claro. Cuando Frank llegó a la Plaza Urquinaona se encontró con un gran tumulto a las puertas del Consulado. La policía se mantenía al margen viendo cómo aquellos hombres se pegaban. Distinguió a Paul en las escaleras de acceso al edificio y su pequeño gesto le hizo descubrir las cámaras del NODO en la plaza. Decidió seguir caminando para entrar por el acceso lateral.

—Esto ya empieza a ser una costumbre —le explicó Paul encogiéndose de hombros al aceptar impotente la situación—. Nuestros simpatizantes vienen aquí a ver documentales de la guerra, los que evidentemente no se proyectan en los noticiarios que obligatoriamente el régimen hace proyectar en las salas de cine, y al salir se encuentran con esto. —Paul abrió las manos en un gesto de aceptación.

—¿Y la policía, no hace nada? —preguntó Frank.

—¿Contra los falangistas? Imposible. Y nosotros estamos atados de pies y manos, oficialmente debemos guardar las apariencias. El año pasado expulsaron a Marc Jottard, el cónsul belga, no podemos arriesgarnos a algo así en estos momentos.

—¿Os están vigilando seriamente? —preguntó de nuevo, aunque ya lo percibía.

Paul asintió con la cabeza.

—El gobierno —le explicó— ha creado una «Brigada de Información» aleccionada por la Gestapo, intentan desde hace meses rastrear nuestras redes. Hemos perdido varios pilotos por sus filtraciones. De ahí la importancia de tu misión en Madrid.

Frank puso un gesto de contrariedad; eso coincidía con la información de Otto.

—*Come on!* —dijo Paul—, te enseñaré nuestro pequeño mundo. —Su voz se infló de orgullo. Al adentrarse en el Consulado a Frank le dio la impresión de estar en su país, las banderas, los letreros... ¡Cómo había cambiado en ocho años! Al avanzar por los pasillos se percibía una gran actividad, gente entrando y saliendo de los despachos con papeles en las manos, teléfonos sonando...

—Ah, ese es el despacho de Farquhar —señaló Paul—, aunque como te dije ahora está en Londres.

Frank reparó en la placa reluciente de la puerta, que rezaba: *Harold L. Farquhar, Cónsul General.* Paul miró con detenimiento a su amigo. Debía evitar por todos los medios que conociera las actividades clandestinas de Rosa y viceversa. En un principio, la política aliada coincidió con las aspiraciones de la resistencia catalana de derrocar a Franco una vez acabada la guerra, como recompensa a su apoyo, sin embargo las cosas habían cambiado.

Cada vez era más clara la no intervención de Franco en la guerra y su freno a Hitler, no permitiéndole su paso por España para llegar a Gibraltar. Por eso, a los aliados ahora les interesaba más mantener una respetuosa actitud con la política franquista que una confrontación. Era obvio que los dirigentes del Frente Nacional de Cataluña habían notado ese cambio de actitud. Paul se enfrentaba a una difícil situación, la de mantener activas todas las redes de evasión en España hasta el final de la guerra. Debían de faltar pocos meses para la denominada «invasión aliada» y su única baza era fomentar la división en el seno del FNC para ganar tiempo.

Los dos amigos continuaron adentrándose por el interior del Consulado, bajaron las escaleras que se escondían tras una gran puerta de hierro y atravesaron el largo pasillo. Hombres armados custodiaban un enorme portón. El hombre, que hablaba por teléfono, miró con atención a los visitantes invitándoles a tomar asiento. Hablaba un fluido catalán.

—Frank, él es Donald Darling, el alma máter de todas nuestras redes.

—No es para tanto. —El hombre se levantó de la silla algo azorado. Él prefería permanecer como su trabajo, clandestino. Antes de extenderle la mano se retiró el pelo de la frente—. ¡Bienvenido, Frank! Tenía muchas ganas de conocer a nuestro hombre en Argentina. Sus informaciones nos están resultando muy valiosas, mi trabajo depende en cierta manera del suyo.

—Pero no puedo evitar que hundan nuestros acorazados —dijo Frank con pesar—. Argentina está plagada de espías nazis.

—Prometí a Frank que le enseñaría el búnker, la joya de la corona, aunque no sé, tanto trato con el enemigo...
—Paul rio.

Frank le siguió la broma y lanzó al aire un puñetazo que su amigo encajó perfectamente. De jóvenes simulaban peleas entre ellos para atraer la atención de las chicas. Donald les acompañó en el recorrido de la gran sala. Mientras caminaban se esforzaba por meter con disimulo la camisa en el pantalón. Se ajustó los tirantes.

—Como ves, Frank, esto es casi una réplica de los sótanos del Science Museum de Londres —mostró orgulloso—. Aquí —prosiguió— imprimimos la documentación: tarjetas de identidad, certificados de residencia, permisos de trabajo, pases de libre circulación, cartillas de racionamiento, pasaportes... Son tan perfectos que hasta a mí me resulta casi imposible distinguirlos de los originales. En fin, nos dedicamos a preparar todo lo relativo a la documentación que necesitan nuestros hombres, en cambio la vestimenta nos llega directamente desde Londres, vía aérea.

A Frank le constaba la eficiencia con la que el gobierno británico preparaba la guerra y a sus hombres. Durante la gran guerra fueron pioneros en la incorporación de psicólogos al ejército, que atendieron la moral de la tropa siguiendo las tesis de Galton. Se sentía orgulloso de pertenecer y poder servir a su país, aunque fuera en la sombra.

10

La resistencia

Rosa bajó del tranvía de forma apresurada. Esa mañana escogió un vestido azul de falda estrecha, con faldón en la cintura. Miró rápidamente a ambos lados de la acera antes de enfilar la calle París; no parecía que la siguieran. Se detuvo ante el número 150, tomó aire y empujó con fuerza la pesada puerta. Finalmente, ante la negativa del ascensor a moverse, se atrevió con las escaleras. Allí, en el tercero segunda, el profesor Ramón Aramon y Serra estaría ya impartiendo sus clases de gramática catalana.

Tras la guerra, Rosa ya no volvió a la universidad, pero algunos compañeros de carrera se organizaron, y junto con miembros del Instituto de Estudios Catalanes, continuaron a escondidas con sus actividades culturales.

Fue en ese tiempo cuando la vida le permitió tratar a personajes de relevancia para ella como el propio Aramon o Josep Puig i Cadafalch, que por aquel entonces ya era un prestigioso arquitecto modernista y que, tras su segundo retorno del destierro, no dudó ni un instante en ofrecer su casa de la calle Provença para celebrar las reuniones del Instituto.

Visitar al profesor constituía un gran placer. Siempre acababan evocando las largas tertulias que en tiempos mantuviera este con Ramon Casas, Santiago Rusinyol e incluso con el propio Puig i Cadafalch, en la que se consideró la taberna modernista por excelencia, Els Quatre Gats. El profesor la esperaba tras la puerta entreabierta. El suyo era un piso amplio, de paredes color ocre, y un pasillo iluminado por la luz de los grandes ventanales del salón invitaba a adentrarse en el.

—*Passa, Rosa, estem a punt de sortir*[*] —dijo consultando la hora; se les hacía tarde.

—Creíamos que no vendrías —se quejó Oleguer, cuya cabeza comenzaba a asomar por el cuello del jersey negro. Aún con él puesto podían adivinarse unos músculos trabajados.

—El dichoso tranvía no llegaba —se excusó.

—¿Vamos? —El profesor parecía impaciente.

El perchero, que custodiaba la puerta, se fue aligerando de peso a medida que tomaban sus sombreros y chaquetas. Oleguer agarraba una radio entre sus enormes manos como si fuera un bebé, arropándola entre las hojas de un periódico.

***

*Pasa, Rosa, estamos a punto de salir.

El coche del profesor, con la matrícula previamente embarrada, funcionaba a duras penas, pero aún era capaz de escalar la subida del Tibidabo. Aquel era el lugar donde más fácilmente se podían salvar las interferencias que permitían escuchar los comunicados de la BBC de Londres.

—¡Os habéis retrasado, está a punto de comenzar! —espetó Pilar molesta por la espera. Sostenía una radio a la que se le había añadido una especie de antena que mantenía un difícil equilibrio.

—He traído otra por si acaso —mostró Oleguer.

El grupo se acomodó alrededor del pequeño mantel extendido sobre la hierba que albergaba un escaso e improvisado almuerzo. Junto a Pilar se sentó Jordi, que pertenecía al ala más reaccionaria del FNC. En realidad constituían un grupo bastante heterogéneo, su origen, su forma de defender sus ideales y hasta el idioma, en el caso de Pilar, los separaba. La radio empezó a emitir. Los cuatro toques de timbales, que siempre precedían a las notas de Beethoven, silenciaron al grupo.

—Estación de Londres de la BBC radiando para España. Entre nuestros comunicados tenemos uno muy especial para la pequeña Anita: «la perra de Flora ha tenido un cachorrito».

—¡Bien! —gritó Rosa.

—Cállate, ¿estás loca? —protestó Pilar mirando alrededor.

La locución continuó con noticias sobre la guerra por espacio de cinco minutos hasta que la voz que concluía las emisiones se despidió como acostumbraba:

—... desde Londres les ha hablado Jorge Marín.

En tierra de fuego

—*Aquest tio sí que té un parell de...**
—¡Oleguer! —le cortó Rosa mirando al profesor.
—Bueno —se corrigió—, llámalo como quieras, pero es de los nuestros. Le tiene declarada la guerra a Franco, y esto —señaló a la radio— se oye cada día más.
—Veremos lo que dura —añadió Jordi escéptico—, ya no es como al principio, ha tenido que bajar el tono. ¿No lo habéis notado? Está claro que a estas alturas a los ingleses no les interesa molestar demasiado a Franco, en cuanto acabe la guerra pasaremos al olvido. —El rostro de Jordi se iba irritando a medida que hablaba—. El embajador británico en Madrid —prosiguió— protesta a diario a Londres por estas emisiones.
—¿Ese nuevo cachorrito era tu aviador? —preguntó Oleguer con la pretensión de aligerar el ambiente, y en parte aliviado de que aquel hombre desapareciera del estudio de Rosa.
—Sí —admitió la pelirroja.
—¿Vuelves conmigo? —La voz de Pilar siempre sonaba autoritaria. En esos momentos empezaba a estar algo harta de aquel grupo de niñatos que solo hablaban y hablaban.
—Sí, Pilar. Hasta la vista, chicos. —Rosa se despidió deprisa de ellos, con Pilar ya inmersa en su habitual batalla para arrancar el coche.
—¡Estoy más que harta de este maldito gasógeno y de las carreteras, llevo tres pinchazos en menos de dos semanas! —se quejó—. Además, he tenido que echar cáscaras de avellana al depósito y no soporto ese olor.

*Este tío sí que tiene un par de...

—No he querido pedirle a mi padre más cupones de gasolina. Ya no ve con buenos ojos que use su coche, no hay demasiados Kapis por Barcelona —se excusó Rosa.

—¡Ya, por fin! Exclamó Pilar, que no escuchaba nada de lo que le decía su compañera—. Y dime, ¿qué hacías saliendo del British Club? —Cerró la puerta de un fuerte golpe, ajustó el retrovisor y arrancó.

—Mi cuñado ha llegado de Argentina y fui a comer con él.

—¿No es inglés? —preguntó—. ¿Y qué hace un hombre joven y fuerte dando un paseo por Europa cuando su país está en guerra? —la miró fijamente—. ¿Por qué no está en el frente? —quiso saber.

Aunque a Rosa le hubiese gustado desahogarse con alguien comprendía que Pilar no era la mejor opción. También ella se preguntaba cuál sería la postura de Frank sobre la guerra, ella misma se cuestionaba cuál era su propio compromiso con la resistencia; ¿estaba a la altura de lo que se les exigía? Desde la llegada de Frank él había pasado a ser su prioridad.

—Pero tu cuñado estará aquí de paso, ¿me equivoco? —Pilar percibía el interés que aquel hombre levantaba en Rosa.

—¿Y qué? —La pregunta la sobresaltó, como si en ese instante acabara de tomar conciencia de esa realidad.

—¿Cómo que y qué? Pareces muy interesada en alguien que vive al otro lado del mundo, que fue el marido de tu hermana y que se irá dentro de dos o tres días.

La miliciana detuvo el coche en seco para concentrarse en su compañera de viaje.

—Rosa, puedes tener a cualquier hombre, pero ese —recalcó— solo te traerá problemas a ti y puedes causárnoslos a los demás. Ya es un riesgo para todos que te vean con él, Rosa. ¡Ese hombre no! ¡Imposible!

Rosa se hundió en el asiento. ¿Imposible? Sin duda, esa debía de ser la palabra más horrenda del diccionario.

Un escalofrío le recorrió el cuerpo.

11

La cena

8 de septiembre de 1943

La pelirroja se asomó sigilosa, andando de puntillas. En esos momentos Fuensanta parecía ganar su particular batalla contra la cocina económica. Era peligroso acercarse a ella cuando maniobraba aquel artilugio. La cocinera repetía metódicamente los pasos a seguir, tenía el rostro acalorado y unas gotitas de sudor se empeñaban en aparecer en su frente. Primero poner el carbón mineral, segundo controlar el aire posicionando el enrejado, tercero calcular el diámetro a utilizar de los fogones, cuarto llenar el depósito del agua, quinto colocar las patatas en el horno. ¡Buff!, resopló. Fuensanta se pasó la mano por la frente intentando despejarla.

Rosa se concentró en el lacito del delantal que a duras

penas llegaba a rodearle la cintura y tiró de él soltándolo de un movimiento rápido.

—¡No me entretengas, niña! —se quejó Fuensanta, harta ya de sus juegos—. Llegará el señor Frank y su madre se enfadará conmigo por no tener la cena preparada.

—No te quejes tanto, siempre te sale todo perfecto. ¿Me guardaste lo que te pedí?

—Harás que tu madre me eche. —Fuensanta luchaba por deshacerse de los arrumacos de Rosa—. Hoy me ha costado mucho encontrar esto —le susurró vigilando la puerta de la cocina—. El estraperlo cada día está más difícil —se quejó—, la gente está más interesada en cambiar cosas que en conseguir dinero.

—¡Nadie trapichea como tú! —Rosa agarró el paquete satisfecha por su contenido e intentó dar un beso a Fuensanta, pero esta se revolvió protestando, no llevaba un buen día, aún recordaba la cola de la mañana en la que le habían pinchado con un alfiler para intentar adelantarse. Pasaba un mal rato contemplando a aquella gente con las tazas de lata esperando recoger el cuarto de aceite semanal, o las caras de los niños ansiosas por ver si ese día tocaría algo de carne de membrillo o el sucedáneo de chocolate que repartían de tanto en tanto.

Bueno, pensándolo bien, sí había sido un buen día, hasta consiguió pan. Si su señora hubiera visto de dónde lo sacó la mujer que se lo vendió al grito de: «¡Hay barra, hay barra!». Aunque había que alegrarse, al menos el pan hoy era amarillo, lejos del negro habitual.

* * *

La tarde pasó rápida. Rosa oyó el timbre de la puerta desde su habitación y pensó que debía de ser Frank. Acabó de maquillarse frente al espejo y se puso en pie respirando hondo. Intentando estar tranquila. Miró por la ventana, la luna lucía en cuarto menguante.

—¡Abriré yo, Fuensanta! —Montserrat ya se aproximaba al vestíbulo.

Al abrirse la puerta de la casa los ojos de Frank se dirigieron instintivamente hacia la escalinata que comunicaba la planta baja con el piso superior. Aunque intuía que Montserrat le estaba hablando no conseguía entender sus palabras. En esos momentos Rosa bajaba las escaleras, su mano derecha se deslizaba suavemente por el pasamanos. Un vestido verde esmeralda cubría su sensual cuerpo, pegándose como un guante a su estrecha cintura y dando paso a la forma de sus caderas. A Rosa aquella mirada le pareció sombría.

—¡Frank! ¡Frank! —A Montserrat le dio la impresión de que su yerno palidecía.

—*Excuse me!* —Su voz era ronca.

—Pasemos a la salita mientras acaban de preparar la cena —dijo Ferran—. Tomaremos una copa.

Montserrat, a pesar de todo, agradecía tener invitados de clase con los que poder lucir sus maneras y su porte de señora. Se vistió especialmente para la cena eligiendo uno de sus Balenciaga. Llevaba el pelo recogido en la nuca, hacía poco que se había marchado la peinadora y complementó su modelo con un collar de perlas. Cuidó personalmente, hasta el último detalle, los preparativos de la mesa. Ferran lucía un impecable traje azul oscuro, combinado con camisa blanca y corbata azul.

—¿Cómo encuentras Barcelona, Frank? —quiso saber su suegro.

—A pesar de la guerra, Barcelona aún tiene cosas muy bonitas para ver, ¿no te parece Frank? —Rosa quería evitar cualquier comentario sobre su visita al hotel.

Montserrat dedicó una mirada de recriminación por las palabras de su hija. ¿No se daba cuenta de que Anna había muerto? ¿Que las cosas ya no eran, ya nunca podrían ser bonitas otra vez? ¿No entendía que aquel hombre estaba allí simplemente porque era el viudo de su hermana?

—Quiero agradecerte, bueno, mejor, Montserrat y yo —añadió Ferran— queremos agradecerte que te hagas cargo de todos los trámites que conlleva el testamento y nos evites ese trago, Frank.

—Para nosotros, para su padre y para mí, es como si Anna aún viviera. —Montserrat cargó de intención sus palabras.

—Al menos mi hermana fue muy feliz contigo, Frank. ¡Eso me consta!

Las palabras de Rosa hicieron mella en Frank. Su mano se cerró hasta que los nudillos se le pusieron blancos, los apretó con la fuerza que hubiera deseado tener para alejarse de allí. El cristal de la copa que sostenía saltó en pedazos. ¿Qué podría saber ella? ¿Por qué le había dicho eso? Estaba tan aturdido con el comentario que no se percató de la hemorragia que cubría su mano.

—Lo siento —se excusó. Odiaba perder el control.

—Ven conmigo. —Rosa se levantó rápida intentando taponar la herida con su pañuelo sin conseguirlo—. Acompáñame a la sala de baño, allí podré limpiarte la herida y vendarla.

—No es nada, con un poco de agua... —Frank se sentía incómodo a solas con ella.
—¡Tenemos que desinfectar la herida! —insistió Rosa. Ella le dirigió la mano bajo el grifo. Frank no fue consciente de cómo le retiró los pequeños cristales con la pinza, uno a uno, ni de cómo le aplicó el algodón empapado en alcohol sobre la herida. El sonido del agua le llevó a recorrer con la mirada la descubierta nuca de la mujer. Su delicada espalda se reflejaba en el espejo. Rosa llevaba el pelo recogido en una cola alta que le caía en cascada a los lados. El movimiento suave de su cabeza le producía cosquillas en la barbilla, a la vez que liberaba una suave fragancia. El roce de sus manos le hizo darse cuenta de que deseaba más. Se retiró bruscamente de ella. Sus miradas se cruzaron en el espejo y Rosa sintió una opresión en el pecho. Los ojos de Frank estaban fijos en ella, su boca se secó al ver aquel glacial en su mirada.

—¿Cómo está tu mano? —preguntó Montserrat al verlos de regreso en la sala.
—Bien, no es más que un rasguño. —A Frank su preocupación le pareció sincera.
Fuensanta empezó a servir la cena en cuanto la familia ocupó sus asientos en el comedor. «¡Cuánto antes empiece esto antes acabará!», se dijo algo incómoda por la imposición de tener que lucir uniforme y guantes.
—No puedo ofrecerte la cena que me hubiera gustado. —Montserrat se sentía obligada a disculparse por lo que consideraba un pobre menú—. Pero aquí seguimos con tantas restricciones que ya ves. —Sus manos se abrían

mostrando la mesa. En la mente de Montserrat quedaban ya muy lejos sus veraneos en Biarritz y San Sebastián. En un acto reflejo se tocó el collar de perlas, vestigio de aquellos días, y colocó la servilleta con sumo cuidado para no arrugar su Balenciaga.

—No tienes que excusarte, Montserrat, todo está perfecto —la animó Frank, que conocía las debilidades de su suegra.

Fuensanta la fulminó con la mirada bajo su tiesa cofia, que en algún momento temía que fuera a parar a algún plato. La «baronesa» vivía en la inopia, pensó en sus adentros. Ella, con sus continuos trapicheos, era la que conseguía que aquella casa funcionara.

—En Argentina sí que hay buena carne, ¿cierto? —preguntó Ferran.

—Sí —Frank depositó con cuidado la copa de vino sobre el inmaculado mantel—, nuestros animales pastan en tierras blandas y eso hace que sus músculos no se endurezcan. Así conseguimos una carne más tierna.

—Esta es carne de vaca congelada. ¡Cuesta ocho pesetas! No se adónde va a llegar esto —se quejó Montserrat—. Lo que sí es más asequible es la verdura, los masoveros la han traído esta mañana. Al final —añadió dirigiéndose a su marido—, hicimos bien en no denunciarlos, ahora trabajan mejor los sinvergüenzas.

—Vamos al cincuenta por ciento —aclaró Ferran—. Quizás comamos carne de tus animales Frank, creo que llegan muchas partidas desde Argentina.

—Puede ser, en ocasiones resulta difícil controlar el destino de las reses, tú las vendes a alguien y ese alguien a otro... En Argentina tampoco son momentos fáciles, estamos bajo una dictadura militar y algunos grupos nacionalistas no ven con buenos ojos a los extranjeros que allí vivimos y poseemos tierras.

—¿Y qué noticias os llegaban de la guerra? —quiso saber Rosa.

—A Buenos Aires llegaron muchos españoles al principio de la guerra y desde Londres se recibían noticias cada día por radio.

—¡Pues no entiendo cómo mi hermana no se preocupó más por nosotros! —En Rosa afloró cierto rencor.

—¿Qué quieres decir? —preguntó Montserrat molesta—. Ella nos escribía, no puedes decir que no se preocupara, las cartas llegaban con retraso pero llegaban, a ti también te escribía.

Los dos hombres intercambiaron un gesto de complicidad como preparándose para la nueva batalla entre madre e hija. Rosa bebió un sorbo de vino antes de seguir.

—Pero si ni siquiera nos invitó a ir cuando hubiéramos podido morir en un bombardeo. ¿Por qué no lo hizo, Frank?

—Rosa esperaba entender aquella sensación de extrañeza que le produjo su conversación con él durante la comida.

—Ella sí se preocupaba por su familia. —Frank hizo una pausa, necesitaba pensar la respuesta—. Quizá sabía cuánto amabais esta tierra y lo que significaba dejarla atrás como hizo ella. —Aún le resultaba doloroso hablar de Anna, él no debería estar allí defendiendo a su mujer. Además, le aturdía el modo en que le miraba Rosa, parecía no creerle y notaba que le estaba juzgando.

—¿Cómo va la fábrica, Ferran? —preguntó forzando un cambio de conversación.

—Sobreviviendo —resopló su suegro—. La postura neutral de Franco nos ha cortado las buenas relaciones que teníamos con Inglaterra, las materias primas ya no llegan como antes y nuestras fábricas trabajan a ralentí. Además, los cortes eléctricos no ayudan en nada. Ahora la lana nos llega en cantidades insuficientes y recurrir al mercado negro es casi imposible por la corrupción.

—Podría intentar algo vía Argentina. Nuestra comunicación con Inglaterra es buena, de hecho gran parte de mi producción lanera la envío a mi país. Quizá consiga introducir una parte con los envíos diplomáticos al Consulado, aquí en Barcelona.

—Te lo agradecería, Frank, nuestra posición empieza a ser un poco delicada. —Ferran miró de soslayo a su mujer antes de continuar—. Quizá te gustaría visitar la fábrica uno de estos días.

—Claro.

A Rosa no le pasó inadvertida la chispita que iluminó el rostro de su madre. Seguro que ahora aún agasajaría más a su invitado sabiendo que podía obtener algún beneficio de él.

—Y dinos, ¿vas a estar mucho tiempo en España? —preguntó Ferran.

—¡Padre, acaba de llegar! —Se quejó Rosa ante la idea de la marcha del inglés—. Quizá tenga pensado saber algo de la guerra y darse una vuelta por Europa.

—¿En plena guerra? —se exaltó Montserrat, recordando sus andanzas.

A Frank de nuevo le pareció advertir cierto tono sarcástico en la proposición de Rosa. Detestaba pasar por cobarde y más aún dar esa imagen ante ella.

—Al menos tienes que estar presente en la inauguración de mi exposición, me lo has prometido.
—*Of course* —contestó fastidiado.
«¿Cuándo le prometió eso?», se preguntaba Montserrat. Fuensanta, en cambio, estaba entretenida descubriendo que aquella lucecita interior, la que iluminaba el rostro de Rosa cuando estaba tramando algo, acababa de encenderse.
—Rosa no nos ha dejado ver nada de los trabajos que prepara para la exposición, será una sorpresa para todos —dijo su padre.
—Espero que Martí tenga más *seny*[*] que tú —le recriminó Montserrat pensando en las pinturas.
—¡Martí es mi agente artístico! —se apresuró a aclarar Rosa.
—¿Y Julio? —preguntó su madre con ánimo de molestar—. ¿También va para agente artístico?
—Tengo curiosidad por conocer esa faceta tuya —medió Frank. Para él estaba claro que aquella mujercita debía de tener más de un admirador. Despejó esa idea de su cabeza, él estaba allí de paso.
—¿No te comentó nada mi hermana? Le mandé algunos dibujos en mis cartas.
—Bueno, quizás sí, no lo recuerdo en este momento —se excusó. No estaba seguro de qué le había preguntado.

[*] Cordura.

12

Martí

9 de septiembre de 1943

Rosa levantó la pesada plancha de zinc, alejó el pelo de la frente con un insuficiente soplido y tras dudar un poco terminó escogiendo uno de los lápices de grafito que descansaba en el viejo bote de pintura que utilizaba a modo de lapicero. Eligió el primero de los bocetos que tenía dibujados en su viejo cuaderno para aquella prueba. Humedeció la plancha con un trapo mojado y decidió qué color utilizar para el cartel, empapó el rodillo en tinta ocre pasándolo lentamente sobre la plancha y, finalmente, con cuidado, depositó la hoja de papel sobre ella.

Los golpes en la puerta la sobresaltaron. Mientras se dirigía a la entrada intentaba liberar sus dedos de las manchas de pintura, y antes de abrir dio una última ojeada al interior del estudio comprobando que todo estuviera en orden.

—¿Estás sola? —preguntó Martí nada más abrirse la puerta y asomando la cara con precaución.

—Sí, pasa. —Se saludaron con dos besos en la mejilla.

—Todo está a punto para la inauguración. ¡Será un éxito! —exclamó Martí frotándose las manos—. ¿Es para la exposición? —preguntó señalando el futuro cartel que reposaba sobre la plancha de zinc.

—No, estoy probando algo nuevo, quiero utilizar diferentes colores con esas planchas, a ver qué sale.

Martí era de aquellos hombres a los que les gustaba y necesitaban darse importancia en todo lo que hacían. Le delataban los estudiados gestos de sus manos acompañándose al hablar y su caminar, con el cuello tieso, para que no se le arrugara el nudo de la corbata si bajaba demasiado la cabeza... Todo en él resultaba grandilocuente y postizo.

—¡Lo venderemos todo! Ya verás. Yo también me arriesgo contigo. —Necesitaba una vez más recalcar su papel en todo aquello.

—Ojalá pudiera estar tan segura como tú. De hecho, me siento como si fuera la primera vez que expongo. Hasta ahora eran carteles, dibujos sueltos, pero ahora es diferente. ¡Mi primera exposición de cuadros! —Le gustaba el sonido de aquellas palabras.

—Tienes a Monseñor de tu parte, que es como tener el visto bueno de la Iglesia. Eso ya es una garantía en estos días. —Martí se acomodó en el viejo sofá.

—Sí, tienes razón. Lo cierto es que se está comprometiendo mucho apoyándome —reconoció—. Ya sabes, soy persona «non grata» para la alta curia. Solo me soportan por el dinero que aporta mi madre al Auxilio Social.

—Y por tu trabajo, tus restauraciones en las iglesias no pasan inadvertidas. No debes preocuparte. ¿Dónde está el misterioso cuadro? —Como de costumbre acompañaba su parlamento con un incesante movimiento de ojos, unos ojos que nunca se detenían en su interlocutor, dirigiéndose de derecha a izquierda.

—Lo verás como todos, ¡en la exposición! —No cedería.

—¡Yo soy tu representante, tengo que dar el visto bueno a todo lo que haces! —se quejó.

—Ni lo intentes —contestó ella amenazándolo con un pincel manchado.

Los dos sonrieron. Rosa se sentía a gusto con Martí, pero no conseguía verlo de otra forma que no fuera como un amigo. En ese momento comprendió por qué: les faltaba la complicidad de la mirada, la chispa del hablar sin palabras. Por primera vez había sentido un escalofrío bajo la mirada de un hombre, algo nuevo, algo muy físico que en cierto modo le asustaba un poco y no era por Martí, ni por Julio, ni por nadie que le pareciera bien a su madre. Se estremeció al recordar el roce de las manos de Frank cuando le curó la noche anterior. Fue tan breve, tan intenso que le supo a poco.

—Bueno, hablando de otra cosa, ¿cuándo piensas casarte conmigo? —preguntó él por enésima vez.

—Ahora no puedo —dijo Rosa señalando sus pinturas—, estoy muy ocupada. —Ella lanzó una mirada rápida a su alrededor excusándose.

—No sé a qué esperas. ¡Mírame! Soy joven, atractivo, un buen partido y, lo que es más importante, contaría con la aprobación de tu madre.

—¡Eso! ¡Eso es precisamente lo que me preocupa!

Rieron de nuevo, pero Rosa pensó por un instante lo que sería una vida con Martí: desayuno a las ocho en punto, tostadas con mantequilla si había suerte y el sucedáneo del café, almuerzo a la una y de vuelta al trabajo. Todo en él estaba calculado, hasta el último de los detalles. ¡Su mundo carecía de espontaneidad, de vida!

—Y ahora, dime —quiso saber él—, ¿cómo estáis?

—¡Peor que nunca! —De sobra sabía que se refería a su madre.

Martí miraba embelesado cómo se movían sus labios carnosos, de un color que hacía juego con su pelo.

—Ha llegado mi cuñado.

—¿El argentino? —Martí se puso en guardia.

—Sí, bueno, en realidad es inglés. —Rosa se acomodó en la mecedora frente a él—. Antes mi madre idolatraba a mi hermana, ahora solo le falta ponerle un altar y venerarla. El inglés trajo una maleta con algunas de sus cosas y mi madre las trata como si fueran las reliquias de una santa.

—Rosa, su hija ha muerto, debes entender eso. —El rostro de Martí se ensombreció.

—¡Sí, está muerta! Anna murió hace seis meses, pero ¿y yo, Martí? Yo sigo sin existir para mi madre.

—Eres muy dura con ella.

—No, no es cierto —acompañó sus palabras de un movimiento de cabeza—, ella nunca ha aprobado nada de lo que he hecho. Nunca se ha interesado por mí. No de la misma forma que lo hacía por Anna.

En tierra de fuego

Rosa abandonó la comodidad de la mecedora para dar pequeños y nerviosos paseos por el estudio. Parecía que fuera a estallar. Su pequeña figura, enfundada en aquel mono manchado de pintura, provocaba que su belleza resaltara más. Algunos mechones de su pelo se escapaban de sus grilletes balanceándose al ritmo de su voz.

—A veces creo que actúas así para enojar a tu madre. Este estudio, pintar, no querer casarte...

—¡Hasta ahí podríamos llegar! —La chica se revolvió—. ¡Soy una mujer adulta! ¡Cuando quiera un marido, lo elegiré yo! ¡Y será un hombre que me guste a mí! No pienso casarme para que mi madre pueda recuperar su posición o engrosar su patrimonio. No me conformo con ser solo la madre de los hijos de alguien. ¡Quiero sentirme mujer, pero con la misma libertad que pueda tener un hombre!

Para Martí aquel discurso era demasiado conocido. Ya se cansaría cuando se diera cuenta de que la realidad era otra. Él veía la vida de un modo muy práctico. Tenía su propio despacho, en el que llevaba la contabilidad de varias de las empresas más prósperas de Barcelona, y de hecho podría decirse que se ganaba bien la vida para los tiempos que corrían. Poseía una hermosa casa y ahora solo le quedaba casarse y tener una familia que llevar adelante. Si seguía con los cuadros era para estar más cerca de ella. Si quería pintar, estaba bien, él no se opondría, que pintase, pero esperaba que olvidara todo lo demás. No podía entender por qué no se limitaba a ser una mujer como las demás.

13

Ferran

10 de septiembre de 1943

Rosa bajó con sigilo las escaleras. Oía las voces de su madre y Fuensanta en la cocina, era el momento adecuado para intentar hablar con su padre con cierta tranquilidad. Las cosas ya estaban bastante tirantes con su madre y prefería eludir cualquier nuevo choque con ella que pudiera dañar el día de la inauguración de su exposición. Encontró a su padre trabajando en el despacho. Ferran dirigió su mirada hacia la puerta y respiró aliviado al comprobar que era su hija.

—Imaginé que estarías aquí —dijo la chica. Entró decidida y cerró con sigilo la puerta tras ella. Estaba algo disgustada consigo misma por la última conversación entre ambos. Le dolía hacer daño a su padre y sabía que con sus palabras y sus ideas le heriría en más de una ocasión.

En tierra de fuego

—Pasa, hija, ¡qué madrugadora! —dijo Ferran consultando el reloj de pared por encima de sus anteojos.

—Tengo cosas que preparar para la exposición todavía —Rosa se acomodó frente a él, al otro lado de la mesa. Observó a su padre; a pesar de los anteojos que utilizaba tenía sobre su escritorio una lupa. De repente se dio cuenta de que estaba envejeciendo.

—He conseguido convencer a tu madre. ¡Asistiremos a la inauguración de tu exposición! —Sus palabras sonaron a un gran triunfo, y realmente había sido toda una hazaña conseguirlo—. Ya sabes lo que piensa sobre tus pinturas. —Se repanchingó en el asiento satisfecho.

—¿Por eso dejaste de pintar, papá? ¿Porque a ella no le gustaba que lo hicieras?

—Para mí solo era un pasatiempo, hija.

Era lo que llevaba años diciéndose. Pero no se podía engañar más a sí mismo, esa pregunta le aguijoneó el estómago. Siempre había procurado desterrar el sentimiento de renuncia, de tristeza, de vida desperdiciada entre las paredes de una fábrica. Su vida no era completa, no le llenaba su profesión ni su matrimonio.

Ferran echó un rápido vistazo a su despacho. Todo parecía perfecto, la pared a su espalda lucía recubierta de una madera noble que albergaba extensas estanterías. Libros y más libros que hacía mucho que nadie tocaba. Frente a él, entre ventanal y ventanal, el hermoso reloj de pared importado se erigía como dueño de la sala. En ocasiones pensaba que su impertinente tic-tac le recordaba que su corazón aún latía. Con cada tic-tac perdía un segundo, un minuto, una hora de su aburrida y conformada vida. Bajo el ventanal de la izquierda un viejo sillón esperaba cada noche, en vano, ser ocupado, invitándole a leer en compañía de un buen brandy. Lo cierto era que cada tarde, al volver de la fábrica, solo le apetecía ponerse cómodo y ordenar sus papeles de escritorio mientras esperaba la cena.

Esa última semana se había sorprendido intentando dibujar algún boceto en la intimidad de su despacho. ¿Recordaría cómo se dibujaba, cómo se pintaba? ¿Pasaría su pulso la prueba? Esa misma noche vería su apellido en una exposición: Sarlé. Pero no sería él.

Miró a su hija y por un momento sintió envidia de su coraje, de su fuerza, de su juventud, de su empuje. Allí estaba, sentada frente a él, viviendo sin miedo. Antes que ella él había ocupado ese mismo sillón frente a su padre, pero en aquel momento su vista había permanecido fija en la superficie de la mesa, sin atreverse a elevarla más allá.

Rosa prefirió callar al ver la expresión ausente en el rostro de su padre y bordeó la mesa de despacho para acercarse a él.

—Padre, necesito tu ayuda. —La chica se situó a su espalda y le rodeó el cuello con los brazos.

—¿Qué ocurre? —preguntó el padre, aunque ya intuía que aquel achuchón significaba que iba a pedirle algo comprometido.

—Se trata de un amigo —dijo ella en tono meloso.

—¡Rosa! —Ferran temía lo que seguía, casi prefería no oírlo. Intentó levantarse, pero Rosa no le dejó.

—Padre, es importante —pidió—. Ese hombre tiene mujer y tres hijos. Necesita trabajar y sabes que nunca podrá encontrar un empleo con sus antecedentes.

—Pero sabes que estoy ligado de pies y manos. —Se levantó finalmente de la silla para dar un pequeño paseo por el despacho. Se aflojó el nudo de la corbata—. Tengo el sindicato vigilando todos mis movimientos. De sobra sabes que la ley me obliga a reservar los puestos a los excombatientes nacionales y el delegado de los trabajadores supervisa la contratación de cada nuevo trabajador. Examinan con lupa los papeles.

—Lo tengo todo preparado, no tendrás problemas. —Rosa abrió el sobre y mostró la documentación a su padre—. Mira, cartilla profesional, declaración jurada de no haber prestado adhesión a las autoridades rojas tras el 18 de julio. ¡No tendrás problemas! ¡Es imposible distinguir estos papeles de los originales! —Desplegó toda la documentación sobre la mesa, no sin antes comprobar que la puerta seguía cerrada.

—Por esto pueden expropiarnos la fábrica, es lo único que nos queda. Tu madre me mataría si se enterara. —Sin darse cuenta bajó la mirada. De nuevo buscaba en vano su valor perdido.

—No pasará nada —insistió ella—. Además, a ti te presentan toda la documentación que se exige. No tienes por qué saber que es falsa.

—No es tan fácil, ¿cómo justifico nuevas contrataciones con la falta de materias primas? —Ferran se acercó finalmente a la mesa.

—Frank dijo que podría facilitártelas, justifícalo con eso. Además, lo verán en la fábrica, ¿no dijo que te visitaría? Te interesa ir formando a nuevos trabajadores en las máquinas con antelación, para cuando llegue el género. —Rosa miraba fijamente a su padre esperando ver una respuesta afirmativa en sus ojos.

—Necesito pensarlo, es una decisión muy arriesgada.

No entiendo por qué tienes que mezclarte en todo esto. No nos reponemos de un susto y ya entramos en otro. —Ferran estaba realmente preocupado. Por un momento imaginó a Montserrat despojada de su casa, con la fábrica expropiada, sin dinero, en la calle, y con su marido acusado de apoyar a los rojos. Movió la cabeza de un lado a otro.

—Padre, tenemos que ayudarle. Así es como podremos cambiar las cosas, apoyándonos entre nosotros. ¡Padre! —suplicó de nuevo.

—¡Dame esos papeles y que Dios nos ayude! —aceptó finalmente, aunque en su interior no estaba convencido de esto último. Su tic-tac particular avanzaba ahora con un compás frenético, pero era incapaz de negarle nada a su niña. Su corazón tenía un nuevo ritmo, el ritmo del miedo.

—¿Y qué le impediría hacerlo? —Rosa esbozó una pícara sonrisa al tiempo que propinaba un sonoro besote en la mejilla a su padre. Recogió rápidamente la documentación ensobrándola. Se dirigía a la puerta cuando oyó su nombre.

—¡Rosa! —llamó Ferran—. Lo que me pediste. —El padre extendió su mano.

La chica tomó el sobre echando una ojeada a su interior. Sonrió al ver las hojas de carboncillo. Una mirada de complicidad entre los dos dio por terminada la conversación.

14

El taller

Rosa pasó el resto de mañana en el taller de costura. Habían transcurrido alrededor de dos meses desde que Manoli alquilara aquel modesto local para instalar su pequeño taller. Allí vivieron momentos muy divertidos mientras intentaban decorarlo entre ellas dos y Antonio, el prometido de Manoli.

El taller no era muy grande pero consiguieron sacarle un gran partido. Manoli tomó las riendas del escaparate adornándolo con unas vistosas cortinas. Colocó un par de maniquíes de segunda mano, uno de los cuales exhibía un traje chaqueta color crema a cuyos sus pies rezaba: *Se vuelven trajes*. Por suerte para ella todavía existía una exigua clase media que se preocupaba por las apariencias e intentaba sacar el máximo partido a la ropa dándole la vuelta al paño.

Rosa sentía una gran animadversión por el segundo maniquí que lucía orgulloso el uniforme de la falange: falda negra, camisa azul oscuro, escudo bordado sobre el bolsillo de la camisa y boina roja.

—Esta aberración, como dices tú, me asegura un bonito dinero a fin de mes —se excusó Manoli ante su amiga. Entre eso y las clientas «de revista», como llamaba la modista a las chicas a las que les ponían un pisito e iban a ella, con la revista de moda bajo el brazo, para copiar este o aquel modelito, pronto podría juntar suficiente para casarse.

El mobiliario de la pequeña salita, que hacía las veces de espera y probador, quedó a cargo de Antonio. Le llevó más de una semana, tras la jornada laboral en la fábrica de toneles, lijar y barnizar los barriles para adaptarlos como asientos y mesitas. Nunca antes las chicas habían oído hablar de bocoyes, como llamaban a los barriles. Sin embargo, ahora eran verdaderas expertas, siendo capaces de distinguir entre los de madera de castaño, adecuados para las aceitunas, los de roble, aptos para el vino, etc.. Sabían que los había de tres u once fanegas, e incluso aprendieron los nombres de los arcos con los que apretaban las tiestas de los toneles: bojos, coletes, sotalugo, talugo, según su posición en el barril.

Rosa parecía satisfecha con el resultado de su intervención en la decoración del taller. El mural de la testera derecha quedó cubierto por una inmensa alameda, con sus árboles, su luz de media tarde y dos o tres figuras femeninas que paseaban luciendo sus vistosos modelos. La pared de la izquierda la reservó para ellos, para Manoli y Antonio. En ella pintó un bosque de fondo y en primer plano un hermoso árbol. A cada lado del ancho tronco, apoyando sus manos en él, se miraban Manoli y Antonio con la mirada de los enamorados.

—¡Procura no arrugarlo! —le exigió Manoli cuando le entregó el traje que luciría en la exposición.

—Sí, sí, nos vemos. —Los besos que Rosa le ofreció se perdieron en el aire.

Manoli corrió a asomarse a la puerta para comprobar cómo estaba siendo transportada la pieza de ropa.

Rosa avanzaba por la calle con su caminar alegre, elegante, femenino. Las miradas masculinas la seguían sin disimulo. Lucía una figura que parecía esculpida y su pelo, casi siempre rebelde a las agujas que lo sujetaban, brillaba con ganas bajo el sol. Era una llamarada roja que se balanceaba sobre su espalda con una libertad casi obscena.

15

La exposición

Frank, antes de entrar, contempló con curiosidad el edificio, en pleno Paseo de Gracia. Aquella construcción parecía haber albergado con anterioridad un colegio. La gran puerta estaba abierta de par en par y al fondo se percibía un amplio patio. Unas escaleras conducían hasta el piso superior. Las columnas de piedra estaban cubiertas por unas verdes enredaderas que daban color al alumbrado de las antorchas; realmente le pareció bonito.

Subió los tres o cuatro escalones que le separaban de la entrada. Con colores alegres se anunciaba la exposición de Rosa Sarlé. Se detuvo por un momento en la puerta, desde donde podía entrever que tras el arco de piedra se abría una sala aún más grande y al final del pasillo una puerta de cristal era la antesala de la gran terraza.

Frank se planteó su asistencia a la exposición como una visita más a la familia, solo era eso, se dijo a sí mismo.

—¿Un programa, señor? —le ofreció un pecoso muchacho.

—Sí, gracias. —Frank le dio propina al chico, que se apresuró a abrirle la puerta. En la sala se respiraba un ambiente tranquilo, suponía que ella y sus padres estarían allí. De fondo se oían las notas de un piano. De momento decidió contemplar con detenimiento los cuadros, tenía curiosidad por ver el trabajo de Rosa.

—¿Qué te parece, Frank?

—*Hi*, Ferran! —Los dos hombres se apretaron la mano con aprecio—. *Well*, no entiendo de pintura, pero lo que veo me gusta. No es muy usual ver esos colores tan vivos en los cuadros.

Ferran reconoció el terreno antes de hablar, siempre parecía estar en alerta y hablaba con cierto miedo. Se dirigió a su yerno como si lo hiciera a un cómplice.

—Este tipo de pintura es influencia del cartelismo y de Toulouse-Lautrec, debo reconocerlo —le explicó—. Rosa adquirió mucha experiencia como cartelista durante la guerra, trabajó con Renau, ¡el mejor! —le aclaró—. Él la presentó en el Pabellón de la República en París en el 37. Claro —aún bajó más la voz—, esos antecedentes tampoco ayudan en estos tiempos.

—¿Los temas que pintaba eran sobre la guerra? —preguntó Frank, curioso ante aquella faceta de Rosa.

—En los carteles, sí. Durante la guerra los carteles sustituyeron a la prensa escrita, pero eran verdadero arte —recalcó—, aunque de lo que se trataba era de emocionar a la gente, conmoverla con una causa concreta. —Ferran estaba disfrutando con su disertación—. Pero para hacer un buen cartel necesitas ser un buen dibujante y dominar la litografía. Es un trabajo muy complejo.

Los dos hombres caminaban sin prisas admirando los cuadros, y la cara de Ferran reflejaba la satisfacción por ver su apellido en los lienzos. Dejó escapar un suspiro. No, no era bueno pensar en lo que pudo ser y no fue. Se concentró de nuevo en atender a su yerno y en disfrutar de la velada. En ocasiones señalaba a Frank algún detalle concreto que le gustaba resaltar mientras continuaba con sus explicaciones, que alternaba con el saludo a alguno de los numerosos asistentes.

—Cuando los militares entraron en Barcelona —explicó—, lo primero que hicieron fue apropiarse de los talleres y las imprentas. Aún siguen controlados por ellos. —Ferran hizo de nuevo una cautelosa pausa—. Algunos cartelistas colaboraron con los recién llegados, otros se negaron y... —Ferran miró a su alrededor algo nervioso.

—¿Los mataron? —Frank recordó la detención de Rosa y le estremeció el miedo que ella debió de sentir.

—Cárcel y... —Ferran adoptó un gesto de pesar—. Nos costó mucho mantener al margen a Rosa. Ya conoces su carácter impulsivo, durante la contienda trabajó para el Comisariado de Propaganda de la Generalidad Catalana. Lo cierto es que prácticamente tuvimos que comprar su vida. Ahora trabaja para el Servicio de Recuperación Artístico en la restauración de pinturas eclesiásticas, digamos, que es la forma de «purgar» su conducta.

—¿Por eso os expropiaron vuestro patrimonio? —Empezaba a entender el distanciamiento entre madre e hija.

—Sí —asintió con la cabeza—, nos aplicaron la Ley de

Responsabilidades Políticas, lo hacían con todo aquel que se significó por su republicanismo. Su madre no se lo perdona.

—¡Frank! —Montserrat se acercaba a ellos abandonando a un grupito de señoras deseosas de presumir de sus recién comprados abrigos de pieles, aunque aún no arreciera el suficiente frío, y de hombres que lucían gabardina de estilo alemán.

—Estás muy elegante, Montserrat. —Frank admiró la elección de su traje chaqueta negro complementado con un cuello de pieles y guantes gris oscuro. Su moño lucía un adorno negro azabache que le confería un aire sofisticado.

—Demasiado para este... tipo de cosas. —Montserrat recorrió con la mirada la amplia sala sin entender aún cómo se había dejado convencer.

—Estoy asombrado por el talento de tu hija.

—¡Ya veremos cómo acaba todo esto! —Su boca ofreció un rictus de preocupación—. Me llevo las manos a la cabeza de lo que pensará Monseñor. ¡No sé por qué no se limita a dibujar en un cuaderno!

—Mujer, un artista necesita expresar lo que siente —intervino Ferran.

—Si al menos firmara con otro nombre... —deseó ella—, aunque por suerte esta vez no ha colgado esos horribles carteles... Ella es capaz de todo.

Frank se concentró de nuevo en las pinturas, que exhibían una fuerte expresión cromática. Las figuras eran amplias, grandes, naturales y al mismo tiempo estaban dotadas de un fuerte dinamismo, y sin saber por qué le evocó el arte primitivo.

Buscó a la artista con la mirada; de espaldas a él podía confundirla con alguna de las figuras de sus cuadros. La miró como quien mira una pintura, detalle a detalle, admirándola, con ganas de disfrutarla por más tiempo. La pintora se exhibía en medio de sus obras enfundada en un vestido negro entallado con escote de pico que estilizaba su figura. A modo de bolsillos llevaba unas estrechas franjas oblicuas formadas por pequeños cristalitos plateados. Unas finas medias negras combinaban con sus zapatos de tacón fino. En su mano se deslizaba un fino chal ribeteado con los mismos cristales plateados. Frank detuvo los ojos en su nuca, llevaba el pelo recogido y a los lados resbalaban algunos mechones inquietos. Así de espaldas recordó las veces que había tenido a aquella mujer, con otro cuerpo, otra expresión, otra voz, otra sonrisa. La sintió tan suya que tuvo que contenerse para no ir a buscarla.

El hombre que la acompañaba la tenía agarrada innecesariamente por la cintura mientras parecía dar algunas explicaciones al grupo de personas que los seguían. De vez en cuando aquel hombre se dirigía a Rosa dedicándole una sonrisa.

«¡Por fin llegó!», se dijo Rosa cuando descubrió a Frank. Lo miró con sus ojos de artista y admiró su físico. Su traje gris oscuro no ocultaba un cuerpo que le pareció muy masculino. La tela de aquellos pantalones no encubría lo marcado de sus muslos, los imaginó duros, perfectos, como los de una estatua griega. Caminó hacia él pausadamente, la fina cadenita que sostenía un minúsculo brillante oscilaba en su cuello al compás de sus caderas.

—Gracias por venir. —Se puso de puntillas a pesar de sus tacones para besar a su cuñado. Con un gesto de complicidad se lo robó a su padre.

—Fuiste muy amable al invitarme. Tienes un don para pintar historias. —¿Por qué le hablaba en inglés? Frank intentó controlarse.

—Esto que ves es mi pasión, aunque no es exactamente lo que me gustaría hacer.

Aquella mujer menudita que llenaba las paredes con sus atrevidas pinturas aún no se daba por satisfecha. Rosa le hizo un ademán para que la siguiera.

—Ahora el arte no se valora —le explicó—. La gente solo quiere cuadros para llenar las paredes de sus casas con bodegones, paisajes, retratos de familia..., en fin, cosas que hagan olvidar la guerra.

—¿No has pintado lo que has querido? —preguntó, extrañado ante aquel halo de seguridad con que la percibía siempre.

—No. Bueno, no del todo. Hay temas que no se pueden tocar. En estos tiempos, el clero, las autoridades... ¡todos se han convertido en críticos de arte! Esto es bueno, esto no... Para mí el arte debe ser libre, imaginativo, original, diferente. —El rostro de Rosa mostraba una pasión interior casi contagiosa.

—¡Tú eres diferente! —Ni el mismo Frank acertó a entender el significado de sus palabras.

Rosa le miró sorprendida. ¿Diferente a quién? ¿A su hermana? ¿Por qué le había dicho eso? Pero la atención de Frank ya estaba en aquel cuadro que le resultó tan familiar.

Reconoció inmediatamente el lugar, eran sus montañas nevadas, el paisaje que veía desde su estancia con el Lago Argentino al fondo. Un inmenso paisaje en cuyo centro aparecía un caballo con el morro hacia el suelo, un hombre, él, de perfil, con la cabeza apoyada en el lomo del animal. Ambos daban la impresión de estar perdidos, desorientados. La pintora intentaba descifrar la expresión del hombre, era imposible saber si le había gustado.

—¿No me presentas? —preguntó Martí, cortando cualquier posibilidad de conversación entre ellos.

—Claro. Frank —Rosa se giró hacia Frank—, él es Martí Montfort. Martí, él es mi... es Frank Bennet-Jones.

Martí le tendió la mano, aunque se la estrecharon sin demasiada animación.

—¡Tu cuñado! —dijo Martí—. Encantado. —Aunque lo expresó con tanta formalidad que el saludo resultó tan excesivamente frío como lo sentía—. Así que usted es el cuñado de Rosa.

—¡Sí! —respondió secamente Frank sin entender tanta insistencia en el parentesco.

—¿Y... piensa quedarse mucho tiempo en Barcelona o está de paso a su país? —Martí tomó un sorbo de su copa.

Rosa lo fulminó con la mirada. No entendía la costumbre que estaban adquiriendo todos de preguntar por la marcha de Frank.

—No, de aquí volveré a Argentina. —Frank se aguantó las ganas de contestarle de otra forma; percibía cierto reto en las palabras de aquel hombre.

—Debe de ser una hermosa tierra Argentina. Cuando

uno se acostumbra a vivir en un sitio es difícil aclimatarse a otro, ¿no cree, Frank? —preguntó Martí.

Rosa comenzó a sentirse algo inquieta, su madre se acercaba a ellos. La presencia de Martí la estaba incomodando. Deseaba con ansias disfrutar de un momento de soledad con Frank. Tenía tantas preguntas pensadas... Quería que él la conociera. Pero allí llegaba su madre y la expresión de su rostro no auguraba nada bueno.

—Disculpad. Hija, ¿podemos hablar un momento? —La sonrisa de su boca no acompañaba a la furia que transmitían sus ojos. La pintora respiró hondo al seguir a su madre.

—¿Qué pensará la gente? ¡Tu hermana muerta y tú pintando a su marido!

—¡Fue un encargo de mi hermana! —se defendió, y sus palabras surtieron efecto. Montserrat se quedó paralizada. ¡Un deseo de Anna, de su Anna!

—¿Por qué no me lo dijiste? —preguntó, molesta—. ¿Cuándo te lo pidió? ¿Para qué?

—Para qué iba a contarte nada. Tú nunca has mostrado el más mínimo interés por mi pintura, no esperaba que lo hicieras ahora tampoco. —Rosa se alejó de su madre, había perdido a Frank—. Martí, ¿dónde está Frank?

—¿Por qué? —contestó molesto.

La llegada de Monseñor la salvaría de aquellas situaciones que le empezaban a resultar fastidiosas.

—Siento llegar tarde —los jadeos de su voz confirmaban sus prisas—, pero no pude abandonar al Obispo, sus meriendas son interminables. ¿Cómo va todo? —preguntó impaciente.

—Bien, gracias, Monseñor, no creo que hubiera podido exponer en ningún otro sitio.

—El trabajo que estás haciendo en las bóvedas es maravilloso. El arte —dijo mirando alrededor, acompañando sus palabras de una sonrisa picarona— debe estar por encima de todo, ¡y el tuyo es muy buen arte!

Rosa le estaba realmente agradecida. Debía a Monseñor su recomendación a Luis Monreal y Tejada, el Comisario del Patrimonio Artístico Nacional. Al menos le permitían pintar, aunque a cambio debiera dedicarse a la restauración de las piezas de conventos e iglesias.

Pasó un tiempo, que a Rosa se le hizo eterno, hasta que se encontró de nuevo con Frank. La terraza podía ofrecerle la intimidad que la sala le robaba. Se dirigió directamente a la baranda de la terraza apoyándose en ella, y allí permaneció en silencio mirando el cielo oscuro, dándole la espalda a él.

—¿Por qué ese cuadro? —se decidió a preguntar Frank. Necesitaba saber a qué venía aquello, se sentía muy confundido.

Rosa se volvió para mirarlo, ¿cómo explicar por qué un artista pinta una cosa y no otra? ¿Tienen explicación los impulsos? Todo en ella era cuestión de sentimientos, de sensaciones. Nadie era libre de sentir lo que quería, es algo que se impone a uno mismo, a pesar de uno mismo, pensó ella.

—¿No te ha gustado?

—¡No me contestes con otra pregunta! —La agresividad que imprimía en su tono le ayudaba a mantener la distancia que necesitaba ante ella.

Rosa le dio la espalda de nuevo. Frank se sentía desconcertado, ella había captado la esencia de la Patagonia sin haberla visto en su vida. Quizá fuera verdad lo que decían de los artistas, que poseían una sensibilidad especial para sentir la realidad, que vivían la vida con una dimensión añadida. Casi prefería que no le contestara. Así sería más fácil para él. Volvía a notar las sensaciones contradictorias que tenía cuando estaba con ella. Apreciaba la soledad de ese momento, ella, él, pero por otro lado quería estar lejos de allí. Y de nuevo esa suave fragancia que lo envolvía. Era su olor, su piel.

—¿Cómo es el cielo en la Patagonia, Frank? Descríbemelo, por favor.

Aunque su pregunta no obtuvo respuesta, a Rosa no pareció importarle. Se giró, empezó a caminar lentamente hacia él y se detuvo cuando casi rozó sus piernas. Tenía esa mezcla de ingenuidad y explosividad que llevaba a Frank a preguntarse si sería consciente de su provocación. Rosa le ofreció su chal.

—¿Me lo pones? —le pidió.

—¿Haces lo mismo con todos los hombres? —Tomó la prenda y se la deslizó sobre los hombros, evitando rozar su piel.

—¿Qué? —preguntó ingenua, y se acercó más a él como si no lo oyera o no lo comprendiera bien.

Frank realmente dudaba si ella lo estaba buscando o simplemente era aquel cuerpo que a través de sus formas lo incitaba y lo provocaba de una forma inconsciente. ¿Percibiría ella la sexualidad que arrastraba su cuerpo? La atrajo impetuoso hacia él sujetándola por la nuca. Sus bocas quedaron a muy poquita distancia. Rosa respiró agitada, pero pasó lo que no esperaba: bruscamente él la separó.

—¡Deberías estar dentro, con tus cuadros, y no aquí a solas conmigo!

—No quiero irme —se quejó.

—Escucha, y escúchame bien. —Debía detener aquello en ese momento—. Si necesitara o buscara una mujer puedo asegurarte que serías la última en la que me fijara. ¿Me entiendes? —La soltó y decidió alejarse de allí con la intención de no volver a verla.

Montserrat descubrió a su yerno cruzando la sala y dirigiéndose a la salida.

—¡Ferran! ¡Ferran! —Montserrat reclamó la atención de su marido.

—¿Sí? —preguntó distraído.

—Frank se ha ido, es extraño que... ¡Oh...!

—¿Qué pasa? —Pero Ferran ya no recibió respuesta, su mujer pareció obtenerla cuando vio a su hija regresando de la terraza. ¿Qué hacía allí fuera con Frank? ¿Por qué él se había ido de esa forma? A Montserrat le aguijoneaba el estómago. Algo no iba bien, nada bien.

El camino de vuelta en el coche había transcurrido en silencio. La cara de Martí parecía ahora más angulosa, sus ojos repartían su atención entre la carretera y su acompañante. Rosa no había abierto la boca en todo el recorrido. No podía evitar mirarla de reojo, no parecía ella, tan quieta, tan callada. Parecía decepcionada por algo. Pero qué hermosa lucía en ese momento.

—El día ha resultado muy cansado, muchas gracias por

traerme a casa, Martí —Rosa se apresuró a abrir la puerta.

—No pareces muy contenta, yo creo que ha sido un éxito, sin censura, con buenas ventas en el primer día, ¡no tienes de qué quejarte!

—¡No lo hago! —contestó fastidiada—. Es solo que estoy cansada, han sido muchas emociones.

—Está bien, te veré mañana. —Martí sabía que le ocultaba alguna cosa y no le gustaba lo que estaba sospechando.

Las luces de la casa Sarlé estaban encendidas. Rosa deseó no tener que cruzarse con su madre, no tenía ganas de hablar con nadie.

—¡Rosa! Quiero hablar contigo, entra en la sala, por favor. —La dureza de su voz mostraba un tono desconocido.

—¿Qué hay, madre? —Rosa se quedó de pie en medio de la sala; no pensaba quedarse demasiado.

—¡Frank no es hombre para ti! —contestó taxativa. Por su parte, daba el tema por zanjado.

A Rosa le costaba trabajo distinguir si se sentía más sorprendida o enfadada.

—¿Y eso quién lo decide? ¿Tú? —Rosa no podía evitar adoptar un tono más desafiante tanto en su voz como en el gesto de su cara—. ¡Pues no voy a casarme con quien tú decidas! ¡No pienso venderme a nadie por tu afán de dinero!

—¡No sabes lo que dices! ¡Hablas como si te estuviera pidiendo que te prostituyeras!

—¿Y no es eso lo que me estabas pidiendo cuando querías que me lanzara en los brazos de don Julio? ¿Es que crees que pasar por el altar lo haría más digno? ¿Cómo llamas a acostarse con un hombre que no amas solo por su dinero?

—¡Te juro que no te entiendo! —Montserrat se llevó las manos a la frente intentando encontrar un poco de luz en todo aquello—. ¡Bien sabe el Señor que me he esforzado por comprenderte y educarte, pero contigo todo, todo ha sido imposible!

—¡Me harás llorar con tanto sacrificio! ¡En tu vida te has preocupado por mí, solo vivías para Anna! ¿Y ella? ¿También la hubieras casado con Frank si él no hubiera sido rico?

—¡Tu hermana era una dama refinada y educada y no merecía a nadie de una clase inferior, y no me cambies el tema! ¡Por amor de Dios, estamos hablando del viudo de tu hermana! —chilló escandalizada—. ¡Piensa en el qué dirán!

—¿Y eso qué significa? ¿Que haber estado casado con «santa Anna» lo hace inaccesible para las demás, o solo para mí?

—¡Tu hermana no lleva muerta ni seis meses y tú ya estás corriendo detrás de su marido! ¡Pareces una cualquiera exhibiéndote a solas con él! ¡No tienes vergüenza ni respeto por nada!

—¡Eso es madre, entérate de una vez! Anna está muerta, y eso... ¡Eso ya es para siempre!

El rostro de Montserrat estaba completamente desencajado. Pocas veces había perdido la compostura a lo largo de su vida, pero ver la cara de Anna en Rosa le hacía daño. Su angelical cara hablaba con otra voz expresando ideas diferentes a las suyas.

En tierra de fuego

No lo pudo evitar, la inmensa rabia que acumulaba dentro, el dolor por su pérdida le llevó a darle una bofetada con toda la fuerza de que era capaz.

Rosa la miró con gesto contenido y con odio antes de salir del salón. Estaba decidida a abandonar aquella casa como fuera. La atraía mucho Frank, era la primera vez que deseaba a un hombre con aquella intensidad y no estaba dispuesta a renunciar a él por unos prejuicios estúpidos. Pensaba en él y le dolía la sola idea de que se fuera de nuevo y no volverlo a ver. Se le encogió el estómago del dolor.

16

La fábrica

12 de septiembre de 1943

Ferran aparcó el coche como cada día a las siete y media de la mañana en la puerta de la fábrica. Le gustaba llegar temprano, aquel era el único sitio en el que se sentía alguien. Había pasado mala noche. Aunque simuló no saber nada oyó perfectamente la disputa entre su hija y Montserrat. Tenía el cuerpo destemplado. Observó las letras del rótulo que presidían la pared de entrada a la fábrica, era el tercer cambio de nombre pero aún se percibían levemente las marcas que el polvo y el tiempo habían dejado al arrancar las anteriores.

Su abuelo fue el que inició la saga industrial de la familia, Miguel Sarlé Bellver. En 1849, cuando solo tenía dieciocho años, emprendió su aventura cubana: tras diez largos años en los que aprendió todo lo que debía saberse sobre la fabricación del algodón regresó a su Barcelona natal convertido ya en un hombre de fortuna. Pronto le bautizaron con el sobrenombre del «indiano», apelativo que en aquella época era poco más que sinónimo de hombre rico.

Apenas transcurrió un año de su llegada cuando contrajo matrimonio con una distinguida señorita de la encopetada sociedad barcelonesa, lo que le dio la estabilidad que nunca antes había tenido. Fue entonces cuando decidió construir la fábrica a la que llamó precisamente La Indiana, en pleno barrio del Raval de Barcelona.

La estructura del edificio constituyó toda una novedad en la época, nadie supo averiguar que lo que en realidad se estaba levantando era una fábrica hasta que se colocó el rótulo con el nombre. La fachada, de estilo neoclásico, parecía más propia de un edificio residencial que de una fábrica. Contaba con cinco pisos de altura y sus pilares, de hierro colado, así como la gran cantidad de ventanas de la fachada principal, la dotaban de una gran luminosidad y espaciosidad en su interior, espacio que aprovechó para instalar las más modernas máquinas del momento.

Su abuelo en un principio no dedicó su empresa a la lana. Por aquellos años los hilados que provenían de Malta sufrían continuas subidas de precio, lo que encarecía en exceso su producción, así que Miguel decidió trabajar el algodón y aprovechar su experiencia de ultramar. Pronto el uso de las telas de algodón procedentes de América se popularizó en Europa. La fábrica era capaz de asumir tres de las cuatro fases del proceso de fabricación: la hilatura, el tejido y la estampación, en cambio, el blanqueo lo encargaban a los pequeños talleres que se instalaban en los prados por la gran cantidad de agua que precisaban.

Su período de bonanza coincidió prácticamente con la duración de la guerra de Secesión Americana. Durante toda la guerra el envío de materias primas sufrió grandes altibajos, pero en abril de 1865, con la rendición de Lee, su abuelo vio con claridad que la fábrica no continuaría por mucho tiempo produciendo beneficios. Se imponía una reconversión y decidió sustituir el algodón por la lana. Así el algodón americano dio paso a la lana australiana y alemana aprovechando los aranceles librecambistas.

Un veintinueve de septiembre de 1886, cuando su corazón decidió no continuar, fue cuando su hijo, Fabián Sarlé y Anglada, se hizo cargo de la empresa familiar. Contaba con veintidós años y había heredado el instinto natural para los negocios de los Sarlé. Hizo construir un edificio anexo a la fábrica y lo acondicionó como pequeños pisos, conocidos por los trabajadores como «colonias».

Su padre también fue un hombre ambicioso que no tardó mucho en casarse. Conoció a Isabel y aquella joven sencilla a la que descubrió en la playa pintando el mar le cautivó. La vena artística se cruzó con el espíritu emprendedor. Ferran reconocía muchos rasgos de su madre en Rosa, su espíritu contestatario, su afán por conocer, por saber, por experimentar. Así era su madre, aunque le costó mucho mantener sus ideas en la época en que le tocó vivir.

El bramido de la sirena le sacó de sus pensamientos, ¡las ocho! El primer turno llevaba ya dos horas de trabajo, estaba satisfecho con su idea de establecer una pequeña interrupción en los turnos. El frío hacía que los dedos de los traba-

En tierra de fuego

jadores se helaran y, tras un minúsculo descanso, de cinco o diez minutos, reprendían el trabajo con más ahínco.

Intentaba ser justo como patrono, pagaba puntualmente y consideraba que pagaba bien, ochenta y siete pesetas a los maquinistas y treinta y tres a los ayudantes como semanada. Cruzó la nave. Quizá fuera porque se había acostumbrado a lo largo de los años, pero disfrutaba con el soniquete de la maquinaria, con el ir y venir de los carros cargados con las piezas de tejido y con las trocas en dirección a los almacenes. Suspiró al pensar en la fábrica con un tercer cambio de nombre a cuestas, su padre lo actualizó a La Cotonera y él tuvo que borrar todo atisbo de catalán en aquel rótulo, por lo que ahora era La Algodonera, a pesar de que trabajaran solo lana. Aunque lo que sí permanecía en las paredes exteriores eran las pintadas de *Viva España*, *Saludo a Franco* y Arriba España, insignes huellas de la visita del generalísimo en enero del año anterior.

Ferran intentaba amoldarse a lo que traía la vida. Durante la guerra se vio obligado a contribuir con los republicanos facilitando telas con las que confeccionar ropa militar y tres años más tarde se descubrió a sí mismo entonando el *Cara al sol* ante la visita del «grande». ¡Qué gran ironía! ¿Cómo podían cantar *Volverá a reír la primavera, que por cielo, tierra y mar se espera*? ¿Nadie se daba cuenta de que hacía mucho, mucho tiempo que en España ya nadie reía?

Cerró la puerta de su despacho. Recordaba cuando su padre le llevó allí por primera vez siendo él aún muy pequeño, y sus palabras resumieron casi como un presagio lo que sería su vida a partir de entonces: «Eres un Sarlé, un empresario catalán, un burgués y debes comportarte como tal». Ese pensamiento a veces le revolvía el estómago. Tenía cincuenta y siete años, una mujer, una fábrica, una hija y, sin embargo, sentía que no tenía nada. Durante toda su vida se había limitado a vivir de acuerdo con lo que esperaban que hiciera.

Repasó con la mirada las cuatro paredes de su despacho, donde estaban sus viejos libros. ¡Qué lejos quedaban ya sus años de estudiante en la Escuela Industrial, o su estancia en Manchester aprendiendo el oficio! Su vida había transcurrido en aquel habitáculo. ¿Estaría sintiendo un ataque de nostalgia?

—Buenos días, señor Sarlé. —Su secretaria lo sorprendió de pie en medio del despacho aún con el abrigo puesto.

—Buenos días, Carmencita. ¿Ha llegado don José? —Estaba decidido a agarrar el toro por los cuernos. La secretaria asintió—. Avísele, por favor.

Ferran se despojó del abrigo con decisión y se encaminó a la mesa, retiró el sillón y estudió los papeles que dejara el día anterior sobre el escritorio.

Carmencita salió en busca de don José, alisándose la falda por el camino. Estaba contenta con su trabajo, era cómodo estar en la oficina y el señor Sarlé era educado y considerado, todo lo contrario de lo que podría decir de don José.

—¡Espere, espere! —Ferran salió apresurado de su despacho.

—¿Señor? —preguntó ella extrañada.

—Me acercaré yo a su despacho, no se preocupe. —Con paso firme cruzó el pasillo que los separaba.

A Ferran le fastidiaba el halo de poder con que se desenvolvía Josep por la fábrica, o mejor dicho, don José, como obligaba a que le llamaran los trabajadores. Cada día llegaba a la fábrica con el periódico oficial del régimen, el *Arriba*, y se paseaba por los talleres escudriñando con la mirada a los empleados, como si quisiera diseccionarlos. Alguna vez se detenía ante alguno y golpeaba suavemente el periódico en la rodilla, tomando nota mentalmente de alguna imaginaria falta. Tras su paso los cuchicheos tomaban cuerpo gradualmente.

A Ferran le impusieron a Josep, como tantas cosas tras la guerra, para que ocupara el puesto de delegado de trabajo. Sabía que debía tener cuidado con él, le precedían los rumores de su actuación en otras empresas en las que había trabajado. Era un personaje temido.

Cuando un delegado de trabajo presentaba una lista de trabajadores «depurados», detrás venía la dura investigación del Servicio de Información e Investigación de FET y las JONS, la Policía y la Guardia Civil. Su palabra era poco más que ley. Ferran sospechaba que la imposición de don José respondía a las sospechas que recaían sobre su hija, aunque también existía la posibilidad de que respondiera a una táctica para organizar grupos de confianza entre los trabajadores en las diferentes fábricas.

Sus despachos estaban situados en la tercera planta, desde donde podía controlarse la gran nave rectangular. Echó un vistazo hacia abajo, a medida que avanzaba por el pasillo su corazón latía más fuerte. No podía fallar a Rosa, se repetía, por una vez debía hacer algo valeroso, sin pensar en las consecuencias. Allí estaba don José. A través del cristal veía a aquel hombre enjuto, revisando cuidadosamente los papeles que con un escrupuloso orden cubrían la mesa.

Cada expediente de los dispuestos en aquella mesa era

una vida sobre la que decidir. Tomó entre sus manos uno de ellos y se lo mostró a la mujer que estaba frente a él. La miró por encima de las gafas, como un buitre observando a su presa. Su rostro no podía disimular su satisfacción.

—¡Aquí está, míralo tú misma! —Aunque su tono intimidatorio hacía que ella no quisiera hacerlo.

—¿Qué ocurre, don José? —preguntó Ferran entrando.

—Conchita quería saber por qué no se le ha entregado su paga.

La mujer tenía lágrimas en los ojos, miró a Ferran con una mezcla de súplica y esperanza, retorciendo entre las manos nerviosas el pañuelo que antaño debió de ser blanco.

—Conchita —siguió don José—, ya conoces las leyes. El Fuero del Trabajo permite trabajar a las mujeres casadas, siempre que las autorice el marido —recalcó—. Bien, el tuyo lo hizo pero tiene derecho a ser él el que cobre tu salario.

—Pero —Conchita se volvió hacia Ferran—, señor Sarlé, estoy desesperada, mi marido no me da ni una peseta, no puedo comprar comida, mi hija tiene hambre, trabajo y no sirve de nada. —Ahogó un sollozo.

—Conchita, debemos respetar las leyes —respondió Ferran condescendiente. En ese momento no le interesaba contradecir a don José.

—¡Ya ha oído al señor Sarlé, ahora continúe con su trabajo o tendremos que descontarle el tiempo perdido! —La satisfacción invadió la cara de don José al ver abandonar a Conchita su despacho y después centró su atención en Ferran. ¿Qué haría ese allí?

—Tenga, don José. —Ferran alargó la mano con un sobre hacia aquel hombre intentando disimular su antipatía.

—¿Señor? —preguntó extrañado por aquella actitud nueva para él. ¿Le estaba dando una orden?

—Son los papeles de un nuevo trabajador, cartilla profesional, en fin, todo. Estoy a la espera de recibir una gran partida de género y necesitaré trabajadores experimentados para entonces. Le agradecería que buscara uno o dos hombres más usted que conoce el gremio. Haga las averiguaciones pertinentes y, si no hay inconveniente, quiero que empiece cuanto antes.

—Claro, señor Sarlé, no se preocupe. —Desde luego que haría averiguaciones.

Ferran salió del despacho contento. Se había sentido seguro de sí mismo mientras representaba su papel. En cuanto lo perdió de vista don José levantó el auricular del teléfono, se ajustó las gafas para no equivocarse de número y marcó. Cuando, al otro extremo de la conexión descolgaron, don José sabía muy bien lo que tenía que decir.

—Soy don José, de la fábrica Sarlé. Apunta un nombre para que hagas todas las comprobaciones.

Algo había cambiado en la actitud de Sarlé. Lo notó cuando lo vio entrar en su despacho y le entregó aquellos papeles, no en vano era el padre de Rosa. Él sí que sabría dominar a esa señoritinga. ¡Un hombre con dos cojones era lo que esa niña necesitaba!

17

Los camaradas

13 de septiembre de 1943

Frank empezaba a pensar que los años habían cambiado el pensamiento de su amigo Paul, quizá los continuos ascensos le hacían ver la vida desde otra perspectiva.

—¡Necesito que me quites de encima a los gudaris del SIS!* —dijo Frank con hastío—. Los vascos están haciendo campaña entre la opinión católica para desmitificar el carácter religioso de la guerra y parece que lo están consiguiendo. Lo de Guernica ha sobrecogido a más de uno. El FBI, a través de ellos, está ampliado sus investigaciones so-

---

*SIS: Exiliados vascos que servían en el Servicio Especial de Inteligencia del FBI.

bre los partidarios del Eje y los franquistas en Sudamérica. Me temo que estoy en su punto de mira.

—Debes tomarlo con calma. Sé que es difícil aparecer como un traidor, soy consciente del esfuerzo que conlleva. Pero Frank, estamos en un punto crucial de la guerra y los americanos son nuestros aliados. —Paul hablaba pausadamente, intentando tranquilizar a su amigo. No estaba muy seguro de que su reencuentro con Rosa no le estuviera afectando.

—¿Aliados? —Frank se exaltó al oír aquella palabra—. Los americanos están jugando a dos bandas. No me irás a decir que ignoras que los alemanes están comprando las tarjetas perforadas de IBM. ¿Conoces su utilidad? ¡Las utilizan para censar a los judíos! ¡Por el amor de Dios, los están exterminando en masa! —Frank paseaba nervioso por el despacho.

—Toma una copa, ¡debes calmarte! —le ofreció.

—¡Está bien! —Tomó la copa; veía que aquella conversación caería en saco roto—. ¿Qué hacemos con el otro asunto? Han interceptado dos de mis últimos envíos de carne a España, ya sabes lo que eso supone —siguió—. En Argentina la dictadura me está costando una fortuna en sobornos para poder exportar el doble de carne de la que declaro hasta España y que mis barcos continúen hacia Inglaterra.

—Los gudaris creen que solo perjudican a Franco, no tienen idea de nuestro juego. —Paul se apoyó en la mesa mientras su amigo seguía dando paseos por el despacho.

—Pues alguien debería ponerlos al corriente, ¿no crees?

—¿Quién es el hombre del SIS en Buenos Aires? —Paul decidió mostrar algo más de interés para aplacar a su amigo.

—¡Lasarte!
—No te preocupes, Frank, aprovecharemos tu ausencia para contactar con él. Esto acabará pronto, muy pronto —suspiró esperanzado.
—Esperemos que así sea. —Su voz sonó más calmada—. ¿Sigue en pie lo de esta noche?
—*Of course!* A las nueve en casa —le confirmó Paul.

18

Conchita

Hacía rato que el toque afónico de la sirena se había expandido por toda la fábrica. Para unos significaba que acababa la jornada; para otros, en cambio, empezaba. Los primeros no parecían tener prisa por abandonar el trabajo, se sabían vigilados por el jefe de equipo que los observaba con atención apoyado en el quicio de la puerta, con su gorra ladeada, haciendo tiempo solo por verlos marchar. No estaba bien visto *plegar** a la hora, había escasez de trabajo y dificultad para ser contratado si tenías un pasado político. Todo lo que hacían o decían llegaba a los oídos de don José. No, no era bueno mostrar prisa por salir.

—¡Conchita! —Ferran se subió la solapa del chaquetón tres cuartos de buen paño y miró el cielo. Las temperaturas habían bajado bruscamente y se imponía ya rescatar el

*Recoger, acabar.

abrigo del guardarropa, ya que el viento se estaba levantando cada vez con más furia. «Al menos que no llueva», deseó. La muchacha se giró solícita al reconocer la voz y se le encogió el estómago. ¿Qué podía ocurrir para que el director la esperara a la salida? ¿La despedirían por haber reclamado su sueldo?

Ferran miró a su alrededor, viendo cómo salían los últimos trabajadores, y metió la mano en el bolsillo del chaquetón.

—Ayer se dejó esto en mi despacho. —Le alargó la mano. Conchita comprendió enseguida: aquel sobre solo podía contener una cosa. Sus ojos miraron agradecidos al director, le agarró las dos manos y juntándoselas intentó besarlas.

—¡Por Dios! ¿Qué hace? —Se separó rápido de ella, mirando con nerviosismo a su alrededor.

—¡Gracias, señor, no sé cómo...! —Las lágrimas inundaron sus ojos, unos ojos que hacía tiempo olvidaron agradecer. Por un momento su rostro adelgazado, como el resto de su cuerpo, esbozó una sonrisa que llenó su cara.

—Vaya con su hija, Conchita, vaya —cortó él metiéndose en el coche. Ferran se frotó las manos, la mujer le había transferido el frío de su cuerpo. La vio marcharse con los brazos cruzados sobre su cuerpo, esperando que aquel gesto la librara del frío que atravesaba cruelmente la bata que usaba como guardapolvo. Pero Conchita decidió no sentir el frío de la tarde, ni darse cuenta de que sus pies pisaron el charco. Cualquier otro día eso hubiera significado una catástrofe para las remendadas suelas de cartón, el duro cartón con que transportaban los pedidos.

Apretó con fuerza la mano sobre el bolsillo para asegurarse de que el sobre continuaba allí. Las primeras gotas de lluvia resbalaron decididas por sus mejillas, las percibió como una caricia, la caricia de un amante. Ahora podía llorar su pena, nadie distinguiría una lágrima de una gota de lluvia. Ambas bajaban con la misma cadencia, con el mismo dolor del que en algún momento conoció la felicidad.

Quizá fuera una mala persona, pero cuando aquel día el oficial se presentó en su casa con el sombrero en la mano, la mirada baja y la cara de circunstancias su corazón respiró aliviado. Una cara que aquel hombre repetía cada día en cada casa, un gesto aprendido, un tono de voz que surgía automático, las mismas palabras cambiando el apellido.

—¿La señora de...? —preguntaba.

—¡Sí! —respondió ella, aunque en plena guerra, con el marido en el frente del Ebro, era fácil deducir el porqué de la pregunta.

Fue la mujer de González: un lobo con piel de cordero, un mal hombre que la sacó de su casa para casarse, por amor creyó ella, pero la realidad pronto le hizo olvidar aquella maldita palabra con la que se engañaba a tantas y tantas mujeres.

El frente de Aragón la libró de él. Frente a aquel hombre que le traía la fatal noticia respiró aliviada.

—¡Sí, soy la señora González! —respondió.

¿Qué decía aquel hombre? ¿Que su marido había muerto? ¿Que no encontraron el cuerpo? Está bien, está bien. Ella no quería nada, nada de él, ni siquiera un cuerpo al que tener que llorar.

De repente, de una forma inesperada al enterrar aquella sombra su vida adquirió luz. Ni la guerra fue capaz de empañar su felicidad con Arturo. Así le dijo que se llamaba aquel hombre de mirada limpia, sonrisa generosa y manos amables. Desde aquella tarde en el parque, desde el momento en que sus miradas se cruzaron, nada pudo separarlos. Celebraron una boda civil, por suerte estaban en la zona republicana y con él conoció el verdadero amor.

Se acostumbró a santiguarse en el portal de la casa antes de salir. Le daba miedo su felicidad, solo pedía que nunca acabara. Pero acabó la guerra y tocaron de nuevo a la puerta. Corrió como una loca a abrirla, quería abrazar a su Arturo, apretarlo con fuerza, el último abrazo en España antes de huir juntos a Francia. Y abrió la puerta, pero sus piernas la anclaron al suelo, sus brazos cayeron inertes a los lados de su cuerpo, el frío la penetró de la cabeza a los pies. No era su Arturo, ni siquiera el oficial. Otro hombre llegó a su casa, otro hombre levantó con furia el brazo y le dio un puñetazo que la hizo arrastrarse por el suelo.

La sangre de su boca empañó el brillo del suelo; el señor González no paró ni siquiera cuando un bebé gateaba en busca de su mamá. La empujó con el pie para apartarla y ajustar cuentas con la mujer.

—¡Puta, no te bastó juntarte con un rojo, encima le has dado un hijo!

Conchita se secó inútilmente las lágrimas que se confundían con la lluvia. Debía ser fuerte, aquello acabaría. Le gustaba soñar que un día Arturo volvería a buscarla, que su hija recuperaría a su padre, que se libraría de aquel monstruo que la utilizaba como una esclava. Le gustaba soñar, y soñaba libremente, incluso delante del monstruo. Soñaba con las manos de su amor que la levantaba cuando caía, que la besaba en la cara y le acariciaba el pelo, y soñaba tan bien que era capaz de sentir el calor de su cuerpo, de oír su voz. ¡Hasta era capaz de vivir ya solo por soñar!

19

El Racó

A Rosa el nuevo punto de encuentro con los chicos le resultaba más cercano que el anterior en Poble Nou. Miró a ambos lados de la calle; las paredes aguantaban en silencio las pintadas que parecían haber heredado el trabajo de los antiguos juglares. Se decidió por fin a entrar en El Rincón, bajo la pintura del nombre aún se podía intuir el nombre original del café, *El Racó*.

Cruzó una mirada interrogativa con la Luisa y esta asintió. Se encaminó a las escaleras pero reculó, ¡casi lo olvidaba! Sacó un sobre de una de las bolsas y lo depositó en el mostrador.

—¡Gracias! —La mujer se alegró enormemente al comprobar su contenido—. Estoy muy necesitada —señaló con un dedo la raya de su pelo.

Rosa sonrió al recordar la última entrega de papel carbón que le hizo: resultó azul en lugar de negro y sus canas adquirieron un color lila bastante extraño. La Luisa colocó las hojas con cuidado de no arrugarlas en la estantería que había dedicado a la literatura. Sus títulos pertenecían al completo a la novela rosa que estaba haciendo furor en esos días, *Novia oficial*, de Berta Buck, *Muñequita*, de Rafael Pérez y Pérez y *Lil de los ojos color del tiempo* de Guy Chantepleure. Sobre el mostrador, abierto por la página cincuenta y tres, su última adquisición: *Un marido a precio fijo* de Luisa María Linares.

—¡Rosa! —llamó—. Pronto necesitaré también unos retoques en las medias, se están borrando, con la lluvia... —explicó encogiéndose de hombros. —La Luisa se giró para señalar la línea que Rosa le pintara en la parte posterior de las piernas simulando la costura de unas medias. Rosa asintió y se encaminó a las escaleras que llevaban a la segunda planta. Tras el repique convenido se incorporó al grupo, el humo del tabaco ofrecía una atmósfera de conspiración.

—¡Hola a todos! —dijo.

—Hola, guapa, ¿qué traes? —Oleguer la ayudó con las bolsas.

—Será mejor que hablemos en castellano. Las paredes oyen —añadió Pilar, que aunque entendía el catalán disfrutaba mortificando a Oleguer. Él prefería pensar que se debía a que no le prestaba la atención que a ella le gustaría obtener de él. El rostro de Oleguer no era excesivamente atractivo, pero con una altura de metro ochenta y cinco, musculoso, moreno y con un fino bigotito que retocaba casi a diario, en su conjunto se hacía mirar. Pilar parecía estar siempre enfadada con él.

—No he conseguido gran cosa —se excusó Rosa mostrando el contenido de las bolsas—, el mercado está cada vez más controlado.

—No te preocupes —atajó Jordi, deseoso de entrar en materia—. Bien, atentos, la operación está en marcha, sacaremos a los cinco polacos dentro de una semana.

—¿Una semana más? —se extrañó Rosa. Normalmente escondían a los fugitivos durante una semana y aquellos hombres llevaban con ellos casi tres.

—Rafael está en Madrid —explicó—. Debemos esperar a que venga, quizá traiga nuevas instrucciones. Ahora la frontera está muy vigilada.

—¿Y qué hacemos mientras tanto? —se quejó Pilar, que cada día desconfiaba más de «la burguesita».

—Tener los oídos bien abiertos y las manos hábiles para conseguir más comida, quizá tengamos que esconder a alguien más. Se esperan nuevos huéspedes. —Jordi se levantó, aquellas reuniones no duraban más de quince o veinte minutos. Tras finalizar abandonaban el café de uno en uno, con ciertos intervalos de tiempo y utilizando tanto la puerta principal como la trasera. Pilar observó con recelo la transformación de la Rosa activista en la burguesita al colocarse con aire coqueto el sombrero sobre aquella llamativa melena.

Esa noche Frank, Paul y su esposa Emma caminaban en animada charla. Dejaron atrás la Plaza de Cataluña y doblaron la esquina con Rambla Cataluña en dirección al Café de la Luna, uno de los más frecuentados en esos días. Su interior se iluminaba con una tenue luz que favorecía la intimidad, intimidad que los asiduos agradecían. La decoración interior, en concordancia con el momento, respondía al movimiento modernista. Al fondo, como si se tratara del palco de un teatro, dos columnas daban paso a una sala más pequeña que, en forma de semicírculo, albergaba a los clientes más animados en el arte del baile.

—¡Qué acogedor! —exclamó Frank.

—Es de los más populares, tiene siempre mucho ambiente. Bueno —rectificó Paul—, hay otros, tenemos el *Rigat*, ¡ejem! Pero no es muy apropiado para asistir en compañía de señoras. —Miró de reojo a su mujer para cerciorarse de que no le había oído, aunque Emma parecía más pendiente de la clientela.

—No creí que la gente saliera tanto de noche, con la depresión y las cartillas de racionamiento —se extrañó Frank.

—Sí, pero fíjate bien en las mesas, Frank, dos consumiciones por cada cinco personas. La gente viene aquí buscando un sitio caliente y escuchar música, pero apenas consume nada. Por eso algunos locales están cobrando entrada con consumición mínima para evitar esto —le contestó Paul.

—Lo mismo ocurre con los cines —Emma se incorporó por fin a la conversación—. Por dos pesetas puedes ver una película y estar dos horas caliente. Muchas casas no disponen de calefacción. Aquí normalmente los que están en disposición de consumir piden en su mayoría un *porto flip*. Es una mezcla de oporto, yema de huevo y avellanas, alimenta mucho —explicó Emma.

Frank pensó que alguien debería prohibir las guerras.

20

El Café de La Luna

La reunión en El Rincón había terminado con un clima tan denso como el del humo que cubría la parte alta de la habitación.

—¿Tomamos algo? —Oleguer no tenía ganas de disfrutar de la soledad de su habitación de alquiler, le apetecía más la compañía de la pelirroja.

—¿En El café de La Luna? —Rosa pensaba en el calorcito que siempre había en aquel local.

La pareja enfiló la callejuela en dirección a la Rambla Cataluña. Era la hora en que las calles empezaban a quedar desiertas de gente para ser tomadas por los miembros de las JONS y los grises. Se giraron al oír los pasos rápidos que provenían del principio de la calle; dos chicas se levantaron las faldas para acelerar en la carrera, tras ellas un grupo de hombres jóvenes. Prostitutas que huían de ser peladas, pensaron. Rosa se agarró con fuerza al brazo de Oleguer.

Desde la entrada del café no se vislumbraba ninguna mesa libre. La tenue luz de las lamparitas que había sobre las pequeñas mesas ofrecía un ambiente íntimo y cálido, la música sonaba también acorde a la atmósfera.
—Ni una, Rosa, todo lleno —dijo Oleguer.
—Bueno, bailemos —propuso ella—, ya quedará vacía alguna mesa.
—Vamos —aceptó él gustoso de lucirse con aquella mujer.

Emma reía divertida las anécdotas que Frank y su marido revivían de su época de estudiantes en Inglaterra.
—Yo no me acuerdo de eso —Paul se limpiaba las lágrimas que le arrancó la risa.
—¡Tú solo te acuerdas de lo que te interesa! —le recriminó Frank.
—¡Frank! ¿No es esa tu cuñada? —Emma la descubrió girando en la pequeña pista del fondo de la sala.
Paul reparó en su amigo, que parecía seguir con los ojos las manos del hombre que bailaba con Rosa, que abrazaban su cintura rozándole el pelo. A Frank le pareció percibir la cosquilla de aquel roce en su mano y su corazón se agitó.
Rosa no perdía de vista las mesas mientras giraba al compás de la música con la esperanza de ver alguna desocupándose; descubrir a Frank fue un golpe del destino. En cada

vuelta sus ojos volvían a encontrarse; se apretó más contra Oleguer intencionadamente.

Frank estaba tenso. Ver a aquella mujer allí, así, le desconcertaba, y casi sin darse cuenta retiró el sillón de la mesa.

—Frank, ¿qué vas a hacer? —Paul le sujetó.

La voz de Paul le devolvió a la realidad. ¿Por qué le molestaba ver a Rosa en brazos de otro? No tenía ningún sentido, no era su mujer y él mejor que nadie sabía que no podía abrir esa puerta de nuevo, y menos con ella.

—Será mejor que nos vayamos —le sugirió Paul.

—Es tu cuñada, ¿verdad Frank? —Emma seguía mirándola curiosa ante la semejanza con Anna. ¿Qué pensaría Frank? ¿Qué sentiría al verla tan parecida a su mujer?

—Sí —le reconoció él, tragando saliva. De repente, ante la mirada atónita de Paul, Frank se levantó dirigiéndose decidido a la pequeña pista.

—¿Me permite? —dijo Frank, aunque sus palabras no dejaron de ser un simple formulismo, ya que su cuerpo se interponía entre los bailarines.

—Tenemos que irnos, Rosa. —Oleguer ya se había fijado en aquel hombre, hacía rato que no les quitaba el ojo de encima y además estaba acompañado del vicecónsul británico. La situación era peligrosa para ellos.

—Es mi cuñado —le aclaró ella con una mezcla de felicidad y ansiedad.

—Entonces te dejo en buenas manos. —De mala gana Oleguer abandonó el local. Quizá Pilar tenía algo de razón y para Rosa todo aquello no era más que una aventura entretenida en lugar de sentir un verdadero compromiso por la causa.

Para Frank la sensación de tenerla entre sus brazos era como había imaginado. Evitaba mirarla, con sentirla era suficiente. No quería reconocer que deseaba estar allí con ella, oyéndola tararear aquella canción con voz entrecortada mientras se pegaba más a él. Ninguno de los dos decía nada. Rosa miraba sus propias manos apoyadas en los hombros de él, solo pensaba en disfrutar aquel momento, en desmenuzar las sensaciones que le producía sentirse allí atrapada por él. No, realmente no le apetecía decir nada, ni que un pensamiento le robara un instante. La embriagaba el olor del cuerpo de Frank, notaba el calor que transmitía su cuerpo. Percibía la dureza de sus músculos. No quería ni podía pensar en nada más.

Emma no entendía a qué se debía aquella repentina decisión de abandonar el café sin esperar a Frank, incluso sin despedirse, pero conociendo a su marido sabía que alguna razón tendría para actuar así. Tomó su bolso y su chal y salió tras él del café, no sin antes dirigir por última vez sus ojos a Frank y Rosa. Más que bailar parecían abrazarse.

Cuando la música acabó Frank se separó rápidamente de Rosa, casi bruscamente, empujando con sus manos las caderas de ella hacia atrás. Casi respiró aliviado por cortar con sus pensamientos. Se alegró de haber bailado con ella, tenía que hacerlo, se dijo, esa era la mejor forma de no obsesionarse.

Se miraron fugazmente y se dirigieron a la salida. Un golpe de aire fresco los atrapó. Caminaban en silencio, uno al lado del otro. Algún estado de inconsciencia, que aún los invadía, los había arrastrado hasta la calle. Las luces de los farolillos parpadeaban por los cortes de electricidad pero no necesitaban tampoco más luz, ni siquiera se miraban. Iban uno junto al otro, sus pies llevaban la misma dirección, esa noche sobraban las palabras. Frank se notaba extraño, ya no la tenía entre las brazos pero le parecía sentir la suavidad de su piel y la forma de su cintura entre sus manos. Su fragancia le invadía de tanto en tanto. La llegada al Ritz hizo que se miraran por primera vez.

—¿Y tus padres? —Frank intentaba aclarar qué podía pasar a partir de ese momento.

—A veces duermo en el estudio. —El rostro azorado de Rosa le dio la respuesta que necesitaba.

—Espérame aquí —le pidió él con suavidad.

Frank se alegró de que no estuviera aquel de la sonrisa torcida en recepción y con la llave de la habitación en la mano salió del hotel para entrar de nuevo por la puerta de servicio con Rosa. No quería exhibirla con él, dañar su reputación ni infringir la obligación de presentar el certificado de matrimonio para poder entrar con una mujer.

—Vamos. —Frank la tomó del brazo y se dirigieron a la entrada lateral.

—Me ha gustado bailar contigo. —Rosa necesitaba romper de algún modo el silencio que se había creado entre los dos y que se veía aumentado por el mudo eco de sus pasos sobre la larga alfombra que les conducía a la habitación.

—*The pleasure it's all mine*. —Frank la miró intentando descubrir su mirada bajo el coqueto sombrero mientras se esforzaba en contener su impaciencia.

Ambos permanecieron inmóviles tras cruzar la puerta de la habitación. A él le frenaba su responsabilidad, quizá para ella fuera la primera vez y no estaba seguro de hasta dónde quería llegar o si todo aquello era un simple juego de jovencita tratando de enamorar a un hombre maduro.

—Necesito tocarte —le dijo él acercándose un poco—, pero si lo hago no podré parar.

¿Le estaba pidiendo permiso? Rosa tiró de su corbata obligándole a que se inclinara sobre ella. Le ofreció un beso corto y se separó levemente sin soltar la prenda. Ahora sí necesitaba que él llevara la iniciativa. No es que le asustara la intimidad con él, sin embargo le preocupaba el hecho de que pudiera sentirse decepcionado. A fin de cuentas, ella no sabía más que el resto de sus amigas sobre el sexo.

Pero la preocupación le duró un segundo. Él reaccionó, la abrazó con ganas, besándola fuertemente y le pasó las manos por la espalda hasta llegar a sus nalgas, aupándola sobre él. Caminó unos pasos hasta que su necesidad ganó al tiempo. La aprisionó contra la pared sin dejar de besarla. Le subió los brazos y los sujetó con los suyos, lo que le permitía que su cuerpo estuviera aún más pegado al de ella. Notaba sus pechos duros, clavándose en su torso, necesitaba controlar su ansia, quería disfrutarla lentamente y hacer que ella también lo hiciera.

Se separó bruscamente y ella le miró sin entender. La cogió de la mano, hizo que le siguiera y juntos entraron en la inmensa alcoba. Frank se paró frente a la cama. Se giró hacia ella, la agarró de la cintura y la acercó a él. Comenzó a darle besos cortos alrededor de la boca, quería prepararla, excitarla. Bajó hacia su cuello mientras sus manos exploraban más arriba. Pronto atraparon sus pechos que parecían esperarles ansiosos. La giró, ahora tenía la libertad que necesitaba para seguir descubriendo su cuerpo. Buscó con las manos sus pechos dentro del vestido mientras seguía saboreando su piel con la boca. Aquella fragancia que emanaba de su piel le excitaba demasiado, le costaba contenerse.

—¡Quítate el vestido! —le pidió, aunque sonó a orden.

Ella lo hizo sin dejar de mirarlo. La chaqueta de Frank había desaparecido. Él se deshizo de la corbata y abrió su camisa. Rosa abrió los ojos aún más. Le gustaba lo que veía, aquellos músculos marcados, su piel bronceada, y unas manos que la esperaban. Se acercó a él, quien le deslizó hacia abajo la combinación. Frank enredó las manos en su pelo hasta que lo liberó, estremeciéndose cada vez que acercaba su cara a la de ella. Se sentó en el borde de la cama, la situó entre sus piernas y la acercó. La deseaba. Sus manos empezaron a jugar de nuevo con sus pechos, los masajeaba, los apretaba, los besaba con fuerza, sentía cómo se le endurecían los pezones. Se levantó, la cargó para dejarla en la cama y se tumbó de costado a su lado para seguir descubriéndola, ahora sin aquella bonita lencería.

Ella gemía al compás de sus caricias, notaba que su piel le quemaba con el roce de las manos del hombre. Su vientre se arqueó cuando notó cómo se dirigía a su centro. Lentamente los dedos de Frank entraron en ella, con suavidad, buscando un punto concreto con que darle placer, haciendo pequeños círculos. Rosa lo abrazó por el cuello y lo besó con fiereza. Notaba el bulto de sus pantalones y bajó una mano para buscarlo. Quería tocarlo, rozarlo.

Él le retiró la mano y se apartó un poco. Le costaba

aguantar, se despojó de los pantalones y ahora sí dejó que ella lo tocara. Su miembro estaba duro, parecía que iba a estallar. La voz de Frank era ronca.

—¿Estás segura? —le preguntó.

Ella no contestó, sino que dirigió el miembro de él hacia su hendidura. Se moría por sentirlo dentro, quería saber qué se sentía, quería tener a Frank en su interior. Frank se puso sobre ella. Parecía agitado, y con suavidad empujaba su pene hacia dentro, con pequeñas entradas seguidas de rápidas retiradas. Ella cruzó las piernas por encima de su espalda, excitada. Por fin Frank empujó hasta el fondo, ella lanzó un gemido fuerte y él la abrazó con ganas, pero su vientre se alejaba y embestía de nuevo, cada vez con más fuerza.

Rosa no podía pensar. Sentía un gran placer, cada vez más fuerte, y un calor sofocante ocupaba su vientre, notaba sensaciones desconocidas que le nublaban el entendimiento. Sentía a Frank gemir en cada embestida y eso la excitaba aún más, levantaba el vientre para acompasarse con él. No quería que parara, le clavaba las uñas en la espalda para atraparlo cada vez que entraba en ella.

Él le pasó las manos por la espalda y la levantó, haciendo que Rosa sintiera mucho más. El corazón le latía muy fuerte, empezó a moverse subiendo y bajando sobre el miembro de él, el placer se hacía más intenso cada vez, notaba el pene del hombre más duro, más grande, hasta que por fin descargó dentro de ella, notando un sublime estallido en su interior. Se abrazó a él con una fuerza enorme mientras las manos de Frank la atraían hacia él. Le dolían los pechos pero puso las manos sobre las de él cuando empezó de nuevo a acariciarlos, aunque él empezó a apretarlos, cada vez con más fuerza. La excitación volvió a aumentar, sentía su miembro dentro mientras las manos y la boca de Frank se ocupaban de sus pechos. Él le apretaba las caderas y la llevaba hacia él. No quería que aquello acabara. Recorrieron de nuevo sus cuerpos con una ansiedad que les confirmó que era algo que ambos llevaban tiempo esperando.

Al despertar al día siguiente Rosa continuó tumbada en la cama un ratito antes de decidirse por fin a abrir los ojos. Le dolían los labios, los notaba hinchados, al igual que los pechos. Recogió la camisa de Frank y con ella puesta fue en su busca siguiendo el rumor del agua al caer. Las manos de él la arrastraron dentro de la ducha, el agua rápidamente empapó la camisa.

—¿Qué tienes en la cara? —preguntó él al verle las mejillas algo enrojecidas.

—Mmm... —gimoteó ella—. Tengo la piel muy delicada y tu barba pincha bastante.

—*I'm so sorry* —se excusó él besándola con toda la suavidad que era capaz de mostrar.

—No importa, ¡mereció la pena! —Rosa sonrió pícara, se sentía muy diferente aquella mañana. ¡Se sentía viva!

—¿Sí? —Insistió él meloso y divertido ante aquella mujercita que se debatía entre la modestia y la entrega—. Nunca me había fijado en lo bonita que es esta camisa. —Él se alejó un poco para contemplarla mejor y verle los pechos trasluciéndose bajo la tela mojada. Bajó lentamente sus manos desde aquel bonito cuello hasta atraparle los senos sin dejar de besarla. Le gustaba apretar aquel cuerpo como si le perteneciera a él, atrapada solo para él.

—Es muy temprano para que vuelvas a tu casa —susurró él.

Ella le dedicó una sonrisa picarona y le recorrió con los ojos el cuerpo desnudo de arriba abajo, deteniéndose en aquel punto que parecía cobrar vida propia. Él la miró maliciosamente. Pensaba disfrutar de aquella ducha de una forma muy especial.

Más tarde Frank encargó el desayuno para una sola persona pero doble. Se había levantado hambriento, con una fuerza interior desconocida hasta entonces o, si la había tenido alguna vez, la había olvidado. Los golpes de la puerta le hicieron despabilar y miró a su alrededor, recogiendo cualquier prenda que delatara una presencia femenina.

—Señor, su desayuno. —El camarero empujó el carrito hacia el centro de la habitación—. ¿Dónde quiere que se lo sirva, señor? —No se decidía a estacionar.

—¡No se preocupe, déjelo ahí mismo! —Frank se apresuró a darle una buena propina. Le estaba poniendo nervioso la parsimonia de aquel hombre acabando de aparcar el carrito y resistiéndose a desaparecer de la habitación.

Frank sonreía ante la cara de placer de Rosa a cada mordisco que daba. Ella comía lentamente, saboreando cada bocado, en cambio él ya hacía un rato que había acabado.

—Mmm... Sigue, sigue —le pidió a Frank—, cuéntame más cosas sobre tu padre.

—*Well*, en un principio, como te dije, a su llegada a Argentina se dedicó a lo que pudo. Por un tiempo trabajó en la Welsh, la compañía de ferrocarril. Fue en la época en que se estaba construyendo la línea de Buenos Aires a la Patagonia, y con el tiempo se convirtió en socio de la compañía. Mi padre tenía un buen olfato para los negocios, invirtió en tierras, en la Patagonia, y se dedicó a la cría de ganado.

—Debió de ganar mucho en la Welsh para comprar esos latifundios.

—No, no creas, las tierras eran muy baratas, el gobierno casi las regalaba para fomentar la colonización del sur. Después, cuando alcanzó una posición más que acomodada, viajó a Inglaterra para buscar esposa y volvió con mi madre. —Se encogió de hombros.

—¿Cómo tú?

Él la miró sin comprender muy bien qué quería decir.

—¿Tú también viniste buscando esposa cuando encontraste a Anna? —Estaba deseosa de aclarar de una vez la vida de su hermana con él.

Frank permaneció pensativo mirándola, y Rosa captó enseguida que había entrado en un mal terreno. Él se levantó y caminó hacia el gran ventanal. Necesitaba tiempo para pensar qué iba a decir.

—Yo no quería que se diese esta situación entre nosotros, Rosa, te aseguro que he luchado conmigo mismo para que esto no ocurriera.

A Rosa le pareció que él se estaba arrepintiendo.

—¿Te refieres a nosotros? —preguntó buscando una respuesta que temía.

—No puede haber un nosotros, Rosa. —Su mirada esperaba la reacción de ella.

—¿Por qué? —Necesitaba entender la verdadera razón. ¿Seguiría enamorado de Anna?

—Porque eres la hermana de Anna —se giró hacia ella—, soy tu cuñado, soy mayor que tú, estoy aquí de paso. Hay mil razones, Rosa, mil. Yo no quería comprometerme, no quiero comprometerme, ¿lo entiendes? Para mí esa puerta se cerró y no dejaré que la abras.

Rosa sintió una punzada en el estómago; aquello acababa allí. Se levantó enrabiada. Lo que fuera debía hacerlo en aquel preciso instante.

—¡Sé sincero! —le exigió—. ¿Qué es lo que te molesta realmente de mí?

—Rosa, tú me atraes mucho... —Intentaba ser delicado, se daba cuenta de la magnitud de su error pero no quería dar a entender que se había aprovechado de ella.

—Frank, es normal que estés... desorientado. Anna era mi hermana, yo también la quería, pero también creo que la vida sigue —se acercó a él—, es como si el destino te diera una segunda oportunidad, a ti y a mí.

—¡No pienso vivir eso otra vez! —Fue tajante.

Rosa jamás pensó que una noche tan candente pudiera dar lugar a una mañana tan descarnada como aquella. El silencio fue lo único que la acompañó cuando se alejó de Frank. Un silencio frío que se empeñaba en abrazarla.

21

Una vez más

15 de septiembre de 1943

Rosa recorría su exposición con la discreción que ofrecía la mañana. Se sentía dolida por las palabras de Frank, necesitaba pensar con calma, pero la voz de Martí la martilleaba constantemente.

—¿Seguro que estás bien? —volvió a preguntar—. No tienes buena cara. ¿Qué está pasando? —insistió, esperando que ella negara lo que estaba imaginando.

—¡Nada! —casi le gritó. La cabeza le iba a estallar, llevaba dos días sin saber nada de Frank y eso la tenía mal.

—No estarás con él, ¿verdad? ¡Ese hombre se irá dentro de unos días! ¡Él no te conviene! Una cosa es que quieras ser moderna, pero no arriesgues tu reputación por un tipo como ese. —Martí la seguía mientras ella parecía dirigirse a la salida.

—¡Pareces mi madre! —gritó ella girándose. Aquella rabia que sentía la estaba matando por dentro, no necesitaba consejos de nadie, quería estar sola. Se zafó de Martí dejándolo con la palabra en la boca.

Alcanzó la calle enfurecida, enfadada con la vida por no darle lo que quería. ¿Tenía sentido insistir, luchar hasta el momento en que Frank se fuera? Su rabia hizo que no lo viera hasta que al pasar por su lado notó una mano que la detuvo. No entendía a aquel hombre, ¿estaba jugando con ella? Un torbellino ocupaba su cabeza. Levantó sorprendida la mirada.

—¡Frank! —Su voz apenas se oyó, pero él no dijo nada. Empezaron a andar en paralelo sin cruzar una palabra. Ella notaba entre ellos la misma tensión que habían vivido la noche en que acabaron en la habitación del hotel.

A Frank le importaba poco a dónde iban, solo quería sentir aquellos pasos a su lado una vez más y la fragancia que le llegaba de tanto en tanto acompañando el movimiento de Rosa. Cruzaron por el paso de peatones y tomaron la calle de la derecha. El estrecho callejón los acercó y en un impulso, impropio en él, atrapó la mano de Rosa. Ahora se sentía vivo y esa sensación que lo invadía le decía que nada podía ir mal. ¡No otra vez!

Subieron las escaleras de aquel oscuro portal. Parecía más una casa abandonada que una vecindad. Cuando llegaron al cuarto piso Rosa se agachó para recoger el paquete que había sobre el felpudo. Frank no preguntó, pero pensó que debía de ser material de pintura, desde luego nada importante si lo dejaban en la puerta. Al ser el último piso, la claraboya del techo dejaba que la luz inundara la estancia, un trocito del cielo de Barcelona estaba atrapado en aquel estudio de pintura. Unos amplios ventanales ocupaban casi toda la pared, en el centro de la sala unas cajas de madera boca abajo cubrían la función de mesa delante del viejo sofá que disimulaba su edad bajo la manta.

Ahora Frank estaba en su estudio y era como entrar en el verdadero mundo de Rosa, ajeno a todo lo que pasaba o había pasado en el mundo real. Con una tranquilidad nueva la miró. La belleza de Rosa era como la de la modelo de un cuadro, unas cejas muy perfiladas enmarcaban sus ojos verdes bajo unas espesas pestañas negras. Una naricilla graciosa asomaba por encima de sus labios, siempre color fresa. Ella se dirigió a la pequeña cocina.

—Tengo algo que quiero que pruebes.
—¿Qué es? —La siguió con ganas.
—Se llama Chartreuse. —Ella le mostró una botella cuyo contenido ofrecía un licor de color amarillento—. Lo elaboran unos cartujos franceses que se refugiaron en Tarragona. ¡Es dulce y fuerte a la vez! —Rosa revolvía en el cajón en busca de un abridor y, con él en la mano, se giró para entregárselo a él.

Frank no solo cogió el abridor; sentó a Rosa en la encimera de la cocina frente a él, lentamente le fue subiendo la falda hasta más arriba de las rodillas y separó un poco sus piernas hasta alcanzar la obertura perfecta para colocar la botella entre ellas.

—Sujétala fuerte —le susurró—. ¿Es de estraperlo?
—¡Lo prohibido siempre es lo mejor! —Rosa sujetó la botella con ambas manos mientras él introducía el sacacorchos sin mostrar prisa. El rizado hierro inició su giro

sobre el corcho. Aquella botella era el único obstáculo entre los dos pero se erigía en un enorme muro que los contenía. Solo se oía el gemir del corcho al ser penetrado y la cortada respiración de ellos mientras se devoraban con la mirada. Necesitaban que aquella tortura acabara pronto.

El corcho, en su huida, derramó unas gotitas sobre la boca de la botella, Rosa acarició con su dedo índice el orificio de la botella y con aquel sabroso botín empapó los labios de él. Apartó la botella a un lado atrapando a Frank entre sus piernas, con la intención de secar los labios del hombre con los suyos. Él la cargó con brusquedad llevándosela hacia la gran sala. Rosa llevaba consigo la botella y dos copas. Él hizo que se sentara en el viejo sofá, se arrodilló ante ella y con suavidad la descalzó. Se puso en pie e hizo que ella también se incorporara, ahora aún era más evidente su diferente altura. Mientras la besaba con pasión iba bajando lentamente la cremallera del vestido. La cogió en brazos y dio una vuelta sobre sí mismo con ella. Le gustaba oír la risa de Rosa, y ver el hoyuelo que aparecía en su mejilla. Parecía tan feliz con tan poco que se preguntó si realmente se necesitaba más.

—Vamos a probar ese licor —le susurró él dejándola en el suelo.

El Chartreuse les dejó un sabor dulce y ardiente en la boca, lo notaban en los labios del otro. Se los comían con ganas el uno al otro, con las ganas de la contención que habían sentido hasta ese momento. Frank se sentó en el sofá y tiró de ella para que se sentara a horcajadas sobre él. Notó a Rosa más liberada sin la presión de la primera vez y la dejó hacer. Le gustaba notar sus manos recorriendo su cuerpo, deteniéndose a cada momento, enredando sus dedos en el vello de su torso. Se mostraba pícara, jugando alrededor de la hebilla de su cinturón, le gustaba ver lo que provocaba su erección en ella.

La acercó con fuerza y probó de nuevo el sabor del licor en su boca mientras sus dedos la liberaban de la lencería. Era de día y quería contemplarla mientras la hacía suya bajo aquel trocito de cielo atrapado en el techo. Rosa se mostraba hermosa, con su pelo suelto enredado, con aquella piel aterciopela, entregada a él por completo.

El fuego del licor parecía haberse apoderado de los dos, ella notaba la fuerza de las manos de Frank por donde pasaban, le excitaba sentir la ansiedad de aquel hombre por poseerla, por tenerla. Él se esforzaba por controlar su fuerza con Rosa, pero aquel aroma le nublaba los sentidos.

Cuando ella cayó exhausta sobre él, Frank la abrazó para que permaneciera así.

—¿Qué fragancia usas? —le preguntó él.

—Es Neroli, una esencia que se extrae de la flor del naranjo amargo. Se llama así en honor de la duquesa italiana de Neroli, que perfumaba sus guantes con ella. Así cuando los caballeros le besaban la mano quedaban extasiados con su aroma. Se supone que tiene propiedades afrodisíacas. —Ella levantó la cabeza para dedicarle una pícara mirada.

—¿Y te untas todo el cuerpo con esa esencia? —le preguntó él.

—Si —susurró ella con intención.

—Mejor lo compruebo, seguro que te has dejado algún trocito de piel. —Frank inició ese recorrido sin prisas. Hasta ese momento no había sido consciente del largo tiempo que llevaba sin estar con una mujer, al menos con una que le hiciera sentirse hombre de nuevo.

22

La realidad

17 de septiembre de 1943

Rosa bajaba las escaleras de su casa exultante, sentía que un volcán en su interior estaba a punto de estallar.

—¡Rosa! —La voz de su padre la detuvo e imaginó de qué quería hablarle, así que cerró la puerta tras de ella.

—¿Ha habido algún problema, papá? —Se sentó frente a él.

—No, no —quiso tranquilizarla—, de momento solo he entregado los papeles para la inspección rutinaria, supongo que en un par de días sabremos algo. Pero no es de eso de lo que quería hablarte —siguió—. He hablado con Frank. —Rosa dio un pequeño respingo sobre el sillón, su corazón palpitaba a un ritmo nuevo.

—Mañana estamos todos citados con él en el despacho

del abogado que está tramitando el testamento de tu hermana. Parece ser que tenemos que firmar algunos papeles. Supongo que Frank espera arreglar todos los asuntos legales antes de volver a Argentina.

Ferran no se dio cuenta del efecto de sus palabras en su hija. Rosa tragó saliva en un intento de disipar la bola que notaba en el estómago, la que le impedía respirar. Se había concentrado tanto en conquistar a Frank que había olvidado que su marcha llegaría. Algo en forma de arista le iba arañando por dentro, pensar en la ausencia física de Frank le daba pavor.

La mañana siguiente llegó tras una larga noche en blanco para Frank, que ya estaba en el despacho del abogado Casanovas cuando llegaron los Sarlé. La presencia de las mujeres hizo que ambos se levantaran en señal de respeto. Casanovas los hizo pasar a la sala de reuniones. A partir de ese momento el abogado fue el protagonista, sorprendiendo a los asistentes con el contenido del testamento de Anna. A Montserrat la pausa que el leguleyo intercaló entre sus primeras palabras y la lectura del contenido de la herencia le pareció eterna.

—Como les acabo de leer —terció Casanovas—, heredan ustedes la cifra de seis millones de pesetas.

Ferran y su mujer se miraron sorprendidos; no esperaban algo así. Montserrat se quedó sin habla, aunque enseguida pensó en la posibilidad de recuperar parte de su patrimonio con ese dinero. Era lo justo. Si su hija no se hubiese casado con Frank seguiría viva aún. Rosa y su padre se miraron con complicidad. Ambos sabían que aquel dinero no era de Anna, por alguna razón Frank quería ayudarles.

Rosa miraba curiosa a Frank, desde luego él tenía más dinero del que podría necesitar en su vida, aquello solo podía ser un acto de generosidad. Le dolía comprobar que era un hombre con principios y generoso, sobre todo porque veía que se le escapaba.

—*Well* —dijo Frank levantándose—, yo debo disculparme, pero tengo otro compromiso.

—¿Dónde debemos firmar? —quiso saber Montserrat deseando estampar su firma donde fuera para afianzar aquel dinero.

—*See you*, Rosa... —Frank se despidió de ella evitando mirarla. Quería salir de allí antes de que le fallara la voluntad o algún gesto le delatara.

Frank paseaba nervioso por la lujosa habitación del Ritz. Tomó un trago de cerveza y miró la botella extrañado, preguntándose por qué le sabía tan amarga. Salió al balcón en busca de aire, se liberó del primer botón de la camisa y le siguieron los de los puños. Le irritaba el miedo que sentía, era algo que el destino usaba para marcar una frontera entre Rosa y él y era incapaz de cruzarla, ni siquiera por ella. El sonido del teléfono lo alivió de sus pensamientos. Experimentó una pequeña y fugaz alegría ante las palabras del recepcionista.

—Señor Bennet-Jones, al habla el recepcionista. La señorita Sarlé dice que usted la está esperando.

El conserje colgó el auricular y con una señal que parecía convenida reclamó la atención del botones.

—Acompaña a la señorita a la 108, la están esperando.
—Gracias —contestó Rosa secamente, algo molesta con tanta formalidad.

—Me voy contigo —sentenció Rosa entrando sin esperar a ser invitada a pasar al interior de la habitación.
—No puedes venir conmigo —cortó él sin decidirse a cerrar la puerta con ella dentro.
—No te estoy pidiendo permiso. —Rosa hizo ademán de acercarse a Frank, pero él se lo impidió.
—Rosa, me lo estás poniendo muy difícil.
—Es que no lo entiendo, yo no te entiendo, Frank. —Intentó que su voz no sonara a súplica—. Ayer fuimos amantes y hoy me evitas. ¿Qué te pasa?

Frank no dejaba de mirarla, pero tenía que ser sensato, por los dos. Su secreto le pertenecía solo a él y no estaba dispuesto a compartirlo con ella. Era consciente de su gran error.

—Rosa, estar aquí contigo es... muy diferente de lo que podría ser en Argentina. Allí no tendríamos ningún futuro.
—¿Por qué? ¿Por qué no puede funcionar allí?
—¡Porque allí viví con Anna! ¿Estás satisfecha ya? —Sabía que le hacía daño pero necesitaba desencantarla, acabar con aquella tortura.

Rosa apretó la boca como si quisiera retener el poco aire que entraba en sus pulmones. No respondió, apretó su bolsito y se dirigió a la puerta.

—¡Ahora lo has explicado bien, Frank! ¡Muy bien! Tú también me comparas con ella.

Él la siguió, agarrándola de un brazo.

—No, no quiero que te vayas con esa idea. Eso, eso no es lo que siento. —Aunque tampoco estaba dispuesto a decirle la verdad.

—Si no fuera hermana de Anna, ¿me llevarías contigo?

—¡Eso no puede cambiarse! —Frank evitó mirarla.

Rosa cerró la puerta tras ella. La misma soledad que estaba presente en aquella inmensa habitación se estaba adueñando de él.

23

Madrid

19 de septiembre de 1943

Frank emprendió el viaje a Madrid sintiendo una mezcla de ganas y ansiedad, ganas de alejarse de ella, de probarse a sí mismo que todo había sido un error, que se trataba de algo pasajero en su vida. La comida del *Wagons-lits* le pareció buena, pagó las quince pesetas y volvió a su asiento. Durante el trayecto intentó en varias ocasiones concentrarse en la lectura del periódico, pero su cabeza prefería recordar lo que había vivido días atrás. Confiaba en que Madrid le diera la oportunidad de distraerse.

El revisor cruzaba los vagones anunciando la inminente llegada a la estación de Atocha, a la que los antiguos del lugar continuaban llamando el embarcadero de Atocha. Frank tomó su equipaje y sin prisas accedió al andén. Como amante de la buena arquitectura admiró la gran nave que albergaba en su interior la estación. La combinación de ladrillos rojos y blancos, así como los ornamentos interiores de terracota conferían, en su opinión, un ambiente acogedor al viajero, aunque también albergaban las huellas de los bombardeos.

Respiró hondo al contacto con el aire fresco que le envolvió al salir del vestíbulo.

—¿Taxi, señor? —La columna de taxis de la estación desfilaba con un rápido movimiento acompasado al ritmo que marcaban los viajeros ocupando los vehículos.

—Al Ritz, por favor —pidió.

No hacía ni un mes que había estado allí. Le sorprendió pensar en todo lo que había vivido en ese tiempo. Recordó el momento en que conoció a Anna. Su relación se fraguó de una manera formal, hablada. Sin embargo con Rosa era como estar en lo alto de un tiovivo, en el centro de un torbellino. Esa mujer estaba despertando en él sensaciones tan terrenales, tan físicas que le obligaban a contenerse continuamente.

Confiaba que su visita al embajador británico le aportara buenas noticias. Al menos le ofrecería la oportunidad de tener la cabeza ocupada. La espera para ser recibido apenas le permitió sentarse, la puerta se abrió cediendo el paso a un hombre de piel aceitunada que lo miró con los ojos de quien escudriña a su presa. El embajador le ofreció la mano al desconocido casi al tiempo que dirigía un gesto de complicidad a Frank.

—¡Frank! *Come on!* —Hoare lo recibió con afecto—. Y dime, ¿cómo has encontrado Barcelona? —quiso saber—. Tengo que ir a pasar unos días por allí.

—Muy diferente a como la recordaba, tantos edificios destruidos... —Frank descubrió que no le apetecía hablar de nada relacionado con Barcelona.

—Es estupendo que estés aquí. ¡Barcelona va a ser una pieza clave en nuestros planes! —El embajador se acomodó en el mullido sillón de piel, no sin antes ofrecer un whisky a su invitado.

—¿A qué te refieres? —preguntó Frank con curiosidad, tomando asiento también.

—El hombre que has visto salir —Frank asintió— es nuestro enlace en esa ciudad. He ordenado que la Red Andorra haga un movimiento de salida de refugiados el día treinta. —Hoare se preparaba para encender un puro y Frank le negó su invitación con la cabeza.

—¿El treinta de este mes? —preguntó con extrañeza—. ¿No es contraproducente fijar un día para este tipo de operaciones?

—¡Exactamente! Los alemanes saben que estamos preparando una invasión a gran escala —hizo una pausa— y están ávidos de conseguir cualquier información, provenga de donde provenga. —Mientras hablaba, Hoare cortaba la boquilla del puro con gran ceremonia—. Filtraremos esa operación. Nuestro trabajo ahora es mantenerlos entretenidos, confundirles. El treinta dará comienzo el envío de los despachos sobre la invasión.

—¿Pretendes crear una cortina de humo llevando a cabo una misión a pequeña escala? ¿Y vamos a sacrificar a nuestros propios hombres? —Su cara mostró claramente el desacuerdo.

—Por fin hemos conseguido que Franco comprenda que para que su régimen goce de cierta estabilidad debe apoyarnos. Sin embargo, no le interesa enfrentarse directamente a Hitler, y para ser sinceros, a nosotros tampoco. Necesitamos mantener una buena relación con él, y ¡sí! Eso requiere que hagamos algunos sacrificios. —Hoare se echó hacia atrás en el sillón dando a entender que el tema estaba decidido.

—¡No estoy de acuerdo con estos métodos! —Frank cerró los puños con fuerza. Que fácil era decidir cuando las vidas que se arriesgaban eran las de otros pensó.

—¡Frank, esto es una guerra! —insistió Hoare—. Contamos con que el propio Franco sea quien ponga en guardia a la Gestapo del golpe que preparamos. Él se apuntará un tanto ante Hitler y nosotros contaremos con terreno seguro durante unas horas en nuestras comunicaciones para preparar el desembarco.

Contrariamente a lo que esperaba, a Frank su entrevista con Hoare le dejó mal sabor de boca. Tiró de la cadena de su reloj; iba bien de tiempo antes de emprender el camino hacia su segunda visita del día, así que prefirió dar un paseo y tomar un buen café. El día estaba resultando de lo más aciago.

Su anterior visita a Madrid apenas le permitió pasear por sus calles ni disfrutar de sus cafés. La ciudad parecía encarar el futuro con más optimismo que el que había percibido en Barcelona. El sonido del roce del cable del tranvía hizo que se fijara en él con más atención. La pintura de color amarillo que lo recubría anunciaba su llegada a la parada y algunos viajeros subían y bajaban de él aun en marcha. Se percibía actividad, vida. Las aceras lucían llenas de gente. Unos con rápido caminar, otros, sin prisas, disfrutaban de los escaparates aprovechando la luz del sol, ya que la prohibición de iluminarlos por el ahorro del consumo de luz les impediría hacerlo en unas horas.

Llegando a los alrededores de la Puerta del Sol consultó de nuevo su reloj. Si quería un café debía decidirse ya. Levantó la vista y entró en el Café La India. Su decoración era de estilo inglés. «Qué casualidad», pensó sonriendo. El olor de los puros le invadió, no pudo evitar evocar el de Otto y ladeó la cabeza con asco. Se acomodó en la barra, al final llegaría con el tiempo justo a su segunda cita.

El edificio del Ministerio de Alimentación se erguía impoluto en el centro de Madrid, la guerra no parecía haber pasado por él. Frank se adentró en el largo pasillo escoltado por el mismísimo secretario particular del ministro. Ante la puerta del despacho este le cedió el paso.

—¡Señor Bennet-Jones! ¡Es un placer conocerle en persona! —El ministro se levantó solícito ante la llegada del hombre que los estaba salvando de la hambruna con sus envíos de carne.

—Señor ministro, el placer es mío. —Intercambiaron un ceremonioso saludo—. Debo felicitarle, he oído que está usted haciendo grandes progresos teniendo en cuenta la situación.

—Gracias a usted y a nuestros camaradas argentinos. —Su pecho se hinchó de satisfacción ante las palabras de su interlocutor.

—Es un honor para mí poder colaborar con ustedes, aunque últimamente hemos tenido unos pequeños problemas con los envíos de carne. —Intentó disculparse falsamente.

—Sí —asintió—, conocemos las intercepciones de los

convoyes. ¡Esos traidores a la patria! —El ministro se pasó el dedo índice por el cuello con un gesto inequívoco.

—¡Si fueran tan patriotas como afirman, deberían agradecer que alimentáramos a su pueblo! —arengó Frank buscando su complicidad.

—Me alegra que piense así. Por favor, acompáñeme, le hemos preparado una pequeña recepción en agradecimiento. —El ministro se levantó y le invitó a que lo acompañara.

Frank lo siguió inquieto, con ganas de acabar con aquella pantomima. Sus pasos lo llevaron hasta el enorme patio interior que daba luz a todos los despachos del edificio. En el centro de aquella gigantesca cuadrícula habían dispuesto una tarima elevada, y a su derecha un grupo de músicos esperaba sentado el momento de tocar. El nutrido grupo de asistentes arrancó en aplausos al verlos entrar.

—No se asuste, Frank —dijo al verlo vacilar—. Solo queremos agradecerle todo lo que hace por nosotros y que todo el país sepa a quién se lo debe.

—No es necesario. Preferiría que no... —Pero no parecía que hubiera lugar a un no.

—Vamos, no sea modesto. Venga conmigo —le animó.

En aquel patio Frank estrechó la mano de la cúpula dirigente del país. El himno nacional comenzó a arañar el aire. La incomodidad que sentía le acompañó durante toda su estancia en Madrid. Y aunque en esos días visitó los locales de moda como el Pasapoga, ni la bella música de la orquesta interpretando la *Serenata a la luz de la Luna* de Miller logró que desterrara a Rosa de su cabeza. Solo necesitaba algo más de tiempo, el tiempo necesario para despedirse de ella para siempre.

24

Barcelona

22 de septiembre de 1943

Cuando sus pies cruzaron el umbral de la iglesia fue cuando Pilar comenzó a sentir náuseas; el olor a incienso le irritaba la nariz. Recorrió con la mirada los andamios que ascendían hasta el techo, la escalerilla era estrecha y su falta de fijeza crujía en cada peldaño.

—¡No sé cómo puedes estar aquí! —se quejó entre resoplidos al llegar a la cumbre. Rosa sonrió al verla.

—Después de varios días te acostumbras a la altura.

—¡Puaff! —Pilar puso cara de asco—, ¿qué huele tan mal?

Rosa le señaló uno de los muchos recipientes de cristal que estaban a sus pies y se retiró el pelo de la cara antes de comenzar su explicación:

—¡Se llama cola de conejo! Con este líquido —señaló de nuevo— se impregna el papel que después pego a la pintura que hay en la pared. Al tirar de él la pintura y la parte de la pared en la que está adherida se desprenden.

—¿Para qué? —Aquella explicación le daba la oportunidad de recobrar el aliento.

—Bueno, esto solo lo aplicamos en los casos extremos en los que el estado de la pintura es deplorable. La base posterior de estos frescos no es buena y eso hace que la pintura se levante. Ahora se trata de rellenar de nuevo la pared, con una masilla más uniforme y consistente —le mostró el ungüento que reposaba en una especie de palangana—, y después de restaurar el fresco lo colocamos de nuevo en el lugar de origen. Pero dime, ¿querías una clase de pintura, Pilar? —le preguntó extrañada por la visita.

—No, no. Esto no es lo mío. ¡Tengo noticias de Rafael! Estará aquí en un par de días. Cuando llegue cerraremos la fecha de la operación de los polacos, debemos estar preparados. —Pilar se levantó dando por terminada su conversación, se sentía incómoda en aquel lugar.

—Ya me conoces. Siempre lo estoy —respondió la pintora.

—¡Últimamente no! Ya no pareces la misma. ¡Rosa! ¡Rosa! —Pilar reclamó la atención de su compañera, que parecía tener la mente perdida.

—Pilar —Rosa apartó de su mente a Frank y dudó un poco antes de lanzar la pregunta—, ¿echas de menos a Rafael? ¿Tienes ganas de verle?

—Supongo que sí. —Pilar levantó instintivamente los hombros, lo cierto era que nunca lo había pensado. Rafael viajaba continuamente, disfrutaba cuando se veían y hasta ahí, sin más complicaciones.

Observó con más atención a su compañera, convenciéndose de que aquella era una jovencita enamoradiza que entretenía sus días con un juego que, para el resto, podría resultar muy peligroso.

25

La vuelta

24 de septiembre de 1943

Con su vuelta a Barcelona a Frank le invadió un sentimiento de intranquilidad, la templanza que creía haber adquirido en su viaje empezaba a resquebrajarse al saberla cerca. El retorno lo había dejado exhausto, necesitaba una ducha y un par de horas de sueño. Entró en el hotel con una expresión de seriedad que evitó que Ramón se atreviera a darle conversación. Se limitó a ofrecerle la llave de su habitación. Frank cruzó el vestíbulo del Ritz en dirección al ascensor y entretuvo su espera echando un vistazo al amplio salón acristalado. El piano regalaba una melancólica balada que pronto se convirtió en hiriente. Sus ojos volvieron a centrar su atención sobre aquella mujer que sonreía de forma coqueta al hombre que tenía enfrente.

¿Era ella?, se preguntó. Su corazón palpitaba fuertemente, puso su mano sobre él intentando inútilmente serenarlo. Se adelantó con precaución buscando descubrir la cara del hombre que, en ese momento, se esforzaba por cerrar el broche de un collar sobre el suave cuello de Rosa. ¡Donald Darling! Frank se sorprendió. Y ella, ¿qué tenía que ver con él? Rosa demostró su agradecimiento con un abrazo que le sirvió de despedida antes de abandonar el hotel. Frank se retiró para verla salir sin ser visto. Donald permanecía en su mesa apurando una copa.

—¿Estás cortejando a mi cuñada, Donald? —Frank se acercó a él sin importarle lo que aquel hombre pudiera pensar. Los celos que prefirió vestir de curiosidad le aguijoneaban.

—¿Nos has visto? —preguntó complacido Darling mientras le invitaba a acompañarlo—. Hacemos buena pareja, ¿eh? Pero no —aceptó con tristeza exagerada—, el collar no era mío.

—¿De quién, entonces? —Su voz se tornó ronca.

Donald lo observó curioso antes de contestarle.

—Es de un piloto inglés. El sesenta y nueve para ella. —Darling parecía divertirse ante el desconcierto de su camarada—. El collar —aclaró después de un tiempo que a Frank le pareció una eternidad— es un presente de un aviador que tuvo escondido en su estudio, ya sabes —Darling le guiñó un ojo—. Él hacía el número sesenta y nueve de los que ella ayudó a escapar, así que cuando llegó a Inglaterra encargó un collar con sesenta y nueve perlas en agradecimiento. *It's so nice, isn't it?* Lo ha enviado por valija diplomática al consulado y contacté con Rosa para entregárselo en su nombre.

Frank se alarmó. ¿Rosa colaboraba con los ingleses? Entonces, quizá ella... Necesitaba aclarar algo urgentemente.

—Ella está en la Red Ajax, *isn't it?* —Le urgía una respuesta positiva. Su boca se había secado de repente.

—No, en la Red Andorra —le aclaró Donald, que no entendía a qué se debían sus preguntas. Él debería saberlo tratándose de su cuñada y siendo él quien era—. Frank, ¿qué pasa, adónde vas?

—Discúlpame, Donald, tengo algo que resolver. —Frank dejó la llave de su habitación sobre recepción, sin esperar a que la recogieran. Salió del hotel con una idea fija en la cabeza. Sus pasos se dirigieron al Consulado británico, intentó calmarse en el camino pero no lo consiguió. Entró como un huracán en el despacho de Paul cerrando la puerta de un golpe.

—¿No pensabas decírmelo? —le inquirió con expresión contrariada.

—*What's the matter?* —A Paul le extrañó su conducta—. ¿Qué? No entiendo.

—¡Que Rosa trabaja para la Red Andorra! —Su tono se elevaba como si quisiera pelear con él. Con las manos apoyadas en la cintura se encaró con el que creía su mejor amigo.

—Frank, no es seguro que vayan a... —Entendió rápidamente: su visita a Madrid...—. ¡Baja el tono de voz, *please*! —pidió Paul.

—¡Vete al carajo! Creí que eras mi amigo y no eres más que otro politiquillo jugando a ser Dios con las vidas de los demás. —Apretó la mandíbula para contenerse.

—¡Te guste o no, estamos en guerra! Para ti es muy fácil venir desde tu tranquila estancia a juzgarnos, el tuyo es un trabajo de guante blanco, pero aquí luchamos cada día por salvar Europa, y eso exige sangre.

—¡La de ella no! ¡No lo permitiré! —Frank se sorprendió a sí mismo. Sus palabras estaban aclarando sus emociones mejor que él mismo.

—¡Piensa muy bien lo que vas a hacer, Frank! —Los rostros de los dos hombres estaban tan cerca que cada uno notaba el aliento del otro.

—¿Me estás amenazando? —Los ojos de Frank estaban fijos en la mano con que Paul le agarraba el brazo.

—Si descubres la operación, estarás condenando a millones de personas, piénsalo... ¡Te lo pido por favor! ¡El desembarco es más importante que cualquier mujer! —Paul aligeró la presión de sus dedos en Frank.

—¡Encontraré un modo! —Frank se dirigió a la puerta dispuesto a hacer cualquier cosa; aún contaba con unos días de margen.

—¡No te equivoques, Frank! ¡Ella no es Anna! —le gritó Paul.

—*Fuck you!* —Frank cerró de un golpe, aunque el portazo sonó menos fuerte que sus palabras.

Al salir del edificio el aire fresco le hizo darse cuenta de que tenía que templar sus nervios y su exaltación antes de decidir qué hacer. Entró en el primer café que encontró en su camino y pidió una cerveza bien fría. El contacto con la jarra de cristal le recordó la piel de Rosa. Aquellas gotas de cerveza resbalan por los laterales de la jarra con la misma ansiedad con que sus manos habían acariciado, hacía tan poco, las caderas de esa mujer. No podía permitir que le ocurriera nada, a ella no. Se lo debía a sus padres y, aunque no quisiera reconocerlo, también lo hacía por él.

MAYELEN FOULER

***

Al girar la llave en la vieja cerradura Pilar comprobó que solo tenía una vuelta pasada, y aquello solo podía significar que Rafael había vuelto de Madrid. La reacción de su cuerpo le confirmó la necesidad de hombre que arrastraba. La suya nunca había sido una relación romántica, se conocieron en el frente de Aragón cuando ella era miliciana y en esos tiempos y en ese lugar cada momento podía ser el último. Aprovechaban la noche, la oscuridad para disfrutarse, cualquier sitio era bueno, una trinchera, detrás de un barracón... La ronca voz de Rafael llenó el desvencijado cuarto.

—No enciendas la luz —le dijo.

Ella cerró la puerta sin decir nada, la mano de Rafael atrapó su cintura y la arrastró hasta pegarla a él. Se habían acostumbrado a no hablar cuando lo hacían, no podían, se acostumbraron a ahogar sus gemidos, y ahora nada había cambiado.

Rafael la libró del cinturón que mantenía en su sitio el ancho pantalón. A Pilar le costaba trabajo respirar, estaba atrapada entre la pared y el duro cuerpo del hombre. A él le gustaba hacerlo poco a poco, como si quisiera torturarla. Le desabrochó los botones de la camisa y cuando hubo terminado con el último ella sintió sus manos. Eran unas manos grandes, calientes, rugosas, que avanzaban desde la cintura hasta llegar al cuello. Aquellas manos tiraron de la camisa hacia atrás. Ella permanecía inmóvil delante de él, conteniendo la respiración. Rafael bajó la mano hasta entrar en las bragas. Notó como se contraía el vientre y siguió avanzando hasta notar la parte más húmeda de la mujer. Con la otra mano logró deshacer el sujetador, la giró y miró complacido su voluptuosidad. Le volvían loco sus grandes pechos, no se cansaba de comérselos.

—Ven aquí —le ordenó.

Él se acomodó en una silla y le arrancó bruscamente las bragas, haciendo que ella se sentara sobre él. Le encantaba ver el poder que tenía sobre ella. Rafael dirigió la mano de ella hacia la cremallera de su pantalón, hizo que se la bajara y lo tocara. Ella sabía cómo le gustaba. Rafael tenía la boca llena con sus pechos, los estrujaba sin compasión con las dos manos, su boca corría de uno a otro, pasándole la lengua como si chupara un helado. No esperó mucho más y la penetró, le pareció oírla gemir, pero estaba más preocupado porque se moviera con ritmo sobre él.

Rafael y Pilar entraron en la Sala Victoria en el preciso instante en que las luces del cine se apagaban. Tras la reunión en El Rincón esa mañana con el resto de camaradas para preparar la operación que tendría lugar dos días después, ambos hicieron lo posible para arañar un ratito de intimidad.

—Cuando esto acabe te prometo que te dedicaré tanto, tanto tiempo que te aburrirás de mí. —Rafael la besó bruscamente. En su mente aún revoloteaban los momentos de sexo que había tenido con ella la noche anterior. Sus manos no podían mantener la distancia exigida.

—¡Eso espero! —Ella intentó que sonara a necesidad, a él le gustaba oír ese tipo de cosas, y así, de vez en cuando, no estaba mal tener la compañía de un hombre, al menos como Rafael, tan carnal...

***

Los primeros letreros del NODO llenaron la pantalla: *Noticieros y Documentales Cinematográficos*, las letras pronto dejaron paso al águila, que inició su fulgurante y acostumbrado plan de vuelo para acabar posándose en el escudo oficial al ritmo de la música de parada. La voz del narrador comentaba los últimos actos a los que el Generalísimo Franco había asistido.

—¡Será hijo de puta! —exclamó Rafael—. Se pasea como si fuera Nerón buscando a alguien a quien echar a las fieras.

—¡Calla! —susurró Pilar—. No entiendo este empeño tuyo en querer ver *Raza*, más aún cuando todo el mundo sabe que el guion es de Franco. Quieres venir al cine y te pasas todo el tiempo rezongando.

La voz del narrador del documental consiguió captar la atención de Rafael. Describía la imagen de varios militares reunidos en el enorme patio del Ministerio de Alimentación: «Los ministros de Alimentación y para la Guerra hicieron entrega de sendas placas en agradecimiento a la nación Argentina, que recogió *mister* Bennet-Jones, importante productor cárnico y uno de nuestros principales abastecedores y por ende benefactor».

—¡Será cabrón...! Fíjate en ese tipo, el que sostiene las placas —insistió Rafael.

—¡Frank! —exclamó ella sorprendida.

—¿Lo conoces? —se alarmó—. ¡Pilar, ese tipo estaba en el despacho de Hoare, en Madrid! ¡Me vio allí! ¡Vamos, salgamos de aquí!

En tierra de fuego

Pilar caminaba deprisa para seguir el paso de Rafael, cuya cara se iba transformando por la preocupación.

—Háblame de él, ¿quién es? —quiso saber el hombre.

—Es el cuñado de Rosa. Vive en Argentina, llegó hace unas semanas.

—Ese fulano está jugando un doble juego.

—Quizá no sea tan grave, quizá solo busque ganar dinero.

—Te aseguro que a un simple comerciante no le dan ese trato. No nos podemos fiar de los ingleses, hasta ahora nos han apoyado porque les hacíamos falta pero en cuanto acabe el maldito desembarco nos mandarán a la mierda. Quizá la llegada de ese tipo no sea tan casual. Debemos reunir al grupo y seguir con el plan sin contar con los ingleses.

—¿Quieres sacar a los polacos igualmente? —A Pilar le parecía arriesgado.

—Sí, solo que a Rosa le diremos que la operación se ha cancelado, si está en contacto con los ingleses la creerán. Podemos utilizarla a nuestro favor. Ve a verla —pidió a Pilar— mientras yo me reúno con el resto.

Frank no dejó apenas tiempo a Carmencita para que lo anunciaran. Entró en el despacho de Ferran. Ferran se puso en pie al intuir que la visita de su yerno a la fábrica no era de corte social.

—¡Tenemos que hablar, tienes que ayudarme y es urgente! —dijo Frank. La imagen de Rosa fue lo primero que ocupó la mente de Ferran. ¿Qué habría hecho?

***

Ahora Pilar miraba de otro modo a Rosa. Ella llevaba aquel mismo mono lleno de pintura de tantas veces, la misma carita inocente, sin embargo ahora la observaba de otro modo. Quizá tuviera razón Rafael y estuviera traicionándolos. Tenía que reconocer que desde la llegada de Frank estaba distinta. ¿Le habría hablado de ellos, de lo que hacían?

—¿Y cuando se hará la operación? —quiso saber Rosa para prepararse.

—No se sabe, será mejor esperar a que las aguas se calmen. —Quizá pudiera sacar alguna información—. Y de tu inglés, ¿has sabido algo más?

Rosa movió la cabeza negativamente, dejó el pincel en el bote de aguarrás y lo aplastó contra el fondo con fuerza para quitarle los restos de pintura. Finalmente abandonó la tortura a la que estaba sometiendo al cerdamen y refugió sus nerviosas manos en los bolsillos. La triste luz que entraba por la ventana solo conseguía que viera su futuro aún más oscuro.

Para su sorpresa, Pilar casi sintió pena por ella, pero pronto despejó ese sentimiento y le entraron ganas de agarrarla del cuello para que le contara todo lo que sabía. Ella nunca dejaría que un hombre ocupara su mente de esa forma, a un hombre solo se le necesitaba para ciertas cosas.

—Pues yo sigo sin entender por qué no lucha por su patria en lugar de quedarse cómodamente en Argentina. ¿No crees que es algo extraño? —Buscaba sonsacarla para que le dijera algo sobre él—. Ese hombre o es un cobarde o solo le interesa hacer dinero a costa de la guerra. Piénsalo, Rosa, hay muchos ingleses-argentinos en las NOSC, sin embargo, aquí está él, de vacaciones por España. ¡No te puedes fiar de un hombre así! —dijo con intención. En fin, ella ya había cumplido con su misión informando equivocadamente a Rosa.

Rosa se sobresaltó con los golpes que sonaron en la puerta. ¿Sería de nuevo Pilar? Su comportamiento le resultaba muy extraño: que fuera hasta su estudio, su conversación, sus preguntas... Se acercó a la puerta despejando su faz de los desordenados rizos. La sorpresa se reflejó en su cara al ver de quién se trataba.

—¡Frank! —Ni siquiera sabía que había regresado a Barcelona. Su estómago se encogió de repente. Sentía una fuerte agitación en el pecho.

—¿Puedo pasar? —preguntó él sin esperar respuesta.

Esta vez Frank observaba el estudio de un modo distinto. Sobre la pared descansaban una gran cantidad de planchas de zinc apoyadas unas sobre otras, impregnadas de restos de colores, flanqueadas por varios rollos de papel. Un caballete esperaba dispuesto junto a la ventana y, cerca, un bastidor de madera aguardaba el momento de tensar el papel. Junto al caballete, la mesa de dibujo soportaba numerosos botes de pinturas y tintas.

Estaba claro que le suministraban todo lo necesario a pesar del cupo sobre el papel, sin embargo no encontraba nada que le hiciera relacionarla con algún tipo de actividad clandestina. Su ojo entrenado de espía no podía concebir a Rosa de otro modo. Solo así, como la veía acercarse en ese momento, con su pelo alborotado, sus hermosas manos manchadas de pintura y su mirada entre ingenua y rabiosa. ¿Era allí donde escondía a aquellos hombres? ¿Compartiría su tiempo con ellos? Quizá alguno hubiera sido atrevido con ella. Frank movió imperceptiblemente la cabeza.

—¿Vienes a despedirte? ¿Cuándo te vas? —Ella se esforzaba para que su voz sonara fría.

—Pasado mañana —contestó él.

Se hizo un silencio entre los dos. Rosa intentó ordenar los botes que tenía sobre la mesa, no quería que él viera su cara. Frank se acercó sin saber muy bien qué hacer. Le quitó el frasco de la mano y se pegó aún más a ella. Podía notar su respiración. El calor de su cuerpo, tan cerca de él, hacía que le costara hallar las palabras que debía decirle.

—Contigo —le susurró—, quiero irme contigo —insistió él.

—Sigo siendo la hermana de Anna —aclaró ella. Se separó de él molesta. ¿Quería jugar con ella? Pero Frank no dejó que se alejara. Rosa notaba que sus piernas temblaban. Miraba las manos del hombre entrelazadas sobre su cintura. Sería tan fácil tocarle, darse la vuelta y entregarse...

—No puedo irme sin ti, siento lo que te dije. —Frank le estrechó aún más la cintura pegándose a su espalda para sentirla más cerca, sentía que debía protegerla—. Es solo que no me esperaba esto, de ti y de mí. Pero no puedo cerrar la puerta a lo que siento, ya es más fuerte que mi voluntad.

La ilusión volvió de nuevo al rostro de Rosa.

—¿Es lo que deseas realmente? —le preguntó girándose hacia él.

—¡En este momento, sí! ¡Vamos! —Frank tiró de ella cogiéndola por la mano—. ¡Vamos! —le espetó—. Debo volver cuanto antes a Buenos Aires. Nos casaremos hoy mismo si es posible, o mañana. Pero en un par de días nos vamos de España.

—¡Pero no puede ser! Entiende que debo tramitar mi documentación para salir del país. Y además están mis padres... —«Y los chicos», pensó, «debo avisarles».

—Yo me encargo de todo eso, tú preocúpate solo de arreglar una maleta. Llénala solo con lo preciso para el viaje, en Argentina compraremos todo lo que necesites.

Rosa hubiera deseado en ese momento quedarse un instante a solas para disfrutar del cambio que se avecinaba en su vida. Frank quería casarse con ella, llevarla a Argentina. Tenía la oportunidad de dejar atrás aquella vida de opresión, de falta de libertad. Tenía la oportunidad de compartir su vida con un hombre al que llevaba años deseando, imaginando. Pero no podía pensar en nada, seguía el paso apresurado de Frank escaleras abajo, apenas le había dado tiempo de desprenderse de su viejo mono. Notaba su mano atrapando la suya y sus ojos, que de vez en cuando se giraban para asegurarse de que ella estaba allí, a su lado. ¡Qué hermosa era su sonrisa, su primera sonrisa para ella!

26

La despedida

Rosa subió apresurada las escaleras de El Rincón, notaba su cara acalorada y el corazón agitado. Dudaba que pudiera encontrar a nadie a esa hora, por eso se sorprendió cuando oyó su nombre al otro lado de la puerta. Estaban celebrando una reunión a la que no había sido convocada. Le costaba comprender lo que estaba escuchando. Pegó más la oreja a la puerta.

—Yo no creo que Rosa nos esté vendiendo —exclamó Oleguer, que había compartido mucho con ella y no la creía capaz de aquello.

—Piénsalo con detenimiento —le pidió Rafael—. En esta operación no hay ningún inglés implicado, se trata de cinco polacos y si atrapan a dos o tres catalanes nadie va a preocuparse.

Jordi empezaba a verle el sentido a todo aquel razonamiento, en cierta forma sus sospechas sobre los ingleses iban tomando forma.

—¿Qué propones que hagamos, Rafael? —preguntó.

—Pilar ha hecho creer a Rosa que anulamos la operación, pero vamos a seguir adelante. A estas alturas es muy difícil contactar con los Molné y para los ingleses la operación está anulada. Sea lo que fuera lo que pensaran hacer ahora creerán que no podrán implicarnos.

A Rosa el estómago se le estaba revolviendo, no discernía en qué parte del camino había podido ocurrir algo que les hiciera sospechar de ella. Puso una mano sobre el picaporte con intención de abrir la puerta y exigir a sus compañeros una explicación, una razón... Pero pensó en su nueva situación, su indignación la ayudó a convencerse de que podía considerarse liberada de su compromiso con ellos, de que podía marcharse sin sentir ningún tipo de remordimiento o responsabilidad. Apartó la mano del pomo con suavidad y con pasos silenciosos y lentos se alejó de esa parte de su vida.

Las horas del día siguiente discurrieron de forma vertiginosa. Por suerte esa mañana su madre estaba con sus amigas de Acción Católica y su padre, como siempre, en la fábrica. A Fuensanta no le extrañó que Rosa entrara a todo correr en la casa y saliera una hora más tarde tras darse una ducha. Rosa fue directamente al taller de Manoli.

—Este vestido servirá para la ocasión, es para otra clienta, pero si me esfuerzo me dará tiempo a hacerlo de nuevo. Vamos, cámbiate ya, tenemos el tiempo justo para maquillarte y peinarte —dijo Manoli.

MAYELEN FOULER

***

A Frank le costó abrir la puerta de su habitación del hotel con Rosa en sus brazos, pero tras la boda, aunque fuera una tan precipitada como la suya, la tradición se imponía y cruzó el umbral con la novia en brazos. No podía dejar de mirarla, ¡estaba tan bella con aquel vestido de color marfil! La dejó suavemente sobre la cama. Los dos estaban empapados y en la ventana se oía el latiguillo del agua golpeando el cristal.

—¡Estás empapada! Creo que este bonito vestido se está encogiendo. —Rio—. Dudo que puedas liberarte de él tú sola.

—Ayúdame. —Su voz fue tan sensual que Frank tuvo que contenerse para ir despacio.

—A la orden, señora Bennet-Jones. —Su boca seguía un camino diferente al de sus manos.

—¡No quiero ser la señora de! ¡Conservaré mi propio apellido! —protestó ella.

—¡Sí, sí, lo que quieras! —Él, impaciente, le tapó la boca con la suya.

Horas más tarde, en casa de los Sarlé, se había desatado una tormenta más fuerte incluso que el estruendo que provocó el último bombardeo. Rosa sostenía su preciada cajita de madera y cargaba una maleta mientras bajaba las escaleras de la casa de sus padres apresuradamente y su madre la seguía profiriendo una retahíla interminable de reproches e insultos. Montserrat tenía la cara desencajada.

Rosa intentaba ignorarla, quería salir de allí cuanto antes, le daba miedo despertar y que todo aquello no fuera más que un sueño. Su padre y Frank esperaban al pie de las escaleras.

—¡No sé cómo te has atrevido! ¡Eres una cualquiera! ¡Con el marido de tu hermana! ¿Crees que si no te parecieras tanto a Anna se habría fijado en ti? ¿Quién os ha casado? ¡Ese matrimonio no puede ser válido! —Montserrat seguía a su hija, sus ojos se encontraron con los de Frank y sus reproches variaron de destinatario—. ¡No te confundas con ella, Frank! ¡Para ella no eres más que un trofeo! ¡Solo le interesas porque antes fuiste de Anna! ¡Te vas a arrepentir de esto, Frank, te vas a arrepentir muy pronto de esta locura!

—Montserrat, entiendo que estés sorprendida. —Pero Frank no pudo continuar.

—Tú no entiendes nada. Esa —señaló a su hija—, esa pronto se cansará de ti, no eres más que un capricho para ella. En cuanto sacie su deseo de conseguirte se acabará.

Ferran perdió el poco color que le quedaba en la cara ante la figura de su mujer. Si creía conocerla estaba muy equivocado. Esa expresión en su rostro era nueva. Le miraba como a un extraño, como a un traidor. Intentó tranquilizarse a sí mismo pensando en la causa que le había llevado a apoyar a su yerno, aunque sabía que eso no lo salvaría de un futuro incierto en aquella casa.

—¿Cómo has podido apoyarlos en algo así? ¡Es antinatural! ¡Por Dios, es el viudo de su hermana! ¿Es que nadie piensa en esta casa más que yo? ¡Vamos a estar en boca de toda Barcelona! —Montserrat dirigió una mirada de desprecio a su marido.

Rosa se revolvió hacia su madre, pero Frank tiró de ella antes de que pudieran enzarzarse de nuevo. Fuensanta, encogida por los gritos de las dos mujeres, se mantenía apartada, llorando ya la ausencia de la niña. Sus ojos buscaron la mirada de Ferran, que pareció encontrar en ella algo de apoyo.

Una vez en el coche que los alejaba de aquel infierno, Frank entregó un sobre a su ya mujer.

—Ábrelo. —Ella contempló asombrada el pasaporte a nombre de Rosa Bennet-Jones de nacionalidad británica. Él no le dio tiempo para protestar—. Es la única forma que tenía de sacarte de aquí, no podía usar otro apellido.

—¡Tiene fecha de ayer!

—Esperaba que me dijeras que sí.

—¿Y si hubiera dicho no? —preguntó ella maliciosamente.

—No tengo tanta imaginación. ¡Soy un hombre! —respondió él divertido.

Rosa se acercó a él buscando su calor, refugiándose en sus brazos. Pensaba en su padre, su pobre padre, sentía dejarlo solo. Todavía notaba su abrazo y sus lágrimas mojándole el rostro. Y Fuensanta, las manos de Fuensanta apretando las suyas. Suspiró intentando digerir sus sentimientos de alegría y esperanza con la pena de dejarlos allí. De su madre se llevaba aquella última mirada de intenso odio.

Quizá Pilar tenía razón acerca de ella, en lo de que no era más que una burguesita sin convicciones. Pero ella no se veía así. En realidad, hasta ese momento se había sentido comprometida con la causa. Quizá no fuera tan valiente como ella, pero pasó por los sótanos de Vía Layetana como los demás, como a los demás le pegaron y pasó miedo. Un miedo infinito a la tortura, al dolor, a la violación. Ahora el destino le ofrecía una vida distinta, llena de emociones, en una tierra de grandes horizontes, de luz, de armonía, al menos así era como ella la percibía. ¡Y la iba a compartir con Frank! Decidió dejar atrás su mezcla de sensaciones, de felicidad, de culpa. Tenía la excusa perfecta para intentarlo: Frank.

SEGUNDA PARTE

Y probó la miel de El Calafate.

27

El Calafate

12 de octubre de 1943

Mientras cabalgaba por aquella extensísima llanura, Rosa pensaba en todas las cosas nuevas que había experimentado en los últimos días, en la luna de miel que había disfrutado en el barco con Frank, pero también recordaba los ojos de Fuensanta, empañados por una mezcla de emoción y dolor. La echaba de menos y sin saber por qué experimentaba un sentimiento de culpa. Se preguntaba cómo transcurrirían los días en la casa. Para todos los demás no hubo tiempo de despedidas, aunque mejor así, se sentía decepcionada por sus camaradas, no entendía sus dudas hacia su lealtad. ¡Pero ahora estaba en un nuevo país, comenzaba una nueva vida y se proponía vivirla intensamente!

En tierra de fuego

* * *

El camino desde la estancia de Frank hasta El Calafate no era muy diferente al que había recorrido desde Río Gallegos: trescientos cincuenta kilómetros de nada, una carretera recta, larga en medio de un paraje desértico. Río Gallegos era el asentamiento poblado más cercano a El Calafate y la única conexión existente por vía aérea con Buenos Aires. El vuelo que la llevó desde Buenos Aires a Río Gallegos, en la misma compañía aeropostal que fundara Saint-Exupéry, la transportó a las páginas de *Vuelo Nocturno*.

La vereda que había tomado la acercaba a la pequeña villa. La sencilla iglesia de El Calafate se alzaba solitaria al final de la única avenida del pueblo, la torre del campanario se erguía con orgullo presumiendo de ser la edificación más elevada del pueblo. La parte trasera de la iglesia escondía la entrada al camino que conducía al cementerio. Rosa ató el caballo en la verja que rodeaba la iglesia. Hasta que no escuchó un relincho, no se dio cuenta de que otro caballo aguardaba nervioso a su dueño. Respiró profundamente antes de iniciar el recorrido del sendero que se abría paso entre las lápidas; se fijó en las fechas, las más antiguas databan de 1840. Pensó que el pueblo no debió de ser fundado mucho antes. Observó a aquel hombre que estaba agachado ante una de aquellas lápidas, depositando unas sencillas flores blancas. El sombrero le ocultaba el rostro. Rosa pasó por su lado mirando con disimulo el nombre de la lápida, *Anna Bennet-Jones*. Se quedó allí clavada, necesitó leer de nuevo aquel nombre.

El hombre se levantó cerrando los ojos con fuerza con la intención de desechar aquella visión, e imperceptiblemente pronunció un nombre: «¡Anna!». Sus intensos ojos negros no podían dejar de mirar a aquella mujer esperando una explicación.

—¿Conocía usted a mi hermana? —preguntó ella finalmente.

—¡Sí! —respondió, aliviado al comprender el parecido.

Le cedió el paso con un gesto dejando que se acercara a la tumba, pero esperó en vano. Rosa no era capaz de moverse, observaba aquellas flores sobre la lápida y miró sus manos vacías. Pero sus ojos, sin aviso, recalaron su atención en sus pies, que pisaban la tierra que cubría el cuerpo de su hermana. Sintió un tremendo escalofrío que le recorrió todo el cuerpo, como si otro cuerpo hubiera entrado por un segundo en el suyo. Necesitaba alejarse deprisa de aquel lugar.

—¡Señorita! —El hombre que vestía completamente de negro la siguió—. Permítame que me presente —dijo descubriéndose—. Soy Armando Guzmán de Guevara, para servirla.

—Rosa Sarlé.

Él se inclinó para besarla en la mejilla mientras le atrapaba con ganas la mano. Ella, sin recordar la costumbre de aquellas tierras de dar un solo beso, le ofreció la otra mejilla.

—Nosotros, su hermana y yo —aclaró—, éramos buenos amigos. A ella le gustaban esas flores —señaló—. ¿Hace mucho que llegó a Argentina? —La miraba entre curioso y sorprendido.

—¡No! Apenas estoy conociendo el pueblo.

—En ese caso, estoy a su disposición, soy lugareño y conozco estas tierras como nadie por acá. Supongo que está alojada en la estancia del inglés, ¿no es cierto?

Ella vaciló un instante antes de contestar:

—¡Sí!

Deseaba terminar con aquella conversación, sin saber por qué le azorada la presencia de aquel hombre. Su rostro le evocaba al de los antiguos conquistadores españoles, era tan alto como Frank y lucía una barba bien recortada. Tenía el pelo y los ojos de un negro intenso, sus cejas eran pobladas. Quizá fuese su forma de mirarla la que la inquietaba, sus ojos permanecían clavados descaradamente en ella, deslizando su mirada por su mejilla y su boca como una caricia.

Rosa se dirigió a su caballo sin conseguir librarse de él, que la tomó por la cintura ayudándola a montar. Se despidió de ella tocando el ala de su sombrero con un gesto simpático mientras la veía alejarse. El hombre echó una última mirada al cementerio.

—Rosa, Rosa —susurró para sí.

De vuelta a la estancia Rosa recordó el nombre con que Armando se refirió a la gran casona, la estancia del inglés. No recordaba haberlo leído en la entrada y no se equivocaba. Un farolillo colgaba en cada uno de los postes que anunciaban la entrada a la estancia y, entre ellos, un travesaño, también de madera, tenía grabado el nombre de la propiedad: *Little England*. Un camino de piedras, que en invierno quedaría cubierto por la nieve, guiaba al viajero hacia la entrada de la casa principal.

Inició el camino hacia la casa, le gustaba contemplarla de lejos, ver su base de piedra que daba paso a unas paredes de madera, sus ventanas resguardadas por gruesos porticones y el porche que rodeaba toda la casa. Alzó la vista hacia la buhardilla, cubierta por pizarra negra.

—Aún no he visitado toda la casa —se dijo.

Tras acomodar al caballo subió las escalerillas de entrada que aislaban la casa de la nieve invernal sospechando que se adaptaría bien a aquella vida; paseos a caballo, al menos ahora que aún estaban en primavera, primavera en octubre.

—¡Ah! —suspiró.

¡Qué diferente era todo! Al entrar en la casa se dirigió al despacho de Frank. Sabía que no lo encontraría, que estaría todavía recorriendo la estancia y atendiendo su trabajo, pero entró igualmente, quería estudiar con detenimiento los cuadros y las fotos que colgaban de las paredes. Aquellas fotos mantenían atrapadas escenas deportivas del padre de Frank y de él mismo jugando a rugby, polo, cricket... Un conjunto de ingleses perpetuando su vida social en otro país.

Por mucho que se esforzó Rosa no encontró en aquel despacho ninguna foto de Anna, ningún rincón de la casa parecía delatar su anterior presencia. Se preguntaba si lo habría dispuesto Frank así por ella, pero ¿y si fuera porque le dolía ver cualquier detalle que se la recordara? Movió la cabeza, tenía que conseguir alejar aquellas dudas, ¿o serían celos?

* * *

—Señora. —La voz del señor Bridges, el mayordomo, la sobresaltó—. El señor no ha llegado aún.

—Sí, lo sé, señor Bridges, gracias. Me entretenía mirando las fotografías.

El mayordomo pareció animarse ante los recuerdos que le evocaban tiempos pasados de servicio al viejo señor Bennet-Jones.

—Esta pared está dedicada a las fotografías referentes a actividades deportivas —señaló acabando de entrar en el despacho—. Aquella otra —prosiguió— corresponde a las de negocios: estos son los talleres y las fábricas donde construyen las locomotoras. Esta es la oficina del subte[*]. Ah, y aquí... —se dirigió a la vitrina— aquí están todas la copas que ganó el joven señor Frank.

—¿De qué son? —preguntó acercándose.

—De polo, señora. El señor es un excelente jinete. En esta foto —señaló de nuevo— puede ver el equipo del Buenos Aires Polo Club, el primer señor Bennet-Jones fue uno de los fundadores. Mire, esta otra fue tomada en la quinta de *Mister* Leslie, una de las familias más importantes de toda Sudamérica.

Al señor Bridges se le iluminaba la cara hablando de Frank. Rosa ignoraba si la señora Bridges y él habían tenido hijos, pero ambos parecían sentir verdadera devoción por Frank. El señor Bridges, vestido con su impecable traje gris oscuro, su lazo anudado con perfección inglesa alrededor del cuello de la camisa, su pausado caminar en concordancia con el tono y la modulación de su voz ofrecía la imagen del perfecto mayordomo.

[*]Subte: metro.

La conversación se alargó más de media hora. Rosa escuchaba con interés las historias sobre los primeros ingleses en Buenos Aires, cómo se afincaron hacia 1860: sus veraneos en las quintas de Belgrano, en San José de Flores, los detalles de la construcción del palacio de Miraflores... Toda una colectividad británica de clase social alta que se relacionaba en los exclusivos clubes de rugby para británicos.

Con facilidad Rosa recreó la juventud de Frank, imaginó sus reuniones de domingos en la quinta de Leslie tomando el té con pastas, y donde otros jóvenes y él practicaban toda clase de deportes. Todos los recuerdos y objetos de aquel despacho eran una síntesis de la vida de Frank, las copas de competiciones ganadas, los rollos de papel con los planos de los ferrocarriles ya construidos y dispuestos en la mesa auxiliar, el mapa que recreaba su enorme estancia enmarcado con suntuosidad... Todos aquellos objetos debían de pertenecer a una vida lejana, a la vivida con anterioridad a la llegada de Anna, pensó.

El dormitorio que compartía con Frank estaba en sintonía con el resto de la casa, lujoso, con muebles importados, aunque ella hubiera preferido algo más práctico, más sencillo. Sin embargo, aquella era la casa de él, y antes la de sus padres, y debía respetar todo aquello. Quizá con el tiempo Frank y ella lograrían construir su propio espacio.

Sentada sobre la cama, vestida con un camisón transparente de encaje negro que se perdía bajo el espesor de su pelo revuelto, Rosa tomó su cuaderno. Pronto los ligeros trazos conformaron la forma de unos ojos, separaba el cuaderno de vez en cuando para comprobar las proporciones antes de seguir trabajando las cejas. Sobre el papel blanco, aquella mirada iba cobrando vida, aquellos ojos miraban acariciando.

Bruscamente el cuaderno se le cayó al suelo, su corazón se aceleró al oír abrirse la puerta, sin embargo su cara se iluminó al descubrir a Frank. «Tengo que pintarlo a él», pensó mientras lo veía avanzar en dirección a ella sonriendo ante la cara de susto que provocó en su mujer, que de pie sobre la cama se aferraba al lápiz con fuerza.

—Tengo algo para ti. —Él sabía lo que le gustaban las sorpresas.

—¿Qué es? —Sus manos impacientes soltaron el lápiz con la intención de registrarlo. Para él aquella clase de juegos era algo nuevo en su vida, ella le estaba descubriendo una parte de él mismo que no conocía.

Rosa lo miró entre divertida y pícara y pegó las manos en su pecho recorriendo los bolsillos de la camisa. Ante la negativa que le indicaban los movimientos de la cabeza de Frank pasó a rebuscar en los bolsillos delanteros del pantalón.

—*Hot, hot!* —Frank le sujetó las muñecas ante la sonrisa de ella. Pero Rosa pronto se zafó para continuar su infructuosa búsqueda en la parte de atrás del pantalón y sonrió al notar algo, aunque antes de que pudiera hacerse con el botín Frank lo levantó hasta dejarlo fuera de su alcance. Él dejó que se quejara un poco antes de entregarle la cajita.

—Frank, es... ¡es preciosa! —Sus ojos se empañaron levemente al ver aquella pulsera, cuyos finos y decorados eslabones sostenían una pequeña placa. Él se la puso con dulzura, le gustaba disfrutar de la emotividad con que ella parecía experimentarlo todo.

—¿«Momentos»? —preguntó ella al leer la inscripción.

—A partir de ahora solo importarán los que pase contigo.

Ella se agarró a su cuello con todas sus fuerzas. Estaban ahora tan lejos las escenitas con su madre que le parecía estar viviendo en un paraíso. Frank la mantuvo en el aire mientras la besaba, agradeciendo a la vida que le hubiera obligado a dejar a un lado sus temores permitiendo que aquella mujer formara parte de su vida. ¿Estaría ya siendo feliz? Por primera vez en mucho tiempo le invadió una sensación de paz. Se dejó caer en la cama con ella encima. La suavidad del tejido de la camisola le dio ganas de tocar la piel de ella. Cuando sus manos se adentraron bajo la prenda notó como ella se estremecía. Eso era lo único que necesitaba para seguir, que ella lo deseara.

28

El asado

13 de octubre de 1943

La noche sin luna no permitía contemplar el paisaje, únicamente los faros del coche iluminando el camino dejaban percibir algo de vida. Las mariposas revoloteaban incansablemente por el estómago de Rosa. Asistir a un asado era un acontecimiento principal en aquellos lares, donde la comida era abundante y se tenía la oportunidad de alternar con el resto de habitantes de la región. Aquel sería su primer acto social como esposa de Frank.

—Te gustarán los Valdés. —Frank intentó tranquilizarla apoyando una mano sobre su muslo.

—¿Habrá mucha gente? —Rosa se preguntaba si encontraría allí al hombre que conoció en el cementerio.

Frank frunció el ceño. Sabía que antes o después acabaría conociendo a todos los habitantes de El Calafate, aunque desdeñó la idea; no tenía por qué ser esa noche.

—Algunos vecinos, los que más tratamos. Así irás conociendo a la gente de por aquí —le contestó pensando que quizá no había sido una buena idea aceptar la invitación.

Rosa llevaba inquieta todo el día. En algún momento se le había pasado por la cabeza la idea de que Frank evitaba deliberadamente presentarla a sus convecinos. ¿Sería violento para él? La mortificaba que él se comportara de forma diferente a como lo describía su hermana en sus cartas. ¿Necesitaría hacer o decir cosas que no hubiera hecho con Anna? Ajeno a sus divagaciones, Frank se apresuró a ayudarla a salir del coche ofreciéndole su mano.

—Esta puerta se engancha y no hay forma de abrirla —se quejó ella.

—Haré que la revisen. —La voz de Frank transmitió la preocupación que empezaba a invadirle.

Teresa y Pedro Valdés recibían con una sincera sonrisa a sus invitados en el enorme vestíbulo que antecedía al salón. Rondaban los sesenta años, eran unos animosos conversadores y una de las parejas más respetadas de la región. Su discreción hizo que Rosa no percibiera el desconcierto que les causó el parecido con su hermana, aunque sí notó en sus caras cierto temor cuando descubrieron a una joven rubia que se acercaba a ellos.

—Me alegra mucho que estés de vuelta, Frank. Ya veo que trajiste valija contigo. —Los ojos de la rubia se dirigieron directamente a Rosa, aunque de un modo fugaz, sin apenas mirarla, helando aún más si se podía el azulado color de sus ojos.

—Elena, te presento a Rosa, mi esposa. Rosa, ella es Elena Valdés, hija de Teresa y Pedro.

Elena se inclinó sin demasiadas ganas para besar a Rosa, aunque evitó rozarla.

—¡Me parece estar viendo a Anna! —exclamó con intención.

—¡Rosa! ¡Mi nombre es Rosa! —recalcó. Había algo en aquella mujer que le producía rechazo. La acababa de conocer pero ya le molestaba su forma de dirigirse a ella, o más bien de ignorarla. Y ¿aquel tono despectivo? ¿Hija de Teresa y Pedro? ¡No, simplemente, no podía ser!

Rosa hacía un esfuerzo por retener todos los nombres de las personas que Frank le presentaba. Por los comentarios de aquellos estancieros parecía que se había casado con el más importante hacendista del sur de Argentina.

—Permiso para robarte a tu esposa, Frank. —Teresa entrelazó cariñosa su brazo con el de Rosa—. Quiero enseñarte algo en la biblioteca. Mirá —señaló mientras entraban en la gran sala destinada a albergar un copioso número de libros—, quería enseñarte estas pinturas. Son retratos de familia, antiguos, claro, pero quería saber tu opinión. Frank me contó que sos pintora.

¿Frank le contó? Le gustó la idea de que Frank hablara de ella. Miró con detenimiento los cuadros, uno a uno, mezcla de recuerdos argentinos y británicos. Hizo comentarios sobre la técnica, la forma de los trazos, su calidad... Aunque, después de un minuto, se dirigió a Teresa en un tono más intimista. Necesitaba una amiga allí, una aliada, y Teresa le pareció la persona adecuada.

—Teresa, ¿conociste bien a mi hermana? ¿Puedo tutearte?

Teresa asintió algo nerviosa.

—¿A qué te referís? —preguntó intentando ganar tiempo.

—¿Ellos tenían mucha vida social? —Aunque no era eso lo que la mortificaba, quería saber más, todo de ellos.

—No, ellos... El último año no, desde que... —se interrumpió.

—¿Desde cuándo? —insistió Rosa, captando que había hallado algo.

—Bueno, quiero decir que Frank tiene mucho laburo en la estancia, vos sabés, con la esquila, la venta del ganado, sus negocios... Tu hermana prefería pasar el invierno en Buenos Aires, esto es muy duro para una mujer si no estás acostumbrada y ella no se acostumbró nunca, pobrecita. Pero Frank la visitaba de vez en cuando para chequear que todo estuviera bien.

—Yo creía que Frank pasaba todo el invierno allí con ella.

¿Entonces, lo que contaba Anna en sus cartas... lo inventó? Rosa prefirió no preguntar más, no quería violentar a Teresa cuando apenas la conocía. Pero lo que iba oyendo distaba mucho de lo que creía saber. Teresa abría en ese momento la puerta para volver al salón.

—¡Armando! —Teresa besó con alegría a su sobrino.

—Tía Teresa, ¿cómo estás? —El hombre miró complacido a la compañía—. ¡Rosa, qué placer verla de nuevo!

—¡Ah! ¿Ya se conocen? —Teresa buscó a su marido y a Frank con la mirada, deseando que hubieran ido al despacho.

A pesar de su enorme confianza y los años que hacían que se conocían, Pedro no se atrevía a preguntar nada a Frank. Pero todo aquello, viniendo de él, le parecía una locura. Debía de estar muy enamorado, de otra manera no...
—¿Te estás dejando barba otra vez, Frank? —le preguntó para distraer su mente de la curiosidad que le invadía.
—No, no. —Rio—. Mi mujer tiene una piel demasiado delicada, así es que ahora me afeito antes de... de cenar.
Pedro asintió mientras veía como la sonrisa se borraba de la cara de su amigo. Las facciones de su cara se endurecieron y se giró para ver la razón que provocaba esa transformación. Armando bromeaba con Teresa y Rosa.
—Frank, tuve que invitarlo —se excusó Pedro—, vos sabés, es la única familia de mi esposa, mal que me pese. —Percibió la recriminación en la mirada de Frank—. No es más que una presentación, tranquilo. —Aunque sabía que de poco servirían sus palabras.

—Así que ya se conocen —quiso aclarar con certeza Teresa.
—Tuve ese placer —contestó finalmente Armando—, aunque reconozco que no me importa saludar a una hermosa mujer como vos una y otra vez. ¿Me permitís que te trate de vos? —Armando besó la mano de Rosa soltándola sin prisas, le gustaba el tacto de su piel.

—Nos conocimos ayer en el cementerio —quiso aclarar ella.

—Estaba poniendo las flores que me diste, Elena —añadió rápido Armando al ver a su prima acercarse.

—Las flores, claro —Elena seguía sin comprender en qué estaría pensando Frank para aparecerse con aquella intrusa. Aquella noche intentaría ser educada, notaba el cerco de su madre sobre la recién llegada. ¿Intentaba protegerla? ¿Y de quién? —se preguntaba divertida.

Teresa solo deseaba que la fiesta acabara sin complicaciones, así que se llevó a Rosa para seguir con las presentaciones. Frank se sintió aliviado al ver que Rosa se alejaba de aquel hombre, que con una sonrisa irónica en los labios lo saludó, satisfecho de verlo molesto.

Las chispas que saltaban de los ojos de Elena no parecían hacer mella en Armando.

—¿Mis flores? —le recriminó al quedarse a solas con él—. ¡Basta! ¿Querés?

—¡Es más linda aún que su hermana! —dijo Armando con vehemencia—. ¡Mucho más bella! —Tenía su rostro clavado en la mente y su cuerpo tan moldeado... Simplemente, era como un dulce de leche.

Aunque Elena intentaba con fuerzas lo contrario, su cara no podía disimular el disgusto que le causó la presencia de Rosa. Además, no entendía qué le veían Frank y Armando, era bajita y aquella mata de pelo de color fósforo, ¡qué horror! En cambio ella podía presumir de una altura que la hacía esbelta, de unos finos cabellos rubios que siempre lucían perfectamente alineados tocándola de una suave elegancia, y su piel blanca, casi transparente, era su mayor atractivo. Su cara albergaba dos bellos ojos azules y una boca siempre roja. No, no entendía cómo no eran capaces de distinguir su valía ante aquella intrusa.

Un aviso de Teresa hizo que el centenar de invitados se dirigiera al espacioso patio de baldosas rojizas en el que se habían dispuesto varias mesas alargadas. Un gigantesco toldo cubría el espacio que se caldeaba con cuatro fuegos a tierra situados en los extremos. Una hilera de velas recorría el centro de la mesa ayudando a las antorchas, que se repartían por el improvisado salón, a iluminar la noche.

Frank esperó a tomar asiento hasta ver dónde se situaba Armando, pues quería estar en el punto más alejado. Los camareros irrumpieron en el patio perfectamente uniformados empujando con gracia los carritos cargados de comida. Teresa, sentada junto a Rosa, se encargó de explicarle, como buena anfitriona, en qué consistían aquellos manjares.

—Acá tenés el famoso corderito patagónico agridulce. El asado —dijo Teresa señalando la bandeja que acababan de dejar frente a ellas— se suele cocinar los domingos, cuando se reúne toda la familia. Ahí tenés la costilla, a este tipo de corte se le llama vacío, a este otro choquizuela y esto es falda. Después están las achuras: chinchulines, molleja, morcillas y chorizos, aunque hay más tipos.

—Mmm, ¿y estas salsas de qué son? —preguntó Rosa aspirando el olor que percibía en el aire.

—A la derecha —continuó Teresa, agradecida por el entusiasmo que mostraba su invitada— tenés chimichurri,

lo hacemos con ajo, perejil, orégano, morrón, cebolla, vinagre, aceite, pimentón, pimienta y sal.
—Uf, pica un poco —se quejó Rosa al probarlo.
—Probá la otra. Tomá. —Le acercó el cuenco—. Esta es salsa criolla.
—¿Y qué lleva?
—Pimiento, cebolla, morrón y vinagre. Es más sencilla.
—¡Riquísima! ¡Mmm... me lo comería todo! —Rosa pensó que aquella comida iba a compensarle las carencias que la guerra le hizo vivir. En ese momento le costaba creer que miles de personas dependían de una cartilla de racionamiento para conseguir algún alimento.
La expresividad de Rosa hizo sonreír a parte de la mesa. Rosa miró a su alrededor. Veía a Frank a su lado, atento con ella, estaba en una tierra a la que estaba empezando a querer, disfrutaba de aquella manera de ser de sus gentes, de su generosa hospitalidad en una noche de primavera preciosa. ¿Se podía desear algo más? No pudo evitar pensar en Anna. Seguramente en aquellos largos ocho años habría vivido muchas noches como aquella, con la misma gente, con el mismo hombre.

Rosa había oído hablar mucho acerca del tango, de su origen, de su importancia, pero cuando escuchó las primeras notas del bandoneón su cuerpo se estremeció. Nunca lo había visto bailar, sentía curiosidad. A su madre le hubiera parecido un escándalo el modo en que aquel hombre abrazaba a la mujer al bailar y cómo la llevaba consigo mientras ella arrastraba suavemente la punta de su zapato, al tiempo que él dibujaba su cuerpo con la mano. Sin embargo, ¡cuánta pasión transmitía! Había un erotismo sutil en aquellos dos cuerpos tan pegados, la cara de él cubierta por el sombrero, la pierna de ella subiendo por la de él. Era un comportamiento primario pero muy atrayente al mismo tiempo. Rosa se levantó para acercarse, otros la siguieron y enseguida se formó un corrillo alrededor de los artistas. Su mente creativa se esforzaba en memorizar cada uno de aquellos movimientos para ser capaz de pintarlos después. El tango le transmitía emociones muy intensas: tristeza, sufrimiento, pero también le evocaba verbos como acercarse, palpar, tocar.

La pasión del tango la estaba aprisionando con cada uno de los movimientos de aquellos bailarines, que parecían querer despertar los instintos primitivos de su pareja. El aire se impregnaba de la melancolía de las notas musicales y Rosa grababa en su memoria primero un lienzo, después un hombre, una mujer. Ambos frente a frente, con un titubeante balanceo de él sobre ella, simulando un rápido y contenido cortejo, los pechos de ella clavándose en él, permitiendo un íntimo abrazo.

Aquel romance bailado rebosaba ansiedad, la ansiedad que convertía al hombre en más hombre, más viril si cabía, y a la mujer la volvía más femenina. El tango mostraba un varón revestido de machismo que se preparaba para que la mujer se le entregara.

—¿Qué pensás de nuestro baile nacional? —La voz de Armando la acabó de transportar a su mundo imaginario.

—Es un baile muy dominante. —Rosa percibía en el cuerpo de Armando aquel machismo del tango, una sonrisa y unas manos dispuestas a acariciar.

—El tango lo dirige el varón. Aquí los hombres somos

muy machos. —Lo dijo con naturalidad, convencido de que eso era lo que toda mujer buscaba en un hombre.

Rosa se quedó perpleja oyendo a aquel hombre atractivo pero arrogante que llenaba el espacio con una presencia física que exhalaba una fuerte sexualidad.

—¿Crees que solo hay hombres en Argentina?

—No hablo de hombres, hablo de ¡machos! —recalcó—. Son cosas diferentes, sabés. Un hombre no es hombre nomás por nacer varón, tenés que demostrarlo con tu integridad, tus principios, tu coraje, tu fortaleza. Solo esta tierra engendra esa clase de hombres, de ahí nacen los gauchos: osados, fuertes, de hábitos viriles. El machismo para un hombre es como la virtud en una mujer, para que me entiendas.

Armando se había acercado aún más a ella, amparado por el numeroso grupo que rodeaba a los artistas.

—Aquí —continuó—, si una mujer nos hace hervir la sangre, la conquistamos. No somos tan melindrosos como esos ingleses que piden permiso para todo.

Rosa lo miró con extrañeza. Sus palabras le resultaron conocidas, cercanas. Pero algo en aquel hombre la ponía en guardia. ¿Sería la confianza que parecía tomarse con ella?

Frank repartía su atención entre su conversación con Pedro y el pensar dónde estaría Rosa, a la que hacía un rato que no veía.

—Te digo que eso es el futuro, Pedro —le insistió Frank—. Si enviamos la carne enlatada ya no nos preocupará lo que tarden los barcos en cruzar el Atlántico, podremos ampliar nuestro mercado, y te digo más: ¿por qué no fabricar nuestras propias latas? Contamos con acero de sobra y debemos tener en cuenta que el ferrocarril, antes o después será nacionalizado, nos van a dejar fuera del negocio. ¡Tenemos que concentrarnos en las latas de conservas! Ya ves, el coronel Perón no lleva ni tres semanas como director del Departamento Nacional de Trabajo y su política va orientada a impulsar las infraestructuras, y no será de la mano de los ingleses.

—Quizás tengas razón —aceptó Pedro.

—*Of course!* —Por fin, pensó Frank—. Para cuando nos dieran la autorización de construcción de la vía transpatagónica, el ferrocarril estará nacionalizado. La línea E del subte será la última que nos permitan construir. Podríamos reconvertir los talleres del ferrocarril para la fabricación de las latas: se adecua la maquinaria, formamos a los trabajadores y...

—¿Y? —Pedro vio como su socio se levantaba como si tuviera un resorte en la silla. ¿Qué habría visto?, se preguntó.

Frank se dirigió presuroso hacia el corrillo de personas que observaban a los bailarines de tango. Podía ver perfectamente a Armando gracias a su altura, lo que no le hizo gracia fue que se pegara tanto a Rosa cuando le hablaba. Se abrió paso sin ninguna paciencia hasta llegar a ellos.

—¡Rosa, tenemos que irnos! —Frank tiró de ella agarrándola con fuerza por el brazo, sin darle apenas tiempo a decir nada. Armando sonrió moviendo la cabeza; los ingleses nunca aprenderían a tratar a las mujeres.

Finalmente la fiesta no había resultado como ella esperaba. En el coche, durante el camino de vuelta, no se habían cruzado ni una palabra. Cuando entraron en su dormitorio, Rosa recogió su cuaderno del suelo y miró el esbozo que comenzara antes, los ojos de Armando. Miró a Frank, estaba molesta con él, no entendía su reacción, su comportamiento.

—¡No entiendo por qué has sido tan brusco! Armando me parece un hombre muy agradable.

—¡No quiero que te relaciones con él, tú no le conoces! ¡Él no es alguien de quien te puedas fiar!

Rosa se acercó hasta el baño, donde Frank comenzaba a afeitarse.

—¡Pues yo opino todo lo contrario! ¡Las veces que lo he visto se ha mostrado muy cortés conmigo!

Frank sujetó con fuerza la navaja, contemplando a Rosa a través de la imagen que le devolvía el espejo.

—¿Dónde lo has visto? —Contuvo la respiración esperando la respuesta.

—En el cementerio. Estaba poniendo flores a Anna. Debían de ser amigos, supongo.

Frank apretó la mano inconscientemente sobre la navaja, haciéndose un pequeño corte en la cara. Se acercó a ella.

—¿Qué te ha contado?

Rosa intentó taparle la herida de la cara con una toalla.

—¡Te has cortado!

Pero a Frank no parecía importarle el corte, le sujetó la mano e insistió de nuevo.

—Te he preguntado qué te dijo.

Ella se sorprendió ante aquel nuevo Frank. ¿Estaría celoso de Armando?

—¿Qué podía contarme? —preguntó a su vez.
Él la soltó.
—¡Nada! Es solo que... yo no lo trato y tampoco quiero que lo hagas tú. —Pensó que debía darle alguna explicación más—. ¡Me molesta cómo te mira!
—Los hombres siempre me han mirado así, estoy acostumbrada. —Ella no parecía darle importancia a algo natural.
—¡Pero yo no! ¡A un hombre eso le molesta, y tú ahora eres mi mujer! —Frank la apretó contra él.
Debía de ser la tierra, pensó ella. Frank pronunció aquellas palabras, «mi mujer», con tanta intensidad que se excitó. Lo miró como si en ese momento fuese un desconocido. Frank estaba especialmente atractivo, vestido con camisa y pantalón blanco mientras que el cinturón y los zapatos eran de color camel. La camisa medio desabrochada le permitía ver el vello de su torso. Su modo de mirarlo lo encendió. La besó con fiereza, con ganas de más.

29

La estancia

17 de octubre de 1943

A Frank le gustaba contemplar a Rosa cuando dormía. La veía pequeñita, indefensa, calmada. ¡Qué diferente a cuando abría los ojos! Entonces parecía que la vida se le escapara por la piel y tuviera la necesidad de verlo, oírlo y disfrutarlo todo a toda prisa, como un huracán. Ese era su gran encanto y, si él lo había visto, otros hombres también podrían hacerlo, pensó. Tragó con dificultad al imaginar esa posibilidad.

Empezó a hacerle cosquillas sobre la cara utilizando uno de sus largos rizos. Rosa arrugaba la nariz de vez en cuando, pero se resistía a abrir los ojos. Él insistía divertido. Por fin, ella se quejó seriamente.

—¡Vamos, vamos! —la animó—. Querías que te despertara para acompañarme. No verás nada si no te das prisa, la estancia es muy grande.

Rosa abrió un ojo con dificultades para mirar hacia la ventana.

—¡Diosito! —exclamó—. ¿Dónde está el día?

—Mientras desayunamos ya habrá luz. Vamos o tendré que tomar serias medidas contigo.

Rosa se incorporó un poco para dejarse caer de nuevo sobre la cama.

—¡Pues tómalas!

Buscaba guerra, y él estaba dispuesto a dársela. Aquella pelirroja le ponía el vello de punta con solo rozarle la piel, deseaba ese instante con ella tanto como lo temía. Le asustaba ver el dominio que Rosa tenía sobre él. Esos pensamientos, que le asaltaban en los momentos más íntimos, le impedían entregarse a ella como quisiera. Ojalá Rosa no lo notara nunca, pero él era consciente de que había una barrera invisible entre los dos.

Su mujer lo vio acercarse decidido y sujetó la almohada como escudo. Sin embargo, pronto olvidó su defensa.

Los Bridges se miraron extrañados por la hora. La mesa estaba preparada con el servicio de desayuno, puntual a las siete como cada día desde los tiempos del antiguo señor. Era la primera vez que Frank se retrasaba.

Con el sol saliendo, a Rosa el recorrido por la estancia le estaba resultando apasionante. Notaba que Frank amaba aquella tierra, tan vasta que la vista no abarcaba la enorme extensión de cerca de trescientas mil hectáreas que conformaban la estancia. La visión del Lago Argentino a un lado con los glaciares al fondo la fascinaron. Durante el recorrido encontraron las pequeñas casetas donde se guardaban las herramientas y alguna de las granjas que, repartidas a lo largo de la estancia, utilizaban los trabajadores para resguardarse en los días en los que el tiempo se volvía infernal.

Qué contraste, pensó recordando la Barcelona de color gris. A su alrededor los colores eran el blanco de la nieve, el azul del agua y el cielo y el ocre de la tierra.

—¿Para qué hacen eso? —Rosa señaló en dirección a la fogata que tenía encendida un grupo de peones y sobre la que calentaban un puchero.

—Calientan agua. Es para el mate, son unas hierbas, es su té. El mate es la bebida nacional en Argentina.

—¿A qué sabe? —quiso saber ella.

—Tiene un sabor fuerte, amargo. —Pero él reclamó su atención hacia otro lado—. ¡Mira, ahí están mis famosas «caras blancas»!

—Ah, sí, ¡las *hereford*! —le rectificó ella con intención de mortificarlo—. Pero no tienen cuernos —se extrañó. Rosa tiró del caballo para que se detuviera.

—No, estas que ves son una variedad de la Pampa, las *Polled Hereford*. ¡Y esas son mis hermosas ovejas! ¡Son malvineras! —añadió Frank con orgullo mientras se paraba a su lado.

—¿Las has traído desde Islas Malvinas? —preguntó ella—. En ese caso deberían llamarse «*falklanderas*», si a las Malvinas las llamáis *Falkland Islands*... ¡Como para ti tiene que ser todo tan británico...! —No podía evitar ser irónica con él.

Él rio su ocurrencia, le divertía mucho cuando ella adoptaba aquella postura de indignación.

—Eso díselo a los escoceses, ellos fueron los que las bautizaron y los que las trajeron aquí a finales de siglo desde las Malvinas.

—Si todos tenéis la misma raza de ovejas, todos obtendréis una calidad de lana parecida, entonces ¿por qué tanta rivalidad entre los estancieros?

—En realidad no todas las ovejas son iguales. Sí es cierto que tenemos en común la raza, pero estas majadas que ves son únicas. Las malvineras puras... —intentó explicarle.

—Las «*falklanderas*» —apostilló ella.

—Esas... —rio él— dan una lana demasiado gruesa, que no se vende bien. Las mías son el resultado de varios cruces, es un secreto de familia —le susurró al oído—. Ven.

Frank desmontó y agarró a Rosa como si levantara una muñequita. De la mano se adentraron en un enorme corral donde la majada esperaba paciente su turno. Al fondo un grupo de hombres comenzaba la esquila. Las ovejas aguardaban en las diferentes cercas en que se dividía el corral.

—Ahora, en primavera, las comparsas de esquiladores van de estancia en estancia para iniciar la zafra —le explicó Frank.

—¿Zafra?

—Se llama así a todo el proceso. Primero se esquilan

las ovejas y después se extiende la lana al sol. Mira, aquellos son los secaderos.

Frank le enseñó orgulloso el galpón de esquila. En esos momentos el suyo era el más grande que existía en el país, contaba con una capacidad para más de seis mil quinientos animales y con cincuenta tijeras. Tomó un poco de lana y se la mostró a Rosa.

—Observa esta lana, es la más apreciada en Londres. Tiene entre dieciocho y diecinueve micrones, máxima finura, y en lavado puede rendir entre los cincuenta y los cincuenta y seis puntos. Después todo esto se embala en fardos para la exportación. —Frank la iba guiando por las inmensas instalaciones.

—Esto es todo un mundo nuevo para mí —le dijo Rosa mientras observaba a los hombres trabajando y las montañas que se formaban con los vellones de lana.

—La esquila es el momento más importante en la Patagonia. Después, cuando acaba todo el trabajo, se celebra un gran asado, los hombres tocan la guitarra, cantan y cuentan viejos relatos de la tierra.

—Oh, esto es fascinante. —Dio una vuelta sobre sí, notando una agitación nueva en su pecho—. ¡Quiero pintar unos bocetos con todas estas tareas, son muestras de la vida de este país! ¡Quiero pintarlo todo!

—Ya veo que te está gustando el recorrido.

—¡Muchísimo! —Se estiró para darle un beso—. ¡Te aseguro que si mi madre pudiera ver todo lo que posees caería a tus pies para rendirte pleitesía como si fueras un emperador!

—Lo creo —rio—. ¿Seguimos? —Él la cogió por la cintura para dirigirla.

—Sí, claro.
—Te enseñaré el frigorífico, donde guardamos la carne.
Frank caminaba a grandes zancadas, y a Rosa le costaba seguirlo. De vez en cuando, él se paraba al notar que le faltaba algo, le hacía sentir bien notarla así, pequeñita a su lado, le despertaba su instinto protector. Esa sensación de saberse responsable le gustaba. Ella tenía el don de simplificarlo todo. Pensó que con ella la vida podría resultar muy fácil de vivir.

30

La Posta

21 de octubre de 1943

Oficialmente El Calafate no fue considerado pueblo hasta 1927, año en que fue fundado por Decreto Nacional. La familia de Frank había sido una de las primeras en instalarse, junto con los Guevara, cuando casi no existía nada más. A través del cristal del coche Frank le señaló algo.
—Mira, ese arbusto es el calafate, crece ahora en primavera y se usa para hacer mermelada. —Rosa miró con curiosidad las florecitas amarillas que sobresalían entre las espinas brillantes y las hojas verdes del arbusto.
Cruzaron el pequeño puente que salvaba el río. Ya se veían las primeras luces en los farolillos que colgaban de los postes. Rosa miraba con atención aquellas casas cuyos tejados se alargaban hasta el suelo para facilitar la caída de

la nieve. Tomaron la Avenida del Libertador, la calle principal, hasta llegar a la Posta El Calafate. Un rótulo de madera, con las letras grabadas, colgaba del techo en el porche. El dibujo de una diligencia explicaba el origen del lugar. La Posta hacía las veces de posta de correo, tienda de abastecimientos, confitería y lugar de reunión. Allí transcurría la vida social del pueblo.

Su interior, de madera, se distribuía en dos zonas diferenciadas. La barra atendía a los clientes apresurados. En cambio, para aquellos que preferían disfrutar de una mano de cartas o de un mate caliente, o simplemente de una buena conversación, La Posta ofrecía otra estancia compuesta de mesas bajas acompañadas de cómodos sillones, algunos de ellos con las formas que los parroquianos asiduos dejaban con su peso. El alto techo permitía disponer de un doble piso que solo ocupaba la mitad del local, dando un aspecto abierto, como una casa de muñecas. Algunos hombres tomaban mate. Al fondo, la centralita de teléfonos permanecía con sus clavijas desconectadas y los auriculares sobre la mesa, esperando que algún cliente quisiera contactar con el exterior.

Recogieron el correo y vieron que Rosa había recibido carta de Martí. Frank la observó de refilón pensando que se había dado mucha prisa en escribirle.

—Espérame un momento —le dijo Frank al salir del establecimiento—, tengo que entrar en el banco, será un minuto.

Rosa asintió, dejó la carta en el interior del coche y cerró de un portazo para pasear por la calle mientras esperaba a Frank.

—¡Oh, no! —exclamó al ver su falda enganchada por la puerta. Se esforzó en abrirla sin éxito.

—¿Necesitás ayuda, chiquita?

A Rosa aquella voz le resultó familiar; Armando se acercaba a ella rompiendo su proximidad.

—Me he cogido la falda con la puerta —se explicó torpemente.

—¡Viste! —exclamó él sonriendo—. Cuando necesites que te cojan, avisame. Será un placer hacerlo con vos.

Rosa lo miró extrañada sin entender. Armando abrió la puerta y le explicó divertido el significado de sus palabras.

—En mi país, el verbo «coger» significa lo más íntimo que se da entre un hombre y una mujer. ¿Me entendés?

A Rosa le dio la impresión de que con cada palabra aquel hombre se acercaba más a ella. Había algo en él que la desconcertaba, le transmitía una mezcla de familiaridad y cercanía que no comprendía.

—¡No la toques! —Frank lo apartó de ella bruscamente.

—¡Mirá vos! Cualquiera diría que estás dispuesto a batirte en duelo por una mujer. Esta tierra te está afectando, inglés. —Armando lo miró desafiante mientras una mueca burlona afloró en su boca.

—¡Alejate de ella! —le ordenó Frank.

—¡Vos no tenés ningún derecho sobre ella! —Armando miró a Rosa esperando una corroboración.

—¡Te equivocas! ¡Tengo el derecho que me otorga ser su marido!

—¿Es cierto eso, Rosa? —Armando carraspeó, deseaba escuchar lo contrario.

—¡Entra en el coche, Rosa! —Frank se interpuso entre ellos y prácticamente la obligó a entrar en el vehículo. Los dos hombres quedaron frente a frente.

—¡Gracias, inglés... —Armando se acercó a Frank para

acabar su frase— por traérmela hasta acá! Ella no sabe nada, ¿no es cierto?

Su sonrisa se amplió al ver el tono blanquecino que transformó el rostro de Frank. Sin embargo, prefirió dejar la bronca así, no le interesaba enfrentarse abiertamente a él delante de Rosa. Ya tendrían su momento.

—¿Qué hubo, Gaucho? —preguntó Armando al llegar a su estancia. Gaucho se acercó rápido para hacerse cargo del caballo de su patrón.

—Sin novedad, patrón.

Gaucho llevaba con Armando diez u once años, desde que decidió dejar su vida errante y de vagabundo como muchos otros gauchos. Las cercas con las que se vallaron las estancias acabaron con su modo de vida salvaje y sin ataduras. Algunos de ellos pasaron a trabajar como peones, cuidando el ganado, así aún tenían la oportunidad de vivir al aire libre y de ganarse la vida sin robar.

Armando le ayudó, a él y a algunos de sus compañeros, y Gaucho, a cambio, le enseñó todo lo que sabía: cómo usar las boleadoras, el arte de la monta y del ensillado del caballo, el uso del cuchillo... En fin, todo lo que un macho argentino debía saber.

—Gaucho —llamó Armando mientras entraba en la cuadra.

—Sí, patroncito.

—¿Querés enseñarme aquel tango que tocaste la otra noche? ¿Cómo... cómo era? —intentó recordar en vano.

—¿Andás enamorando a una doña, patrón? —Casi se alegró de verlo ilusionado por una mujer.

Armando sonrió mientras empujaba un poco su sombrero hacia atrás y entornaba las pestañas de un modo que a Gaucho le pareció enigmático.

—¿Quién es ella? —preguntó Gaucho. Por aquellas tierras no había muchas hembras tras las que correr.

—No la conocés. Su pelo tiene el color del fuego y le cae como una cascada. Es chiquita pero brava. Me arrasó el alma en cuanto la vi.

—¿Dónde está?

—En la estancia del inglés —añadió Armando con fastidio.

—«A buen mate vas por yerba», patrón. ¿Te buscaste una inglesa? ¿Vos con una inglesa?

—No, Gaucho, es gallega, es la hermana de Anna. El inglés se casó con ella —decidió soltarlo todo de una vez.

Gaucho apoyó con fuerza su mano sobre el facón que colgaba de su cinturón. Preveía tormenta, una tremenda tormenta. —Patroncito, «lechuza vieja no entra en cueva e'zorro» —le aconsejó.

Armando miró altivo a Gaucho.

—«En el patio donde andan mis gallinas, no canta otro gallo», Gaucho, ya deberías conocerme.

—Pero ella no está con vos, no es tuya. Nomás te fuiste a fijar en la hembra de otro hombre, y «no hay que gastar pólvora en chimangos».

—Yo no me achico por tan poca cosa. Es cosa de tiempo, nomás. —Armando estaba convencido de ello.

—«Veremos, dijo un ciego». —Como buen gaucho, Gaucho sentenció la conversación con un refrán. Sabía que cuando a su patrón se le metía algo en la cabeza no había nadie que le hiciera cambiar de idea, sobre todo cuando se trataba de pelear por una hembra. ¡Pero ir a fijarse en esa...!

La llegada de un grupo de hombres a caballo interrumpió la charla. Gaucho miró al cielo; ya anochecía. Cogió su poncho y una alforja, él prefería el fuego en tierra y dormir al raso. Él era un gaucho. No era de hombres dormir en colchón blando y comer en mesa. Una manta era su colchón, solo así podía dormir «tranquilo como agua e'pozo», decía.

En Little England las aguas no estaban precisamente calmadas. Rosa empujó la puerta de la casona con coraje y subió las escaleras enfurecida. Frank no tardó en entrar en la habitación.

—¡No me vuelvas a tratar así nunca más! —La indignación saltaba en forma de chispitas en su mirada cuando lo encaró.

—¡Te dije que no te acercaras a él! —Él también estaba enfadado.

—Pero ¿quién te has creído que eres? —Tenía ganas de empujarlo, de... de... no sabía bien de qué era capaz en ese instante, todo contra lo que había luchado como mujer estaba frente a ella en ese momento.

—¡Tu marido! —Frank se acercó a ella cogiéndola del brazo.

—¡Exacto! Nunca olvides que solo estoy casada contigo. ¡Solo eso! ¡No tienes ningún derecho a tratarme así! —Ella lo empujó hacia atrás zafándose de él.

***

Rosa volvió a dar un portazo al salir, necesitaba respirar. Frank se quedó inmóvil en el centro de la habitación sin reaccionar. ¿Qué debía hacer, detenerla, o esperar a que se calmara? Ella no sabía nada y no podía entenderle.

Cuando Rosa discutía con su madre siempre acababa refugiándose en la cocina, hablar con Fuensanta le aliviaba la tensión. ¡Dios, cómo agradecería tenerla ahora allí con ella! Bajó las escaleras agitada. La cocina de la casona era enorme. Una mesa alargada de grandes dimensiones ocupaba la parte central, y por suerte la chimenea encendida desprendía una calidez que no estaba encontrando en otras partes de la casa. Algunos cazos descansaban relucientes sobre la encimera para que se secaran. La puerta de servicio se abrió tras ella dando paso a la señora Bridges, que la miró sorprendida de encontrarla allí a aquellas horas.

—¿Necesita alguna cosa, señora? —dijo entrando—. Iba a hacerme un té. Algo me ha despertado.

—No. Yo... en realidad... —Rosa estaba segura que fue su discusión con Frank lo que la despertó. Sintió un poco de vergüenza—. Sí, quizá un té me vendría bien, gracias.

La señora Bridges se acabó de anudar el cinturón de su bata. Puso la tetera al fuego mientras Rosa tomaba asiento en una esquina de la gran mesa, la más cercana al fuego de tierra. Mientras disponía la bandeja con el azucarero, las tazas, cucharillas y servilletas, la señora Bridges observaba disimuladamente a la nueva señora con curiosidad y a la vez sorprendida. Ahora que la tenía tan cerca, con su pelo suelto y la cara encendida, no se parecía tanto a Anna. Ella, que era una gran lectora, siempre percibió a Anna como esos personajes secundarios de las novelas, de carácter plano, necesarios para que la trama fluyera pero no relevantes por sí mismos. El pitido de la tetera la arrancó de sus pensamientos, completó la bandeja y la dejó con suavidad sobre la gran mesa.

—No sé su nombre de pila, señora Bridges. —Rosa la miró con atención. La señora Bridges siempre llevaba el pelo recogido hacia arriba y solía vestir de oscuro. Aún conservaba su figura. Su voz tranquila aunque firme la hacía cercana.

—Margaret, y el de mi marido John, aunque en esta casa siempre se nos ha reclamado por el apellido, fue una costumbre que impuso el viejo señor Bennet-Jones. —La señora Bridges intentaba calibrar cómo era Rosa; ¿tendría el carácter de su hermana o solo se parecían físicamente? Se levantó para acercar una tartera.

—No es fácil acostumbrarse a esto viniendo de Europa —dijo cortando dos pedazos de tarta—. A este paisaje me refiero —aclaró la señora Bridges.

—A mí me gusta —le contestó Rosa—. En realidad, me agobian las concentraciones de personas, el ajetreo de las ciudades. Después de pasar una guerra, con bombardeos a diario, esto es un paraíso. Aquí se oyen hasta los pensamientos. —Rieron con complicidad.

—Sí, tiene usted razón.

—El Calafate me recuerda a esos antiguos pueblos del oeste con arbustos cruzando la calle empujados por el aire —imprimió suspense a su voz y se acompañaba de las manos para escenificar la narración—. Una sola avenida flanqueada por casas a los dos lados, un salón principal y, en lugar de diligencia, un colectivo semanal que trae víveres a La Posta. ¿Cómo se las arregla usted? —quiso saber.

—Bueno —las manos de la señora Bridges rodeaban la humeante taza que tenía delante de ella—, este territorio, el clima, todo lo que nos rodea nos marca de una manera u otra. Es lo que hace diferentes a estas gentes. Estamos en un hábitat árido, duro. Las personas aquí se ven obligadas a arraigarse a la tierra y eso les da una visión diferente de las cosas, diferente a lo que vivimos en Europa. Las tierras se vallan, las reses se marcan, los caballos se doman, todo es una continua lucha por sobrevivir.

—Pero los estancieros tienen fama de hospitalarios —acotó Rosa.

—Y lo son, lo son. Suelen ser hombres de palabra, pero también son altivos y muy, muy orgullosos. Hay que saber tratarlos. Aquí los hombres pierden su educación y se vuelven rudos.

—Lo estoy comprobando. —Sin darse cuenta dejó escapar un pequeño suspiro.

—Dele usted tiempo —se atrevió a decir la señora Bridges, que relacionó aquel suspiro con las voces que oyera anteriormente—. Aquí los hombres no están acostumbrados a tratar con muchas mujeres, a no ser que sean ya sus esposas. Quiero decir que les resulta difícil entendernos —la señora Bridges rio—. Bueno, eso ha pasado desde que Dios creó a Adán.

—Sí —rio Rosa—, ya nacen con esa tara.

—Ja, ja, echaba de menos conversar con una mujer así.

—¿Está usted siempre sola para atender la casa?

—Antes había más servicio fijo, pero ahora viene una chica del pueblo cada día a ayudarme. No se usa toda la casa. Después de... Usted sabe, el señor cambió, ya no daba ninguna recepción en la estancia. El joven Frank prefería comer en la biblioteca en lugar de utilizar el salón. Ya no era necesario tanto servicio. —Se encogió de hombros.

—Lo supongo. —Rosa se quedó con las ganas de preguntar sobre la vida de su hermana.

—Pero ahora —continuó la señora Bridges— mi marido está feliz de poder servir la mesa en el comedor otra vez. Esto empieza a ser un hogar.

Rosa la miró sin mucho convencimiento.

—La paciencia es una virtud, señora. —A la señora Bridges no le pasó inadvertida la cara de Rosa—. Se lo digo desde mis años. Por muchos trajes que se pongan, por muy bonitas que sean sus corbatas, aunque se afeiten cada día y coman con tenedor y cuchillo...

—¿Qué? —preguntó impaciente Rosa por saber el final de la frase.

La señora Bridges miró hacia la puerta para asegurarse de que no entraba nadie.

—Todavía hay mucho en los hombres de aquellos que se llevaban a las mujeres arrastrándolas por el pelo con una mano y con la otra sostenían una estaca para pegar a algún bicho.

Rosa rio la ocurrencia con ganas.

—Señora Bridges, creo que haremos muy buenas migas usted y yo, tiene lo imprescindible para mí, el humor. Me recuerda usted a Fuensanta.

—¿Fuensanta? Creo que necesitaremos más té. —La señora bridges llenó de nuevo la tetera dejándola al fuego.

—Y tarta —pidió Rosa.

31

La Patria

23 de octubre de 1943

La biblioteca de Armando estaba presidida por un grabado que, sobre una piel de vaca, representaba Argentina. En él las diferentes regiones se diferenciaban por colores. Flanqueando la puerta de entrada Armando iba estrechando la mano a todos los asistentes que se incorporaban a la reunión, todos ellos estancieros de la zona, solo patriotas argentinos. Lo que se hablara aquella noche podría ser decisivo y todos lo sabían.

Para aquellos hombres Armando era una especie de líder, comprometido y muy implicado en la política del país. Conocida era su admiración por Scalabrini y Jauretche; con este último coincidió cuando formó parte de las «300 Boinas Blancas» de la Fuerza de Orientación Radical de la

En tierra de fuego

Joven Argentina, cuando apoyaron el movimiento militar del 4 de junio de ese año. Desde entonces Armando hizo suya la consigna de la exigencia de la organización: «¡Somos una Argentina colonial, queremos ser una Argentina libre!»

La biblioteca se llenó por completo. Pronto el humo del tabaco fue ascendiendo hasta formar una densa nube solo cortada por la voz de Armando.

—Caballeros —empezó—, el cuatro de junio de mil novecientos cuarenta y tres será una fecha que marcará un antes y un después para nuestra nación. Ese día Arturo Jauretche me presentó a uno de los dirigentes del GOU. ¡Compatriotas, hemos conseguido que un coronel esté dispuesto a luchar por nuestra causa!

—¿Quién es? ¿Qué sabemos de él? —preguntó uno de los asistentes.

—Su nombre es Juan Perón. Sirvió con los coroneles Rawson, Ramírez y Farrell en Campo de Mayo, sacó a Castillo de la Casa de Gobierno y es uno de los jefes de la nueva Junta. ¡Pero lo importante —elevó la voz mientras daba pequeños paseos ante su auditorio— es que es un patriota y un nacionalista, y que está a favor de la nacionalización de los intereses británicos en nuestro país!

Las palabras de Armando levantaron un pequeño clamor en la sala con señales de asentimiento, lo que le animó a continuar con su discurso.

—Le hablé de nuestra exigencia de que Santa Cruz sea declarada provincia. —Hizo una pequeña pausa—. Y, si conseguimos eso con el voto solo permitido a los argentinos, lograremos imponer la política que nos interese. ¡No tenemos por qué consentir que un grupo de extranjeros domine nuestra tierra y se hagan con nuestras mujeres!

Algunos hombres se levantaron exaltados por la arenga, y Armando sonrió satisfecho. Como buen orador sabía qué puntos tocar.

—Además, caballeros, se rumorea que el coronel Juan Domingo Perón será nombrado director del Departamento Nacional de Trabajo y Previsión Social. De ahí a la Presidencia nomás puede haber un paso. Un paso que está en nuestras manos hacerlo chiquito.

—¡Vos solo nos tenés que decir qué debemos hacer, contá con nosotros, Armando!

—¡No debemos consentir que patriotas como Jauretche y Scalabrini sean encarcelados o exilados por defender su propia nación! —elevó de nuevo su voz.

—¡No, no! ¡Nunca más! —El clamor era general, los asistentes se levantaron de sus asientos.

—¡Ahora es el momento, caballeros! ¡El espíritu de nuestros antepasados nos exige que actuemos! ¡Está en nosotros devolver el orgullo a esta nación!

El bullicio iba en aumento. Los ánimos se iban alterando poco a poco. Armando tomó un libro que tenía sobre la mesa del despacho y con la mano que le quedaba libre pidió silencio para poder leer.

—Como dice Scalabrini, y cito: «Nosotros somos y seremos anti-ingleses dentro de los límites de los intereses nacionales, en la misma medida en que ellos son anti-argentinos. Gran Bretaña está acorralada por otros enemigos actualmente. La historia nos demuestra que son precisamente estos los momentos en los que los pueblos débiles aprovechan para zafarse de la guerra de los poderosos».

—¡Ahora, ahora!—coreaban.

—«No admitamos medias tintas. O se está con la patria o se está contra la patria» —siguió Armando.

—¡Por la patria, por la patria! —los ánimos cada vez estaban más exacerbados.

Dos horas después Armando dio por concluida la asamblea. Se sintió muy satisfecho de cómo se había desarrollado. Nada mejor que recordar a Rivadavia, al que consideraban un traidor a la patria, por sus constantes cesiones a los intereses ingleses, para lograr la entrega total de los participantes.

Diego Castellanos se le acercó cuando la biblioteca estaba prácticamente despejada.

—Y bien, qué pensás hacer ahora —quiso saber. Sus dedos alisaban nerviosos su bigote.

—¡Darle a ese cabrón inglés donde más le duela! —Apenas podía disimular la inquina que sentía por ese hombre.

—¿Por qué tengo la impresión que vos tenés con él algo personal? Espero que para vos esa no sea la única razón.

Pero Armando no le contestó, su mente estaba ocupada intentando recordar la letra de un tango. En aquel preciso momento se sentía invencible, inmune a todo. Se enorgullecía de su origen patagón, de su sangre pura, de ser un descendiente de los primeros tehuelches.

Quizá esas historias impresionaran a la pelirroja. Le explicaría quiénes eran los tehuelches, que su Dios fue Elal, que eran expertos jinetes y practicaban el lanzamiento de flechas y boleadoras. Y lo más importante, que su resistencia física y su estampa, como a él le gustaba decir, la heredó de ellos. Quería explicarle tantas cosas que le llevaría toda una vida a su lado. Hasta ese momento nunca había sentido una atracción tan irrefrenable por una mujer. ¿Cómo sería estar con ella? En ese momento sitió muy dentro y cercano el aroma de su fragancia.

32

Reconciliación

24 de octubre de 1943

Rosa repasó de nuevo los bocetos que tenía esparcidos sobre la mesa. No estaba convencida, necesitaba profundizar más en esos dibujos, así que volvió al lienzo. Aunque oyó el gozne de la puerta abrirse tras ella no se giró, siguió pintando. Agradecía a Frank que le hubiera cedido aquella casita para instalar su estudio, pero no por eso iba a olvidar su enojo tan pronto.

El contacto de las botas de él sobre el piso provocaba el crujido de la madera, un crujido que se escuchaba cada vez más próximo. Inconscientemente, Rosa agarró con más fuerza el pincel. Frank se detuvo justo detrás de ella y percibió su aroma, el que le volvía loco. La observó unos instantes antes de apoderarse con suavidad de un rizo que caía solitario desde el recogido que se había improvisado en el pelo.

—Este se ha escapado. —Se lo susurró tan cerca del cuello que pudo notar su estremecimiento—. Te extraño.

—¡Yo en cambio no! —Ella intentó que su voz resultara fría.

Frank esperó unos segundos antes de salir de la estancia. Rosa se sintió algo decepcionada, pero se volvió expectante al oír abrirse la puerta de nuevo. Frank sostenía entre sus brazos a un pequeño cachorrito que tiritaba de frío. Sus ojos semejaban dos botones negros bajo aquel flequillo gris clarito. Ofrecía un aspecto divertido, su cabeza era blanca, como sus pezuñas, mientras el resto de su pequeño cuerpo era negro; parecía que llevara un gorrito y botas.

—Te echamos de menos, los dos —abogó Frank.

—¡Un *bobtail*! —exclamó Rosa levantándose.

—Pensé que necesitaría refuerzos, y como aún no es época de flores...

—Dámelo, tiene frío. —Extendió sus manos hacia el cachorrillo.

—¿Te gusta? —preguntó él esperanzado.

—Es precioso, es como un peluche, qué pelo tan bonito —dijo acariciándolo.

—¿Cómo le llamarás? —preguntó él, animado al ver la ilusión en los ojos de Rosa.

—Lanas.

—¿Qué clase de nombre es ese? —se quejó Frank—. ¡Es un perro ovejero!

—¡Quiero que se llame Lanas! —replicó con decisión, apartándose un rizo de la cara.

En tierra de fuego

—Está bien, está bien. ¿Amigos? —Frank tendió su mano, pero Rosa dudaba. Con Lanas entre sus brazos comenzó a dar una vuelta alrededor de su marido, estudiándolo como si fuera un modelo para uno de sus cuadros. Frank la seguía con la mirada entre desconcertado y divertido.

—Mi pincel es mejor que ese —dijo él para facilitar la decisión.

—¿Tú qué dices, Lanas? —consultó indecisa aún.

Frank se cansó del jueguecito y decidido levantó a Rosa tomándola por la cintura para besarla con ganas, mientras con la mano que le quedaba libre mantenía apartado el morro de Lanas.

La reconciliación les ayudó a aceptar la invitación a cenar. Rosa respiró aliviada al ver que Elena no estaría con ellos. Sentía simpatía por Pedro y Teresa, pero su hija no le gustaba, ni la confianza que esta parecía tener con Frank. Estaba convencida de que su antipatía era mutua.

Pasaron al comedor, un fino mantel de hilo blanco cubría la mesa. La vajilla también era blanca, aunque un ribete de color oro rompía la continuidad de color con el mantel. Las copas, de un impoluto cristal, brillaban bajo la lámpara de araña. Las servilletas se mostraban recogidas por un aro dorado.

—Me encantan estos filetes —dijo Rosa saboreando la carne, decidida a disfrutar de la cena y la compañía.

—Acá les decimos bifes —aclaró Pedro.

—Mientras su nombre no le cambie el sabor, no me opondré —replicó Rosa.

Rieron los cuatro. Rosa se sentía relajada. Volvió a concentrarse en los trocitos del bife, los tomaba con paciencia, con necesidad de alargar aquel placer en la boca. ¡Umm!, exclamó para sí. Se esforzaba en recordar el gusto del *farro*[*] que le preparara tantas veces Fuensanta, pero ya era imposible.

—¿Ya empezaste a pintar, Rosa? —preguntó Teresa.

—Sí, sí, «recién» —dijo ella haciendo un guiño al intercalar su escaso vocabulario argentino—, voy a preparar una exposición en Buenos Aires, sobre temas argentinos, paisajes de la Patagonia, gauchos a caballo, el tango...

—Te atrapó la tierra —sonrió Pedro.

—Ya lo creo, en esta tierra está la esencia de la vida. Estuve viendo dibujos de Quinquela y Molina. En un almanaque —aclaró—. Son tan buenos...

—¡Como tú! —añadió Frank. Su mano se deslizó por debajo de la mesa para acariciarle la rodilla. Disfrutaba viendo cómo se azoraban sus mejillas.

No se dieron cuenta de la hora hasta que el servicio retiró el último plato. La cena se había alargado agradablemente.

—Permiso, señoras —dijo Pedro—. Tengo que robarte a tu marido un momento, Rosa.

—¿No tomarán ustedes un último té con nosotras? —preguntó Teresa.

Los dos hombres se miraron con complicidad.

—Preferimos un whisky en la biblioteca —cantaron casi

*Farro: maíz frito con cucharadas de grasa y bien hervido.

a dúo. Frank guiñó un ojo a Rosa antes de abandonar el salón.

—Pasemos nosotras a la sala, Rosa. —Teresa la tomó del brazo—. Estaremos más cómodas allá. ¡Sin hombres! —añadió elevando el tono a propósito.

La sala era muy coqueta. Rosa disfrutaba de las chimeneas, se deleitaba con el color de las llamas y el crepitar de los troncos. En su dormitorio la luz del fuego era la única que le gustaba tener prendida cuando estaba con Frank. Hasta ese momento no se había atrevido a preguntar si era el mismo dormitorio que había ocupado con su hermana. Pensar en eso le producía un pinchazo en el estómago, las manos de Frank le quemaban la piel cuando la tocaba, recordaba su cuerpo cubriendo el suyo y no soportaba pensar que hubiera compartido eso con otra mujer. Como si hubiera leído su pensamiento, Teresa le dijo:

—Frank está loco por ti.

—¿Se lo ha dicho él? —preguntó ansiosa Rosa.

—No, pero esas cosas se ven. Hacía mucho que no lo veía tan feliz. —Teresa percibió inseguridad en la voz de la joven, no debía de resultar fácil para ella.

—Supongo que la muerte de mi hermana le afectó mucho —dijo Rosa con pesadumbre.

Teresa casi se arrepintió de su comentario. Era una situación extraña ser la segunda esposa, hermana de la difunta, tan parecidas. ¿Por qué lo habría hecho Frank? ¿Y cómo se arriesgó tanto llevándola hasta allí?

—Lo cierto es que su familia siempre ha estado marcada por la tragedia. Primero su mamá y después Anna.

—¿Su madre? —quiso saber Rosa.
—Su mamá también murió accidentalmente, cayó del caballo golpeándose la cabeza con muy mala suerte. —Teresa apoyó la taza sobre la mesa—. Frank debía de tener unos doce años. Estudiaba en Inglaterra, no llevaría ni una semana allí cuando ocurrió el fatal accidente. Dios mío, enterarse así tan lejos, y sin su familia. —Teresa hizo una pausa y sus siguientes palabras sonaron a recriminación—. Su padre lo educó muy férreamente, con ese orgullo inglés, y con un odio a todo lo argentino.

—Sí, conozco su orgullo. —Rosa sonrió al recordar a Lanas.

—No me malinterpretes, Frank es el mejor hombre que podés encontrar, es solo que nuestra sociedad está evolucionando muy deprisa y nos exige tomar partido. Algún día tendrás un hijo que será argentino, ¿y entonces... lo educarás como un inglés o como un argentino?

Rosa la escuchaba con interés. Teresa le planteaba cosas que nunca había tratado con Frank. Había tanto de lo que no habían hablado... Lo que sabía de Frank era gracias a las cartas de su hermana, pero la realidad estaba resultando muy diferente.

—Las cosas están cambiando, Frank —insistió Pedro alargándole la copa—. Vos sabés, el país se dividió cuando comenzó la guerra. Tenemos una neutralidad fingida, ya viste lo que pasó en el cuarenta y dos. Y las cosas solo pueden empeorar, antes aún contábamos con el presidente Justo —Pedro hizo una pausa para beber un trago—. Ya sabés qué se puede esperar de Rawson y sus amigos del GOU.

—Sí, además está Perón, se trajo un buen puñado de ideas fascistas como recuerdo de su estancia en Italia. —Frank tomó un trago, su cara reflejaba la preocupación.

—Sin embargo, cada vez es más popular —advirtió Pedro—. Es el más firme defensor de la nacionalización. En sus discursos dice que se ha privilegiado demasiado al capital extranjero... Los hombres se están organizando. Ayer se celebró una asamblea en la estancia de Armando.

—¿Tú de qué lado estás? —Frank se irritaba con la sola mención de aquel nombre.

—Del tuyo, naturalmente, creo que ya te lo demostré a lo largo de estos años. Hay algo más que negocios y política entre vos y yo. Pero ahí tenés la intervención sobre la CHADE[*], y eso solo es el principio. Lo siguiente puede ser la intervención de la Fraternidad de la Unión Ferroviaria.

Frank meneó un poco la cabeza.

—Discúlpame, Pedro —dijo algo avergonzado por dudar de su amigo—, pero es que solo con oír su nombre me pongo enfermo.

—No sé por qué te torturás con eso, ya pasó. Vos estás empezando una nueva vida, concentrate en eso nomás. Tenés una mujer preciosa. Creá una familia con ella. Tenés que olvidar el pasado y luchar por el futuro.

—¿Y si volviera a pasar, Pedro? Me volvería loco. —Frank escondió su mirada observando la oscuridad del exterior.

—Eso es imposible, las cosas no son así, no pueden ser así. No otra vez... —Pedro le puso una mano sobre el hombro—. Tenés que tener confianza en la vida, en Rosa y sobre todo en vos, amigo.

[*]CHADE: importante empresa que fue intervenida por el Estado.

Frank esbozó una triste sonrisa.

—Mañana a primera hora saldré para Buenos Aires.

Aunque le aterrara dejar sola a Rosa, Frank sabía que ya no podía retrasar más su viaje. Desde el golpe de junio la política del país había dado un giro total hacia la Alemania nazi, la red que se estaba tejiendo era peligrosa tanto para su país como para sus propios intereses.

A la mañana siguiente a Rosa le pareció que Frank estaba muy atractivo con su traje. Él levantó a Lanas sacándolo de su canasto para darle instrucciones muy seriamente.

—Tienes que cuidar de Rosa durante mi ausencia, *do you understand me?*

Lanas lo miraba con mucha atención. Sabía que él lo había llevado a esa casa y estaba seguro de que estaba disfrutando de mejor trato que sus hermanos de camada. Rosa los observaba divertida.

—¡Guau! —contestó Lanas.

—Muy bien —dijo Frank dejándolo en el suelo.

Lanas estaba decidido a ejercer bien su papel, así que se interpuso entre Frank y la cama cuando este iba a despedirse de Rosa.

—Brrrr... —Lanas se puso a la defensiva.

—¡De los demás, la tienes que defender de los demás! No se entera... —se quejó Frank. Con un pie, aunque suavemente, lo hizo a un lado. Rosa reía la escena.

—No tardaré. En cuanto revise cómo van las obras del subte volveré a tu lado. —Frank se sentó en la cama junto a ella.

—¿Falta mucho para terminarlo?
—No, a principios de año estará listo, y creo que será el último que construyamos.
—Está bien. Creo que te esperaré. —Rosa puso cara de simulado desinterés.
—*Thank you!* —agradeció el sacrificio de ella—. Si necesitas algo tienes a los Bridges o a Pedro y Teresa... No dudes en contar con ellos.
—Sí, lo sé, lo sé. No te preocupes, estaré bien.
Él la besó en la boca ardientemente. Quería llevarse ese sabor. Aspiró su aroma y la apretó tanto contra él que ella se quejó. Volvió a besarla antes de levantarse. Cerca de la puerta, Frank se volvió intranquilo.
—¿Qué vas a hacer estos días? —le preguntó.
—Pintar. Necesito concentrarme, y contigo no puedo. Vamos, vete ya. ¡Lanas ataca!
El cachorro miró solícito a Rosa y se encaminó a todo correr hacia Frank, aunque cuando estuvo a dos pasos lo miró considerando que era demasiado grande para él. Lanas miró indeciso a Rosa, esperando una confirmación de la orden.
—¡Vamos! —le animó ella. El ataque de Lanas se redujo a un imperceptible ladrido.

33

Conociéndose

Armando tiró del reloj del bolsillo para comprobar la hora y se sentó ante su emisora de radio. La batería ya debía de estar cargada.

Miró con orgullo su equipo, construido por él mismo, pieza a pieza, con la más avanzada tecnología; contaba con las válvulas diseñadas por Forest, termoiónicas, lo que le permitía sintonizar con mayor precisión y a veces, en verano, incluso podía activar los altavoces si llegaba la señal con suficiente amplitud. Se colocó los auriculares y emitió una señal en morse esperando durante unos instantes. Al oír la respuesta sonora se acercó el micrófono ajustando mejor su frecuencia.

—Aquí LU8ARM, ¿estás ahí, LU5PMR?

—Te oigo, LU8ARM. Aquí LU5PMR.

—Tenés trabajo, tu bebito ya salió para allá. No descuidés la información, es muy importante, ahora más que nunca, ¿me entendés?

—No debe preocuparse —contestó Iñaki—, no estará ni un minuto solo aquí en Buenos Aires. En cuanto tenga noticias me comunico.

—Corto, LU5PMR.

—Corto, LU8ARM.

Iñaki desconectó su emisora. Había disfrutado de unas pequeñas vacaciones mientras el inglés se paseaba por España, estaba seguro de que no tardaría mucho en visitar a su amigo Otto. ¡Maldito espía!

Ahora él debía echar el resto. Armando le pagaba una bonita suma que complementaba con lo que percibía de la información que transmitía al FBI. Los cabrones americanos cada vez eran más rácanos, estaba claro que habían perdido interés en apoyar la causa vasca. El descontento empezaba a instalarse entre los gudaris que postulaban un cambio de actitud, una que fuera más beligerante con la dictadura española. Algunos querían iniciar ya una lucha armada contra Franco, una auténtica resistencia armada.

Armando salió de la casa.

—¡Juan! —llamó—. Ahora lo vigilás bien, me avisás cuando regrese. —Ofreció una buena propina al peón que le facilitó la información de la marcha de Frank. Ahora le tocaba a él aprovechar el tiempo.

—Gracias, patrón, no se me apure, estaré atento —dijo alejándose muy contento.

Gaucho y Armando cruzaron sus miradas. Ambos se

conocían ya demasiado bien, el viejo intuía qué pensamientos rondaban por la cabeza de su patrón.

—Patrón, permíteme, no es de machos pretender la mujer de otro hombre, «a cada gaucho, su mate».

—¡Mirá vos que dijiste! Esa galleguita es mucha hembra pa'ese inglés. ¡Ella es latina, necesita un varón de verdad! Vos sabés que los ingleses son muy raros, tan estirados, tan educados. ¡A una mujer no le gusta que le pregunten si la podés besar, ella quiere sentir que vos no podés evitarlo, que la tenés que tocar o te morís por dentro!

—Las hembras son muy especiales, patrón, «no apurés caballo flaco en cuesta arriba».

—No la voy a apurar, Gaucho, nomás la voy a enamorar, y vos me vas a ayudar, ¿no es cierto?

—«A buen mate vas por yerba».

—Andá a buscar el bandoneón, Gaucho, tenemos que hacer.

Gaucho se alejó renqueando y murmurando:

—«Más pelau que vaina de sable acabarás», patrón, «tragarás el mate con bombilla y todo». —Mientras iba en busca del bandoneón continuó con sus lamentos—: A cantar, a cantar, ¡ah!, «el que no nació pá el cielo, es inútil que mire pá arriba» —sentenció.

En Little England Lanas consiguió tirar al suelo toda la colcha en su intento de trepar por ella hasta la cama.

—Eres muy travieso, Lanas. Déjame, tengo mucho trabajo que hacer hoy.

Rosa saltó de la cama con decisión. Quería ir al pueblo, poner un telegrama a Martí, preparar bocetos para los cuadros de su nueva exposición... Se sentía exultante, mil ideas le bullían en la cabeza, por fin sentía que vivía. Disfrutaba de una inmensa sensación de libertad, conducía el coche sin preocuparse de la falta de gasolina. Al bajar del auto se frotó las manos para alejar el frío que las entumecía. La puerta de La Posta se abrió antes de que ella girara el pomo. El azar le ayudaba, pensó Armando al verla. Ella estaba preciosa, con su pelo suelto, los rizos sujetos por unos bonitos broches verdes en forma de mariposa a los dos lados de la cabeza. Se fijó en sus labios carnosos. Aquel aroma lo desarmó.

—¡Galleguita! —exclamó sorprendido.

—No soy gallega —rectificó ella poniéndose en guardia. El físico de Armando le imponía. Sus negros ojos solían mirarla fijamente, casi sin pestañear. Y su cuerpo se acercaba demasiado al de ella.

—Ya sé, ya sé... —cortó él—, pero acá vinieron tantos inmigrantes gallegos que a todos los españoles los llamamos así. Y decime, ¿qué hacés vos por aquí tan temprano?

—Suelo madrugar. Me gusta aprovechar el día.

—¿Tenés tiempo de tomar un mate conmigo? —preguntó él, esperanzado ante la oportunidad.

Rosa levantó la cara para mirarlo a los ojos antes de decidirse.

—Sí, me apetece tomar algo caliente. —Se frotó las manos, los guantes no parecían mantener el frío a raya.

—¡Bárbaro! —exclamó Armando cediéndole el paso—. Vamos a sentarnos allá, cerca del fuego. ¡José! —llamó Armando—. Mate para dos y alfajores. ¿Ya los probastes?

—No, aún no. —Le azoraba el descaro de aquellos ojos negros. Le gustaban sus cejas, anchas, negras, arqueadas.

—Son unos pasteles sabrosos rellenos con dulce de leche, además podés elegir entre los cubiertos de chocolate o los blancos. ¿Y el mate, qué decís del mate?

«Qué apasionado», pensó Rosa, que no podía evitar que la invadiera una sensación de familiaridad cuando estaba con él.

—Armando, quisiera disculpar la actitud de Frank, no entiendo... —empezó ella.

—No te apurés, linda... —El gesto de sus manos le indicó que no era necesaria la disculpa—. Aquí está nuestro mate. Gracias, José.

—José —pidió Rosa—, ¿podría enviarme este telegrama, por favor?

—Ahora mismo —José sonrió a Rosa con aprecio. Su familia y él procedían de La Coruña y, junto con su cuñado, regentaban La Posta desde hacía unos años.

Armando siguió con atención el papelito que Rosa entregó a José. En la mesa estaban dispuestos una especie de tetera, dos bombillas[*] y dos cuencos. Rosa se dispuso a servir el mate sobre los cuencos.

—No, no, chiquita, esto requiere una tradición. —Él estaba dispuesto a tomar el mando en aquella ceremonia—. No podés servir el mate como si fuera té. Mirá, primero tenés que poner el mate.

Armando llenaba la cuchara con la yerba que contenía la caja, vertiendo su contenido en los cuencos.

—¿Poner el mate? Yo creía que la yerba era el mate —dijo ella prestando atención.

---

[*]Bombilla: Especie de cañita con la que se bebe el mate.

—No, ¿qué te creés? El mate es este cuenco, es donde se pone, vos lo llenás con yerba, ¿viste? Después sacudís fuerte el mate y ahora es cuando vertés el agua. Se llama cebar el mate. Pero fijate, la pava... —Armando sonrió ante la cara de Rosa—. ¡Ay! Chiquita, vos no sabés nada. La pava es la tetera, ¿no es cierto? Bien, la pava la tenés que agarrar con la mano invertida, ¿viste? Con el pico hacia vos.

—¿Por qué?

—Es la tradición, vos estás en una tierra de leyendas y cuentos, aquí no existen porqués, aquí solo entendemos de orgullo, de honor, de patriotismo, de pasión... —Armando le hablaba con su mejor voz, clavando sus ojos en ella, memorizando su cara, poco a poco.

—¿Y por qué hay que sacudir el mate? —Rosa necesitaba distraerse de su mirada. La barba le hacía muy atractivo.

—Por la yerba, de este modo la yerba más fina cae arriba. Ahora metés la bombilla, ¡no «caña»! —aclaró él de nuevo—, tapás el orificio de arriba para que no entre aire, y acabás de cebar.

Rosa tocó el mate. Estaba hecho de calabaza y recubierto por una especie de envoltura.

—¿Qué tipo de piel es esta? —quiso saber ella.

—¡Bolas de toro!

Rosa lo soltó rápida. Armando estaba divertido ante la pelirroja.

—¡No me digas! Aquí los toros también son muy machos.

—¿Y no es cierto? —preguntó Armando riendo—. Mirá el tamaño del mate, nomás.

A Rosa le pasó el tiempo volando. Disfrutaba enormemente de aquella conversación y temía que también de la compañía.

—Tengo que irme, Armando —dijo levantándose.

—¿Por qué andás tan apurada? —De sobra sabía que el inglés no estaba. También se levantó.

—Estoy preparando una exposición, soy pintora.

—¡Qué lindo! ¿Y sobre qué pintás?

—Quiero preparar una serie sobre Argentina, la esquila de las ovejas, el tango, el mate, ahora que conozco el ritual —sonrieron—, los gauchos...

—¿Y de dónde vas a sacar el modelo? Yo puedo ayudarte en eso. Tengo en mi estancia el mejor que podés encontrar en toda la Pampa.

—¿Accedería a ser mi modelo? —preguntó ella interesada.

—¡Sin duda! Estará encantado de complacerte y si él no quiere me tenés a mí, te aseguro que soy más buen mozo que él —rio—. Tenés que venir a mi estancia. Vení esta tarde si querés. Nos encontramos en el cruce de caminos y te guío —ofreció él.

Los dos se volvieron al oír la puerta; la mujer rubia que entraba reparó inmediatamente en ellos. Armando se dirigió de nuevo a Rosa, quería apresurarse a cerrar la cita.

—¿Qué decís, nos vemos a las cuatro?

—Sí, sí —contestó Rosa algo perturbada. Sintió que debía mantener aquella cita en secreto. ¿Por qué se comportaba de esa manera?—. Tengo que irme ya.

Rosa se dirigió a la salida. Armando esperó a Elena junto a la mesa. Las dos mujeres se cruzaron.

—¡Qué sorpresa! Pensaba que no salías sin tu Frank. —Las palabras de Elena tenían sabor a recriminación.

—Eso no estaría bien —replicó Rosa—. Si no, las mujeres sin marido estarían condenadas a confinarse siempre en sus casas. ¿No crees que sería muy injusto? —Rosa siguió su camino. La antipatía que sentía por aquella mujer iba en aumento.

Armando contempló el duelo con inquietud, conocía la lengua de Elena. Cuando ella llegó a su lado se sentó de nuevo.

—El odio que sentís por Frank te traerá problemas, Armando. ¿No es por eso que rondás a esa mujer?

—Y vos, primita, ¿no pensás que te estás preocupando demasiado por él?

—¡No me llamés primita! —El gesto de Elena se agrió—. Será mejor que te alejés de esa. ¡Es la mujer de Frank! No lo olvidés. —Elena se lo dijo casi al oído, en su susurro que a Armando le pareció inquietante.

Armando la miró con odio. No soportaba la idea de imaginar al inglés encamado con la pelirroja. Ese pensamiento le revolvía el estómago.

34

Tango

Gaucho miraba a su patrón como si no le oyera bien. Se agarró con fuerza a su facón.

—¡Carajo, patrón! —se quejó—. Pero ¿vos qué pensás, que soy una atracción de circo? ¿Desde cuándo se necesitan dos machos pa'atrapar una hembra?

—Para esta sí, Gaucho. —Armando parecía concentrado en el suelo haciendo algún dibujo con el pie en la tierra.

—¿Pos no que era tan pequeñita? —se quejó de nuevo, intentando descifrar qué carajo pintaba su patrón en el suelo. Cada día andaba más raro.

—Gaucho, nunca te pedí favor alguno. —Por fin levantó la cabeza, parecía enfadado.

—«Te tié más pegau que estampilla en sobre viejo», patrón. —Las manos de Gaucho se movían rápidas como sus quejas—. ¡Andás hecho unas bolas desde que conociste a esa hembra! «Te tié sin seso, como ravioli de fonda».

—No me pongás más nervioso, Gaucho, y andate por el bandoneón, tenemos que ensayar.

—¡Otra vez! —protestó—. Pero si hasta las ovejas hacen ya el coro, patrón.

—¡Andate te dije! —insistió Armando. Estaba decidido a conquistar a la pelirroja fuera como fuera.

En Buenos Aires, el juez Covarrubias saltó de la silla al ver entrar a su amigo.

—¡Frank! —Se ajustó las gafas buscando ver mejor—. No esperaba que volvieras a Buenos Aires tan pronto. ¡Estos anteojos no me sirven de gran cosa! —se lamentó—. No envejezcas, amigo.

Se dieron un sentido abrazo.

—Oí que habías regresado y que te habías casado, ¿es cierto eso? —Esperó ansioso la respuesta.

—Sí, sí. Fue algo precipitado. En ese momento Frank prefería eludir aquel tema.

—¡Mirá vos! —exclamó—. La señora debe de ser impresionante, te cazó en menos de un mes.

Covarrubias estaba ávido de información. Se apoyó sobre la mesa para estar aún más cerca de Frank, que no había tomado asiento.

—Es la hermana de Anna —le aclaró.

—¡Carajo! —Por poco resbaló de la mesa—. Me dejaste sin palabras —Ahora sí necesitaba sentarse—. ¿Sabe ella...? —preguntó dubitativo sin atreverse a terminar la pregunta.

—No, claro que no. —Eso era precisamente lo que carcomía a Frank por dentro.

—¿Y no vas a...?

—Mientras pueda evitarlo, no.

Frank se sentía intranquilo. Cada vez tomaba más conciencia del error que había cometido llevando a Rosa a Argentina. Pero en ese momento necesitaba concentrarse en el trabajo.

—Francisco, necesito que averigües lo que puedas sobre estos hombres. —Le entregó un papel con una lista de nombres.

Covarrubias lo leyó con atención.

—Frank, estos nombres... ¡pertenecen al cuerpo directivo del GOU!

Frank asintió.

—Sé que es complicado, pero créeme, lo necesito.

El juez guardó el papel en el bolsillo de su chaleco dando dos pequeños golpes sobre él con la mano en señal de acuerdo.

Cuando Rosa llegó al cruce de caminos Armando ya la esperaba. Lo siguió en el coche por el camino polvoriento. Armando aparcó frente a la casa. Lanas saltó enseguida fuera del coche para inspeccionar el terreno.

—¡Lanas, ven aquí! —le gritó Rosa.

Armando se acercó a ella, pero el cachorro se interpuso entre los dos. Él lo miró con guasa.

—¿Esperás que esto te proteja de mí? —preguntó Armando divertido.

—No creí que necesitara protección contigo.

En tierra de fuego

—No te equivocás. —Se arrepintió de sus palabras—. Vení, te mostraré la casa.

—¿Podríamos verla luego? —pidió Rosa—. Pronto se irá la luz y prefiero dibujar ahora.

—No hay problema. Esperá. ¡Gaucho! ¡Gaucho! No andará muy lejos, nos esperaba impaciente.

Gaucho se acercaba lentamente, con la cabeza cabizbaja, la cara tapada por un sombrero que ocultaba sus arrugas fruncidas por el enojo. Un pañuelo azul atado al cuello, camisa blanca, bombachas negras, cinturón plateado y el facón colgando en la cintura componían su vestimenta, completada con las boleadoras que sujetaba con fuerza para contener sus ganas de usarlas con alguien. En sus botas relucían unas espuelas plateadas.

—¡Caramba, Gaucho, te pusiste de gala! Ya te dije que le ilusionaba la idea —apuntó Armando.

Gaucho fulminó a su patrón con la mirada.

—Encantada de conocerle, señor... —Rosa se acercó algo tímida.

—Gaucho nomás, señora —contestó él secamente.

Gaucho levantó la vista y el color desapareció por un momento de su cara. Debía de ser cosa del demonio que los muertos volvían a la vida, pensó.

—Podría ponerse allí —le indicó ella—, tengo mejor luz, y un caballo, por favor. ¿Podría haber un caballo para que él lo sujetara por las riendas? —le pidió a Armando.

—Claro, de eso sobra aquí —le contestó él.

Rosa pronto organizó la escena reproduciendo la imagen que creó en su cabeza. Ya estaba preparada para comenzar el boceto que más tarde convertiría en cuadro.

—¿Te incomoda si miro? —Armando se quedó a su espalda.
—No, no. —Ella intentaba ser paciente.
—¿Por qué lo dibujás a un lado del cuadro? —preguntó él.
—En este lado quiero añadir una fogata, será de noche y representa que vuelve de domar caballos —explicó ella, viendo que el interrogatorio iría para largo.
—Patrón, en el Día de la Tradición puede pintar la doma —intervino Gaucho con la esperanza de zafarse de todo aquello. Lanas no hacía más que revolotear a su alrededor oliéndolo.
—¿El Día de la Tradición? —preguntó Rosa curiosa.
—Es el 10 de noviembre, podrás ver competiciones de gauchos, doma de caballo... Es una gran fiesta en El Calafate, vendrán todos los gauchos de la zona. Celebramos el nacimiento de José Hernández, el autor de *Martín Fierro* —aclaró.
Armando se aproximó a ella, el olor de su pelo ascendía hasta él como el deseo que iba sintiendo por ella. Se fijó en aquellos tres pequeños lunares que tenía en su mejilla y que parecían señalar el camino hacia su boca.
—¿Te vestirás de gaucho? —preguntó ella, que notó su atrevida mirada.
Él tardó unos segundos en contestarle.
—Claro, con mis espuelas y mi cinturón de plata, mi...
—Debería pintarlo a él, no a mí. —Si el patrón quería presumir ante ella que lo dejara a él a un lado.
Armando recriminó a Gaucho aquel comentario con la mirada.
—En la casa tengo un pequeño museo de objetos que

pertenecieron a gauchos famosos de la región, después podés verlo si querés —ofreció Armando.

—Sí, claro. —Rosa dudaba sobre si realmente haría algo aquella tarde.

—¿Y qué tal si tocamos algo de música, muchachos? —Se animó Armando—. Gaucho, ¿donde tenés el bandoneón?

—Pos si no le crecieron patas, en el mismo sitio en que vos... —El tono de Gaucho expresaba su enojo con su patrón.

—Ya lo vi, gracias —cortó Armando—, callate y no te muevas, no le facilitás el trabajo a la pintorcita.

A Rosa le costaba algo de trabajo concentrarse. Lanas pegado a Gaucho, Armando dando vueltas constantemente y Gaucho con cara de pocos amigos. Reparó de nuevo en Gaucho, el brillo de su facón, que sujetaba con ganas, le recordó sin motivo el famoso espejo de su madre. ¿Dónde estaría? Ya no había vuelto a pensar en él. Debería buscarlo, se dijo. Hizo un pequeño bosquejo del espejo en la esquina del papel para recordarlo más tarde.

Armando se sentó cerca de Rosa, aunque lo suficientemente apartado como para poder contemplarla mientras pintaba. Agarró el bandoneón y este lanzó al aire unas notas entre tristes y melancólicas. Intentaba coger confianza con el instrumento. Gaucho lo miraba ansioso y le hacía señas para que se arrancara ya con el tango, no le hacía ninguna gracia que el perro le oliera la pierna.

Las notas empezaron a sonar y a Rosa le pareció que la voz de Armando la estaba envolviendo de alguna forma. La luz del cielo se apagaba poco a poco, y aquella letra tan cargada de pasión, de celos, de amor entre un hombre y una mujer le recordaba la intensidad de los escritos de su hermana. Notaba que la mano le temblaba y no podía evitar mirar aquellos ojos tan negros. De aquella boca que parecía besarla desde la distancia nacieron los versos de un tango:

Tomo y obligo, mándese un trago
que necesito el recuerdo matar.
Sin un amigo, lejos del pago,
quiero en su pecho mi pena volcar.
Beba conmigo y, si me empaña
de vez en cuando mi voz al cantar,
no es que la llore porque me engaña,
yo sé que un hombre no debe llorar.

Si los pastos conversaran, esta pampa le diría
con que fiebre la quería, de qué modo la adoré.
Cuántas veces de rodillas, tembloroso, yo me he hincado
bajo el árbol deshojado donde un día la besé,
y hoy al verla envilecida,
a otros brazos entregada,
fue pa'mí una puñalada y de celos me cegué.
Y le juro, todavía no consigo convencerme
cómo pude contenerme y ahí nomás no la maté.

Tomo y obligo, mándose un trago.
De las mujeres mejor no hay que hablar,
todas, amigos, dan un mal pago
y hoy la experiencia lo puede afirmar.
Siga un consejo, no se enamore
y, si una vuelta le toca hocicar,

fuerza canejo, sufra y no llore
que un hombre macho no debe llorar.

Fuerza, canejo, sufra y no llore,
que un hombre macho no debe llorar.

El silencio que se hizo pareció acercarlos más aún. Gaucho no se decidía a romperlo. Sin embargo, como algo instintivo gritó:

—«¡Encima del mate, chocolate!»

Armando y Rosa aún pudieron ver a Lanas huyendo de las plateadas espuelas de Gaucho después de regarlas.

—¡Hasta aquí llegué, patroncito! «De a uno come la gallina y se llena». —Gaucho arrancó a andar con ganas de retorcerle el cuello a Lanas y Rosa corrió a protegerlo.

—Lo siento, perdónelo, es un cachorro. —Rosa se apresuró a arroparlo entre sus brazos.

—¡Yo no soy el *mucamo* de las niñas! —Era un gaucho y no iba a aguantar ciertas cosas. Se encaró con Armando que, para evitar males mayores, aceptó que se fuera.

—¿Qué ha querido decir con *mucamo*? —preguntó Rosa sin entender.

Armando frunció el ceño al ver el boceto de Rosa. Había un pequeño objeto garabateado en una esquina, parecía un pequeño espejo que le resultó familiar. Lo había visto y no hacía mucho, pero no lograba recordar dónde. Miró por encima de Rosa a Gaucho, que se alejaba sacudiendo el pie, y después se concentró en ella nuevamente.

—Él quiso decir que ni vos ni yo... —¿Por qué habría dibujado Rosa aquel pequeño espejo de mano?

—¿Qué? —insistió ella.

—Uff, dejálo como está, galleguita, los gauchos son así nomás, no aguantan demasiado tiempo en un sitio, son almas que necesitan de la libertad, del aire de la pampa... ¿Cebás unos mates?

—Sí, ya no se ve mucho aquí afuera —se resignó.

Los dos se encaminaron hacia la casa dejando antes el caballete, el boceto y las pinturas en el coche.

—Rosa, ¿me regalás el boceto que pintaste? —pidió él. Aquel dibujo tenía algo que lo inquietó y no acertaba a saber qué era.

—Lo necesito para pintar el cuadro.

—Cuando terminés —insistió él.

—Sí, claro. —Lo miró extrañada.

—Y bien, ¿te gustó el tango que te dediqué? —Se mordió el labio esperando la respuesta frente a ella.

Rosa simuló sorpresa.

—¿Lo cantabas para mí? —Sus cejas se arquearon.

—¡Mirá vos! ¿Y qué pensás pues? La música es del propio Carlos Gardel —Su indignación era claramente fingida.

Rosa le dedicó una sonrisa picarona y él se fijó en el hoyuelo que le nacía en la mejilla al sonreír.

—Me gusta eso... —señaló él—. ¡Mucho!

Rosa se retiró instintivamente de él. La casa de Armando era casi como la había imaginado, como si ya hubiera estado allí. Conocía aquella baranda de madera que acompañaba a la escalera de piedra. En su interior las vigas de madera atravesaban el techo sosteniéndolo, el piso rojizo daba paso a unas paredes de color ocre que hacían de la estancia un lugar acogedor, la gran chimenea encendida señalaba el mejor lugar donde sentarse. Era una casa de gauchos argentinos, su imaginación ya estaba trabajando. Armando descubrió la fascinación en su cara.

—Acá tengo mis preciados objetos, ¿viste? Aquí tenés el cuchillo, un facón, las boleadoras, mates, el chifle, un desjarretador...

—¿Es plata? —preguntó Rosa señalando un cinturón.

—Sí, claro, cuanta más plata le ponían los gauchos al cuero, más famosos y ricos eran. Estos cuchillos grandes se usan para cuartear las vacas.

—Umm... los «cuchillos filosos» —recordó ella—. ¿A los látigos también le ponían plata?

—Sí, aquí tenés uno precioso, con mango de plata y cola de cuero. Este cuero es de...

—¡Ya me imagino de qué! —cortó rápida ella.

Armando rio recordando.

—Ven, chiquita, tomaremos el mate en la cocina.

Rosa siguió a Armando parándose a cada momento para contemplar los cuadros con motivos ganaderos, los utensilios que colgaban de las paredes... todo le fascinaba. La cocina era amplia, muy amplia. La pared frontal albergaba estanterías de punta a punta, donde se disponían frascos de cristal rellenos de miel y otras conservas. Armando tomó uno de ellos y lo dejó en la mesa.

—Me gusta estar acá —dijo él.

Rosa observaba cómo ponía el agua a calentar y disponía dos mates sobre la mesa. Cuando retiró el agua del fuego él se sentó y con una mano dio unas palmadas sobre una silla para que ella tomara asiento a su lado. Armando cogió una galleta y la untó generosamente con miel antes de entregársela a Rosa.

—Tenés que probar la miel del calafate.

—¿Es buena?

—Es dulce y muy olorosa. ¡Vamos, vamos! —la animó él.

—Umm... Sí, es dulce —reconoció.

—Cuenta la leyenda que quien prueba esta miel, antes o después regresa a El Calafate...

—¡Yo ya no podría irme de aquí! —apuntó ella.

—... para permanecer junto a la persona que se la ofreció por primera vez —continuó él, y esta vez su mirada se tornó seria, su voz grave—. Vos sabés de lo que hablo cuando te enseño todos estos objetos, lo que representa mi país, mi tierra... Vos sí sabés de su importancia. Vos y yo hablamos el mismo idioma, Rosa.

Rosa empezó a descubrir otra dimensión en Armando ahora que había dejado a un lado su actitud de «macho conquistador».

—Vengo de un país que ha vivido una guerra civil, de hermanos contra hermanos —le explicó ella asintiendo con la cabeza—. Pasamos de disfrutar de libertad, de tener una cultura y una historia propia a la prohibición más absoluta en Cataluña. Llegó un momento en que creí que me volvería loca allí.

Armando la escuchaba con atención; quizá se casó con el inglés por eso, para escapar de su país. Presentía que tenía una posibilidad con aquella mujer y no iba a desaprovecharla.

—Venir aquí ha sido una liberación —reconoció ella—. La Patagonia es tan inmensa, tan salvaje... ¡Y la carne...!

Ambos rieron. Armando le tomó una mano suavemente, de un modo natural, con afecto.

—Lo pasaste muy mal, ¿no es cierto? Pero creo que vos

sos una mujer muy valiente. En eso nos parecemos, sentimos lo nuestro y sabemos defenderlo. Mi país está sufriendo la colonización británica, y lo que es peor, hay argentinos que la apoyan.

Rosa deslizó su mano para liberarla de Armando. Él se levantó y se acercó a la ventana, debía tener mucho tacto con aquella mujer, no quería equivocarse, no con ella.

—Mi sueño es hacer de esta región una provincia autónoma: ¡la provincia de Santa Cruz! Quiero ayudar a construir mi país, a hacerlo próspero. Necesito formar parte de ese proceso. ¿Vos me entendés? Y quiero tener una mujer que me acompañe, crear una familia con ella...

Oyendo a Armando se recordaba a sí misma en sus reuniones con Pilar y los chicos. Entendía a ese hombre, más de lo que él suponía. Ojalá Frank fuera así, capaz de arriesgarse por su país, capaz de integrarse en Argentina y olvidar esa postura británica tan trasnochada.

Aquel mate no parecía tener fin; al primero le siguió otro, y otro después. De la cocina pasaron al salón y, sentados sobre la alfombra, la conversación se tornó en una charla de viejos amigos, ansiosos por conocer el uno del otro.

Intercambiaron poemas, él le habló con intención de Enric Martí i Muntaner, el poeta que tradujo al catalán *Martín Fierro*, incluso recitó algunos versos en catalán ante el regocijo de ella por sus esfuerzos en dominar el acento.

—¿A vos, qué poeta te gusta? —le preguntó.

—Miguel Hernández. —Ella no dudó—. Él fue la voz del pueblo durante la República y mientras duró la guerra. Lo mataron. —Su cara se entristeció por un segundo para volver a resplandecer—. Adoro su *Viento del Pueblo*:

Cantando espero a la muerte,
que hay ruiseñores que cantan
encima de los fusiles
y en medio de las batallas.

—Es muy poético. Recitás muy bien, Rosa.

Las mejillas de ella se llenaron de color. Armando descubrió cómo seducirla, con la palabra. Él le habló de su origen patagón, le dijo que el vocablo tehuelche significaba «gente bravía». Le contó del papel de los catalanes en la Argentina. Le contó la historia de la invasión inglesa en su país en 1806, de cómo los catalanes Sentenach, Larrea, Mateu y otros organizaron el «Cuerpo de Voluntarios Urbanos de Cataluña» para apoyar a los argentinos.

Rosa conoció de su voz la aventura de unos hombres decididos a abrir subterráneos por todo Buenos Aires hasta alcanzar la fortaleza donde se refugiaba Beresford con sus tropas. De cómo aquellos catalanes formaron parte de la Primera Junta de Gobierno argentino en premio a su esfuerzo.

—Y mi país sabe agradecer a los patriotas —resumió él.

Sin duda Armando era un hombre sumamente culto, no había más que mirar su extensa biblioteca, que le enseñaba en ese momento. Él le mostró sus libros preferidos, y a juzgar por lo gastado de sus hojas y lo rozado del lomo se observaba que los consultaba frecuentemente. No recordaba haber mantenido una charla así con Frank.

—Este —le mostró— es mi autor preferido, Raúl Scalabrini. Es el fundador del diario *Reconquista* y un gran amigo —exclamó orgulloso.

Rosa leyó el título: *Política británica en el Río de la Plata.*

—¡Ah! —exclamó Rosa mientras seguía curioseando—. «*La Argentina y el Imperialismo Británico. Eslabones de una cadena*». —Ella le miró.

—¡Soy un patagón, un tehuelche! —explicó él—. Mi raza fue casi exterminada por los mercenarios que estaban al servicio de los ingleses. Les pagaban por pares de orejas.

—No tienes que excusarte conmigo, Armando.

Era la primera vez que le llamaba por su nombre, qué bonito sonaba en su voz. Mientras ella seguía recorriendo las estanterías Armando puso en funcionamiento el gramófono. Los acordes de un tango empezaron a arañar el aire. Rosa estaba absorta entre los títulos de Perito Moreno, por aquel entonces ya sabía que ese ingeniero había sido el descubridor del glaciar que llevaba su nombre. Sabía de su vida aventurera que fue prisionero de los pehuelches. Hubiera querido tomar prestado algunos de sus libros, pero no quería problemas con Frank si se enteraba de a quién pertenecían.

De repente identificó la voz de Gardel, ahora era capaz de distinguirla de otros cantantes. Aquella voz fue llenando el espacio entre Armando y ella, hasta que la distancia con aquel hombre se redujo a la nada. Retiró su cara suavemente cuando él intentó besarla.

—Está bien —aceptó él—, guardá tus besos para cuando me los gane. Y me los voy a ganar, creéme. —La acercó más aún a él.

—Te lo pondré muy difícil. —Rosa se sorprendió de que se oyera su voz. Intentaba no temblar entre aquellos brazos, pero no estaba segura de que lo estuviera consiguiendo. Notaba aquellas manos varoniles que con dificultad frenaban sus ansias de libertad.

A Armando el tango le dio la oportunidad de recorrer el cuerpo de aquella mujer a la que deseaba ardientemente. Le invadía un calor que le estaba impidiendo pensar con claridad. Ella apoyó la cabeza en el hombro de él buscando una tregua que ni llegaba ni deseaba. Era una sintonía que la mantenía atrapada, el de él era un cuerpo fuerte que le impedía huir de un deseo que parecía compartido, lo notaba en la dureza que él le clavaba a través del pantalón. No se atrevía a mirarlo, mientras no lo mirara estaría a salvo, pensó Rosa.

35

La Cueva de las Manos

30 de octubre de 1943

El cónsul británico en Buenos Aires disfrutaba mucho de la compañía de Frank, por eso lamentaba que viviera tan alejado.

—Esperaba impaciente tu visita, tu mensaje por radio parecía importante.

Le apretó la mano con fuerza.

—Eso creo. Pero no quería arriesgarme a ser escuchado, a pesar de la frecuencia privada, nunca sabes.

—¿Y bien? *What happen?* —El cónsul le invitó a sentarse.

—Esta última semana he estado escuchando unas señales muy extrañas. —Frank hizo una pequeña pausa recordándolas—. Y no me refiero a señales de otras emisoras de radio, no. Era diferente, parecía provenir directamente del otro lado del Lago Argentino.

—¿Cómo puede ser? Eso es totalmente imposible.

—No si se trata de submarinos.

—*What?* —La sorpresa le levantó de la silla.

Los dos hombres se situaron instintivamente frente al mapa que colgaba de la pared.

—¡Submarinos alemanes en la Patagonia! —repitió el cónsul incrédulo.

—Comprendo tu sorpresa, igual me pasó a mí. Creo haber identificado dos por lo menos.

—¿Qué crees que significa, Frank?

—Que ya han empezado a transportar el oro. Los alemanes ven cercana su derrota y preparan la huida para salvaguardar un hipotético IV Reich. Me consta que tanto el Vaticano como Franco los están amparando.

—Sí, ahora que lo mencionas, me llamó mucho la atención ese detalle en tus informes.

—Las reservas del Banco de España han subido como la pólvora desde el final de la guerra civil, no es difícil imaginar de dónde provienen esos fondos. Está claro que España les apoyará en la huida. ¿Y dónde pueden hallar un escondite mejor? Todos conocemos las ideas de Perón.

—Eso explicaría también la falsa neutralidad de este gobierno ante la guerra.

—Todos los que participaron en el levantamiento del cuatro de junio están muy cercanos a la causa germana. —Frank paseaba por la habitación—. Mientras me autorizan a exportar carne a los aliados utilizan el contrabando para suministrar material a los nazis. Ahí tienes el caso de La Coruña.

—Sí, el dichoso wolframio nos está dando muchos problemas. Todos los militares están cortados por el mismo patrón.
—Los militares no, los dictadores.
—*Yes, yes, you're right.* Será mejor que nos pongamos en contacto con el *Foreign Office.*

Frank asintió. Ahora la teoría de Hugo Fernández Arturo sobre un plan denominado «Antártida Alemana», en la que identificaba la Antártida con la Patagonia, no le parecía tan descabellada.

Para Rosa, descubrir que Armando albergaba en sus propiedades una cueva con pinturas rupestres le resultaba demasiado irresistible. A pesar de que su intuición le indicaba que no debía aceptar, no pudo resistirse ante su invitación a visitarla. Recordaba la velada en la que acabaron bailando un tango como se recuerdan las cosas vividas intensamente, de un modo cercano, tanto que aún podía percibir la presencia física de Armando junto a ella, y el olor de su cuerpo, a pesar de la distancia.

Antes de encontrarse con él quiso pasar por La Posta. Se sorprendió al ver que la llegada de provisiones y viajeros suponía todo un acontecimiento en la vida del pequeño pueblo: llegaban los periódicos, los pedidos personales, las últimas noticias. Sin embargo, ella seguía sin correo de Frank. Le dolía su olvido, había pasado ya casi una semana desde que se fue. Recordó las cartas de su hermana y cómo describía las notas de amor que él le enviaba. Le costaba aceptar que con ella no fuera igual. ¿Se habría alejado voluntariamente de ella al descubrir que no podía suplantar a Anna?

Con ese torbellino en la cabeza Rosa no se dio cuenta de que se cruzó con otro coche, ni de que en ese coche iba Elena, que observó por el espejo retrovisor como ella tomaba el camino que conducía hasta la estancia de Armando. Los ojos azules de Elena se volvieron vidriosos y pensó en Frank. Sabía por su padre que estaba en Buenos Aires. Torció el gesto mostrando una mueca que por un segundo reflejó el verdadero fondo de su alma.

Cuando Rosa llegó al cruce de caminos Armando hacía rato que esperaba. Él se acercó para abrirle la puerta del coche. Le dio un beso en la mejilla, tan cerca de la boca que Rosa notó como se ruborizaba. Armando se entretuvo en mirarla, su mirada recorrió aquella camisa blanca que levemente transparentaba algo muy hermoso. El pantalón color crema se ajustaba a su estrecha cintura marcando aún más la forma de sus caderas. Unas botas altas y una chaqueta también color crema completaban su atuendo. Su pelo estaba recogido en una cola alta que hacía que sus rizos le cayeran a la altura de la nuca.

—¡Vamos! —pidió Rosa, que notaba aquellos ojos clavados en ella de forma descarada. Le costaba mantener la mirada ante él. Sin duda era un hombre muy atractivo.

Juntos emprendieron el camino hacia la Cueva de las Manos. Tomaron el sendero que conducía hasta el valle del alto río Pinturas. Rosa estaba absorta contemplando el espacio de tierra, del Lago Argentino, que el agua del deshielo pronto cubriría.

—Ya llegamos. —La voz de Armando la sobresaltó. Aquel lugar escondía el origen de la tierra, del mundo, y ella estaba allí. Armando la ayudó a pasar por encima de la valla que cercaba la entrada a la cueva.

—Está vallado por el pozo —explicó él—. Si venís cuando está oscuro puede ser muy peligroso, el terreno está siempre muy húmedo. Antes teníamos problemas con el abastecimiento de agua, había que llevar al ganado a la parte norte. Pero leí que los indígenas australianos sabían cómo encontrar agua sin tener que perforar. Contraté un zahorí y conseguimos encontrarla. ¿Viste alguna vez un zahorí buscando agua? —preguntó él.

—No, pero tengo entendido que utilizan unos palos de madera, ¿no?

Armando miró a su alrededor y regresó con un bastón seco y embarrado. Con la navaja fue moldeándolo hasta dejarlo en forma de «Y».

—Mirá, chiquita... —Sujetó los dos extremos de la vara y se fue acercando al pozo lentamente bajo la atenta mirada de Rosa. La vara se levantaba temblorosa. Rosa lo miraba entre curiosa e incrédula.

—¿Qué decís, galleguita? —Esperaba impresionarla.

—Que lo mueves tú. Déjame a mí.

Rosa arrancó la vara de las manos de Armando y se concentró en la labor, pero la madera permanecía inmóvil. Armando la observaba divertido.

—No se levanta —se quejó ella arrugando la nariz.

—Bueno, en eso los hombres llevamos siglos de ventaja.

Se rieron. Armando se situó tras ella, le sujetó con cuidado las muñecas y le susurró muy cerca:

—Concentrate ahora.

Pero a Rosa le costaba concentrarse con él tan pegado

a ella. Sentía el aroma y notaba la fuerza de sus brazos alrededor de ella.

—¡Se levanta! ¿Cómo lo has hecho? —exclamó ella.

—Estas cosas siempre se hacen mejor entre dos.

Ambos sonrieron un momento. Rosa se giró para mirarlo.

—¿Cómo pudiste casarte con él? —preguntó él a bocajarro.

A Rosa le sorprendió la pregunta, pero no le contestó. Se separó de él para dirigirse a la entrada de la cueva.

—Dejame ayudarte. —Él reaccionó rápido tomándola de la mano—. La cueva está por aquí, solo tenemos que subir esta pequeña colina.

El interior de la cueva se fue iluminando con las antorchas de aceite que Armando iba prendiendo a su paso.

—La descubrió el Perito Moreno —le explicó Armando—. Dicen los historiadores que la visitaron que es anterior a la era de Cristo.

Pero Rosa se había quedado sin habla. La visión de centenares de manos que ocupaban las paredes la tenía extasiada. Las manos estaban dispuestas en tres franjas diferenciadas. El color rojo y ocre predominaba. Rosa se acercó a la pared.

—Fíjate, Armando, han utilizado dos técnicas. En este lado —señaló— las manos debían de estar previamente impregnadas de pintura y después las imponían sobre la pared. Y en esta franja, en cambio —reclamó su atención—, primero debieron apoyar las manos sobre la pared y la pintura era lanzada sobre ellas, no sé con qué utensilio o mecanismo. ¡Es... es... Estoy muy impresionada! ¡Quizá estemos ante los primeros pintores de la historia!

En tierra de fuego

Armando se situó detrás de Rosa, que contemplaba extasiada las pinturas.

—Siempre pensé que las pinturas respondían a algún ritual mágico —explicó él—. Imagínate esos hombres y mujeres, con cuencos llenos de pintura, quizá de sangre, impregnando sus manos con ella y decorando una cueva en la roca.

Rosa cerró los ojos.

—Pidiendo algo a sus dioses. Casi pueden sentirse —susurró él.

Seguramente respondería a una ilusión, pero a Rosa le pareció estar oyendo los sonidos que aquellas mismas manos arrancaban de un tambor quizás y un coro de voces que lanzarían al aire sonidos guturales. Movió la cabeza sacudiendo suavemente el pelo, sentía libertad estando allí, alejada de la vida real, en un lugar sagrado donde vivieron los antiguos y primeros habitantes de aquellas tierras. Notaba como si su cuerpo fuera otro, y ella otra mujer.

Armando se acercó más. La observaba mientras ella mantenía los ojos cerrados. Se situó tras ella, le cogió las manos para ir subiéndolas poco a poco hasta que estas tocaron la pared, sobre otras manos que miles de años, antes que ella, estuvieron allí. Rosa se dejaba llevar, imaginaba a aquel hombre como uno de aquellos primitivos que se acercaban a la mujer que les gustaba, sin más complicaciones, sin más pensamientos. Movió su cabeza hacia atrás, apoyándola en el hombro de él, y permaneció así con los ojos cerrados, su cuerpo pegado al de él, quieta.

Armando acercó su boca a la de ella, estaba a punto de conseguirlo, pensó, pero Rosa abrió los ojos de repente.

Vio el atractivo rostro de Armando sobre ella y sus labios rozando los suyos. Rápidamente se liberó.

—Esperá. —Armando apoyó el brazo en la pared intentando cortarle el camino—. ¡No serás feliz con él! ¡Tu hermana tampoco lo era!

—¡Eso no es cierto! —Rosa intentaba zafarse de él sin éxito, sus manos la agarraban con fuerza.

—¿Cómo estás tan segura? Vos no estabas aquí.

—¡Ella me lo dijo!

Armando se quedó tan confuso que apenas se dio cuenta de cómo Rosa salió disparada de la cueva.

En los siguientes días Rosa evitó encontrarse de nuevo con Armando, no tanto porque le molestara su alusión a su hermana, o a su felicidad con Frank, sino porque se estaba acostumbrando fácilmente a estar con él. Percibía el deseo en los ojos de él y la necesidad casi constante que tenía de rozarla cuando estaban juntos. Su sonrisa, sus bromas... Le empezaba a gustar aquel hombre, con él tenía la sensación de estar continuando una vida que parecía haber empezado mucho antes de que se conocieran, ¿en otra vida quizá? Negó con la cabeza.

Tenía tantas cosas en que pensar... Seguía sin noticias de Frank a pesar de ir a La Posta en busca de ellas. Pero lo único que encontró allí fue ver de nuevo a Elena. Se pasó las manos por los brazos, un frío extraño le invadía el cuerpo al recordarla, aquella mujer le provocaba repelús. Elena le contó que fue muy amiga de su hermana, y que podían intentar serlo ellas también, pero a Rosa sus palabras le parecían huecas, falsas.

En tierra de fuego

Decidió concentrarse en terminar los cuadros que presentaría en la exposición. Cada día tras el desayuno y una pequeña charla con la señora Bridges se encerraba en su estudio. Había recobrado de nuevo su tranquilidad interior. Allí estaba a salvo de Armando. Decidió no pensar más en él, y recordar sus momentos con Frank. Recordaría el instante en que él volvía del trabajo al atardecer, cuando entraba precipitadamente en el estudio para auparla agarrándola por la cintura y besarla con cuidado de no arañarle la cara, aunque al final siempre les ganaba el deseo.

Recordaría sus noches en las que después de cenar él se sentaba en el sillón del dormitorio y ella se acurrucaba encima. Les gustaba estar así, a veces se explicaban lo que habían pensado o hecho durante el día, otras veces ni hablaban, les bastaba con sentirse. Él entretenía una mano en su pelo y ella dibujaba con los dedos las pequeñas arruguitas que Frank empezaba a tener cerca de los ojos. ¡Cerraría los ojos y pensaría en él! Su cuerpo lo extrañaba mucho.

36

El Día de la Tradición

9 de noviembre de 1943

Frank abrió con decisión la puerta de su dormitorio. Se notaba que había subido las escaleras deprisa, llevaba aún el sombrero puesto, y soltó con ganas la pequeña maleta sin preocuparse de dónde o cómo cayera. Recorrió con la mirada toda la habitación buscándola. Giró la cabeza al oír abrirse la puerta del baño y Rosa apareció con una toalla que atrapaba a duras penas su melena rojiza, con un albornoz blanco que se esforzaba en cubrir su cuerpo. Los dos se miraron con ansiedad. Ella empezó a dibujar una leve sonrisa, él contemplaba su cuerpo húmedo que empapaba el albornoz dibujando sus formas, ocultando unos pechos y unos muslos que conocía ya muy bien.

Estiró el brazo hacia ella sin moverse, con la mano abierta esperó que llegara a él. Liberó su melena de la tiranía de aquella toalla. Olió su pelo húmedo apretando fuertemente el cuerpo al de ella. Paseó la boca por su mejilla, buscando los labios sabrosos de la mujer.

—No me he afeitado —susurró.

—Bésame —pidió ella.

Él la apretó tan fuerte que notó como su virilidad se clavaba en ella. Por fin el albornoz se deslizó imparable hasta el suelo. Los dedos de él empezaron a recorrer lentamente su cuerpo, mientras ella lo despojaba de su ropa. Rosa notaba que su piel ardía por cada camino que él emprendía. El cuerpo de él pronto abarcó el suyo haciendo que se sintiera la mujer más deseada del mundo. Todavía no entendía cómo él podía ser tan impetuoso y tan sensible al mismo tiempo, pero sus sentidos empezaban a estar tan exaltados que no conseguía seguir pensando, solo se preguntaba cómo habría resistido vivir sin conocer algo así. Con ella en brazos Frank buscó la comodidad de la cama para hacerla suya. En el camino de vuelta de Buenos Aires su mente imaginó el roce de su piel, sus formas, su fragancia... pero ahora la imaginación se esfumó. Eran sus manos la que la tocaban, su boca la que la estaba besando, y era él el que la penetraba con todas sus fuerzas, la quería tener como ahora, debajo de él, pero también encima, dejando que ella fuera su dueña.

Noviembre trajo consigo un gran bullicio al pueblo. Era día 10 y El Calafate celebraba el Día de la Tradición, el día grande para los gauchos que exhibían sus habilidades ante gentes venidas de otras regiones. Rosa se aseguró que llevaba papel y lápiz en el bolso, por si hacía algún bosquejo.

Las gradas de madera acogían al numeroso público que desde muy temprano había empezado a llegar. El pequeño pueblo triplicaba su población ese día, la calle principal era un ir y venir constante de gentes, La Posta vivía una actividad frenética. En el cielo las pequeñas columnas de humo de las chimeneas daban vida y hasta calor a las bajas temperaturas matutinas.

Rosa sintió más fuerte el brazo de Frank sobre su cintura y se giró hacia él.

—¿Te duele? —le preguntó él rozando suavemente la mejilla con la mano.

—No, no te preocupes, en un par de días no se notará. —Le emocionó su preocupación.

—Debí tener más cuidado —se excusó—, pero es que no haces más que provocarme. —Frank la besó de nuevo.

Rosa tenía las mejillas enrojecidas y la camisa no terminaba de esconder el pequeño cardenal que lucía su cuello.

—¡Es el fruto de la pasión! —suspiró ella sonriendo. Frank la miró cautivado.

—*I'm so sorry!* —Le estampó un beso rápido.

—¡Patrón, patrón! —gritó uno de su peones desde la caballeriza donde aguardaban sus potros para la exhibición.

—¿Me disculpas un momento? ¿Por qué no te reúnes con Pedro y Teresa? Enseguida estoy con vosotros.

Rosa asintió. De camino a las gradas disfrutaba de la visión de aquellos hombres vestidos especialmente para la fiesta. Uno de ellos se dirigía hacia ella, seguro, con paso firme. Su corazón se aceleró. Armando estaba realmente muy atractivo, vestía camisa blanca, bombachas, sombrero y botas negras. Las espuelas plateadas brillaban con orgullo al toparse con la luz del sol, en su cinturón un facón con mango de plata se balanceaba al ritmo de su paso. Él la alcanzó rápido. Había pasado mucho tiempo sin verla.

—¿Qué le pasó a tu cara? —Armando contuvo las ganas de tocarla.

—No es nada. —Rosa se subió un poco el cuello azorada ante su mirada y apretó el paso hacia las gradas.

Armando no dejó que siguiera y la agarró del brazo. No parecía importarle dónde estaban ni que los vieran.

—Te lo hizo él, ¿no es cierto? —Apretó la mandíbula conteniéndose.

Rosa se revolvió indignada.

—Suéltame, no es asunto tuyo lo que pase entre mi marido y yo.

—Solo me preocupo por vos. Rosa, escuchame. —Su voz se agravó por la preocupación—. No quisiera que por nada del mundo te pasara algo. No me lo perdonaría. ¡No a vos!

—¿A qué te refieres?

Pero la respuesta de Armando no llegó. No era el momento ni el lugar, pensó él. Ahí llegaba su primita. Armando la miró fastidiado.

—¿Interrumpo algo? —preguntó Elena.

Armando se acercó a la pelirroja.

—Cuidate de él —le susurró antes de alejarse molesto por la presencia de Elena.

—Sabés —Elena se dirigió a Rosa mientras veía alejarse a Armando—, personalmente no me gustaría estar en tu lugar.

Rosa la miró sin entender.

—¿Cómo estar segura de que los hombres te desean a vos en lugar de a tu hermana? ¡Sois tan parecidas!

Rosa intentaba averiguar los verdaderos pensamientos de Elena, pero aquel marmóreo rostro escondía perfectamente cualquier atisbo de sentimiento.

—¿Desde cuándo estás enamorada de Frank? —preguntó Rosa a bocajarro, deseosa de descubrir de una vez el juego de aquella mujer.

—No sabés de lo que hablás. —La boca de Elena esbozó una forzada sonrisa, tan forzada que acabó transformándose en un rictus que pareció congelarle la expresión.

—¡Yo creo que sí! Es mejor que hablemos de una vez, sin rodeos. Te caí mal desde el primer momento, o quizá antes incluso de que llegara, pero puedes estar tranquila, ¡es mutuo! ¿Qué pasó? ¿Pensabas ocupar mi lugar? Desde luego, fue evidente que no esperabas mi llegada.

—¿Y a qué viniste acá? Vos no sabés honrar al hombre con el que estás casada. ¿Creés que no sé qué te traés con Armando? ¿Frank está enterado?

—No te atrevas a meterte en mi vida. ¡Ni se te ocurra! —Los ojos de Rosa estaban encendidos.

—¿Y vos sí podés meterte en la mía? Anna me habló de vos pero es cierto, no esperé que llegara a conocerte jamás. ¡Y así debió ser!

La llegada de Frank las interrumpió

—¡Ah, os habéis encontrado! Tus padres, Elena, nos están saludando, será mejor que ocupemos los asientos cuanto antes.

Las dos mujeres se miraron con recelo, con ganas de decirse algo más, pero la exhibición iba a empezar. Los gauchos, al ritmo que la voz del presentador reclamaba, aparecían a caballo. Armando, descarado, centró su atención en Rosa tocándose el sombrero con la mano e inclinando la cabeza para saludarla cuando pasó por delante de las gradas. Frank se giró hacia Rosa molesto, necesitaba ver la reacción de su cara. Sin duda ella estaba admirando aquella exhibición de belleza masculina. Su respiración se hizo más lenta.

Las primeras actuaciones correspondieron al uso de las boleadoras. Rosa admiró aquel alarde de destreza de los hombres que, a lomos de sus caballos, movían las tiras de cuero a las que ataban unas piedras pulidas que utilizaban para dar al blanco que habían dispuesto en la improvisada plaza. Pero aún le quedaba por ver el número estrella, el que arrancó un fuerte griterío del público. Los gauchos se preparaban para iniciar la jineteada, algo similar a la doma. Armando había aguardado su turno tranquilo. Esperó con calma que taparan los ojos del caballo con el pañuelo. Lo montó agarrando con fuerza la cincha. A su señal soltaron el lazo que mantenía sujeto al animal al poste. Los saltos del caballo cada vez eran más y más bruscos. No llegó al minuto encima del caballo, pero en el mismo instante en que notó que iba a ser despedido, se sujetó con fuerza al cuello del animal deslizándose sobre su lomo y haciéndolo caer al suelo con su impulso. El caballo quedó patas arriba y el jinete se sentó con rapidez sobre él. Levantó el brazo y el tiempo se paró. Gaucho lo miró asombrado, el alumno superaba al maestro con creces.

Junto con el trofeo Armando recogió el ramo de flores y sin pensarlo, con ellas en la mano se acercó a las gradas. Frente a él estaban su tía Teresa y Elena, pero aquellas flores no serían para ninguna de las dos. Las lanzó con una sonrisa burlona y a Rosa le cayeron en las manos.

Frank apretó la mandíbula como si así pudiera encajar mejor el golpe y arrancó aquellas flores de las manos de Rosa.

—¿Por qué te las ha regalado? —le preguntó airado.

—No sé, será una simple galantería. ¿Qué importancia tiene? —Intentó restar gravedad a la provocación de Armando.

—¡Mucha, Rosa, mucha! Eres una mujer casada, ¿por qué no se las dedicó a su tía o a su prima? —Frank le agarró el brazo.

—Frank, no empecemos otra vez.

—¿Tienes algo que contarme, Rosa? —insistió Frank de nuevo.

Rosa lo miró entre desconcertada y ofendida.

—¡No!

Frank se levantó como un resorte y pisó las flores antes de dejar las gradas. Rosa le llamó, adivinaba hacia dónde iba.

—¡Frank! —Pero él no escuchaba.

—¡Estarás satisfecha! —le recriminó Elena.

—¡Elena, por favor, no tengo ganas de escucharte!

—Pues deberías. Hay muchas cosas que vos ignorás de esta tierra y sus gentes. —La sujetó—. Dejá que lo arreglen de una vez, no te metás, por tu bien. Créeme.

Rosa vio a Pedro que seguía a Frank. Quizá fuera buena idea seguir el consejo de Elena, quizá esa fuera la única forma de descubrir qué se escondía bajo aquellas miradas cruzadas de odio que se profesaban los dos hombres.

En tierra de fuego

***

Armando seguía con la vista fija en la puerta del establo, esperándolo.

—¡No te acerques a mi mujer! —La cara de Frank llevaba toda la rabia que había acumulado en aquellos años contra él.

—Eso debería decírmelo ella, ¿no creés? —Armando ardía en deseos de pegarse con el inglés. Se separó de la columna en la que estaba apoyado y se puso frente a Frank.

—Patrones, por favor, tengamos la fiesta en paz —intervino Gaucho.

—¡Vamos, inglés! —le jaleó Armando—. ¡Entre vos y yo! —Retiró hacia atrás su sombrero preparándose para la lucha—. Arreglemos esto de una vez, como lo hacen los machos.

—¿Crees que esta es la forma de ganar a una mujer? ¿Piensas que el que gane se la queda? —Frank lo miró con tanto desprecio como odio. Se acercaron más.

—La perderás, inglés. ¡Igual que perdiste a la hermana! —Armando rio desafiante.

—¡Hijo de puta! —Frank le asestó un puñetazo que lo hizo caer, pero Armando se levantó rápido y embistió contra él. Los dos rodaban por el suelo dándose golpes.

—¡Patrones! ¡Ustedes son unos caballeros! —Gaucho gritaba al tiempo que intentaba separarlos.

—¡Agarre a su patrón! —gritó Pedro a Gaucho.

Gaucho lo intentaba mientras Pedro lo hacía con Frank, pero ambos se escapaban de sus manos y volvían a pegarse. Las huellas de los golpes pronto aparecieron en sus rostros, en los que la sangre brotaba por la boca y las cejas. Un corrillo de hombres se formó a su alrededor.

—¡Ayúdennos a separarlos! —pidió Pedro.

Los dos se miraron con odio cuando, frente a frente, se vieron separados por aquellos hombres. Gaucho consiguió sacar a Armando de allí. Frank recogió su sombrero del suelo secándose con el revés de la manga el hilillo de sangre que le salía por el labio. Estaba enfadado también consigo mismo por haber caído en el juego de Armando. Ya fuera de las caballerizas seguía oyendo su voz como un martillo. Miró a Pedro, pero entre los dos las explicaciones sobraban.

—¿Qué sacás de esto, patroncito? —preguntó Gaucho, ya más tranquilo por estar de vuelta en la estancia—. No es de machos levantarse la mujer de otro.

—Gaucho, «yo soy toro en mi rodeo y torazo en rodeo ajeno».

Gaucho se dio por vencido. Cuando el patrón citaba a Martín Fierro la cosa se ponía fea, se alejó mascullando para sí.

Frank lanzó furioso su sombrero sobre el sillón del dormitorio.

—¡Si te ha regalado las flores será por algo! —insistió—. ¡Lo ha hecho delante de todo el mundo!

Rosa se soltó el pelo liberándolo de la cinta. Estaba enojada y casi le gritó.

—¡Ya te he dicho que no ha pasado nada! ¡Lo habrá hecho únicamente para molestarte y por lo que veo lo ha conseguido!

—¿Estás segura de que solo se trata de eso?

—Pero ¿qué te pasa con ese hombre? ¡No me estás dejando respirar! —Rosa se preguntaba si Elena le habría hablado de su encuentro en La Posta. Pero ella no podía saber nada más.

—¡Te pedí que no te acercaras a él! —Frank le hablaba furioso, agarrándola de nuevo del brazo.

—¿Por qué? Dime, Frank, ¿qué ha pasado entre vosotros? —Ella lo veía magullado, con la camisa por fuera, interrogándola de aquella manera...

—¡Nada! —Él le dio la espalda.

—¿Por qué eres así conmigo? —Su paciencia se estaba agotando ante su silencio, ahora era ella la que tiró de él—. ¡Con ella no eras así! —Con el pelo revuelto Rosa parecía una gata enjaulada.

Él se acercó con la intención de enfrentar aquella parte de su relación.

—¿Por qué tienes que compararte constantemente con ella? —Las palabras de Montserrat se adueñaron de su cabeza—. ¿Te casaste conmigo solo porque fui antes su marido?

Los dos se miraron fijamente. Les pareció que era la primera vez que se veían.

—¡Yo no soy ningún trofeo, Rosa! —Su rostro era una mezcla de dolor y enfado.

—¿Y tú por qué te casaste conmigo? ¿Porque seguías enamorado de ella y yo te la recordaba? ¿Por eso cambiaste repentinamente de opinión y fuiste a buscarme?

Él se quedó helado. Viéndola así comprendió que, si en

algún momento descubriría la razón por la que decidió casarse realmente con ella, jamás se lo perdonaría. Tenía que reaccionar.

—Rosa... Si pudieras saber lo que siento por ti, no me dirías eso. —Intentó abrazarla.

Pero Rosa estaba demasiado cansada de esperar palabras que él no pronunciaba. Furiosa, abrió el armario, tomó su cajita de madera y, con un movimiento nervioso, sacó las cartas. Las cartas de su hermana. Frank la seguía extrañado, no entendía que en ese momento se pusiera a leer cartas. Ella fue hacia él con la cara encendida y los ojos enrojecidos de cólera.

—¡No, Frank, no puedo saber qué sientes por mí, quizá porque nunca te has molestado en decírmelo! ¡Pero sí sé lo que le decías a ella, lo que le hacías sentir a ella! —Rosa le arrojó las cartas a la cara.

El lazo se soltó y las cartas cayeron al suelo en una cascada, algunas se abrieron al contacto con el suelo. Frank recogió una intentando comprender qué significaba todo aquello. Sus ojos se posaron en el papel. La lectura de aquella carta hizo que su cara perdiera el color. Se agachó a por otra, aquello era una tortura... ¡Ahora entendía! En un empeño inútil por borrar aquellas palabras rasgó la carta que sostenía en sus manos. Rosa se abalanzó sobre él para impedir que siguiera.

—¡No tienes ningún derecho a romperlas, esas cartas son mías! —Ella empezó a recogerlas del suelo, pero él se lo impidió sujetándola con toda su fuerza.

—¡Rosa —su ronca voz la frenó más que su abrazo—, no quiero que el pasado se interponga entre nosotros! Yo no soy un hombre al que le resulte fácil, ni cómodo, hablar de estas cosas, de sentimientos, yo no... Pero si lo necesitas, si es importante para ti, lo haré, ¡haré lo que sea para no perderte!

Rosa consiguió soltarse. ¿Y aquellos encuentros apasionados, aquellas bonitas palabras de amor, todo aquello que esperó y que no llegaba? Una gran decepción la estaba envolviendo.

—¡Mi vida no tendría sentido sin ti! ¡Tienes que creerme! —Ella no se dejó abrazar de nuevo.

—¡Eso también se lo dirías a ella millones de veces, y mírate, en menos de seis meses te has casado con otra mujer! —Lo empujó enfadada.

Frank reaccionó indignado.

—¡Pues no olvides quién es esa otra!

Se miraron con rabia, aunque aquellas cartas que seguían esparcidas por el suelo y el silencio que invadió el espacio les llevó a darse cuenta de que los dos se estaban encelando. Él por Armando y ella por Anna. Frank cerró los ojos cuando sintió las manos de ella que lo tocaban libremente. La besó. Su beso se tornó cada vez más salvaje. ¡Nunca había sentido tanta ansiedad por una mujer! No les dio tiempo a despojarse de la ropa, las manos de él tentaron su cuerpo apretando, agarrando con tanta fuerza que la mezcla de dolor y placer se unieron. Él notaba cómo las uñas de ella se clavaban en su carne, eso hacía que la apretara con más ganas contra él. Cayó al suelo con ella, sobre las malditas cartas, con una mano apretaba la cabeza de ella hacia él, para notar aún más su lengua, la humedad de su boca, la ansiedad de sus besos, sus mordiscos, mientras con la otra levantaba apresuradamente su falda buscando. Se incorporó levemente para deslizarle las bragas, liberó su miembro y lo encajó hasta el fondo, sin miramientos. Ahora ella no era Rosa, ni su mujer, ni su esposa, ahora simplemente era su hembra y él el único macho que iba a poseerla.

Esa noche Frank no pudo dormir. No se conocía a sí mismo, había algo en aquella mujer que lo transformaba. No era propio de él arrancarse a golpes, ni protagonizar escenas de celos. Sentía que cada día se volvía más posesivo con ella, pero ¿cómo no serlo? Miró a Rosa, que dormía tranquila. Recogió las cartas que seguían desparramadas por el suelo y bajó al despacho a leerlas. Necesitaba saber qué conocía Rosa de su vida anterior, qué le escribió su hermana.

Rosa extendió la mano sin abrir los ojos. Buscaba el cuerpo de Frank pero su lado de la cama estaba frío. Se puso la bata y las zapatillas y fue a buscarlo. Lo encontró con el rostro serio, parecía haber envejecido de repente. Él la miró y tragó saliva, había pasado allí el resto de la noche, leyendo. Las cartas estaban sobre la mesa del despacho perfectamente apiladas.

Rosa caminó hacia él. Tenía el recuerdo de la noche anterior y quería que eso permaneciera entre ellos. Hizo que él se separara de la mesa y se sentó sobre sus rodillas, le rodeó el cuello con los brazos y apoyó la cabeza en su hombro.

—Me gustaría —pidió él con voz bajita, como temiendo romper el silencio— que te deshicieras de esas cartas. Pertenecen a un pasado que yo no quiero recordar y que no necesitamos que esté entre nosotros. —Él le acariciaba el pelo mientras hablaba—. Por favor.

En tierra de fuego

—Está bien —aceptó ella—, pero me gustaría que me explicaras qué tienes con Armando. ¿Por qué esa inquina entre vosotros? —Lo miró esperando una respuesta.

—Nunca hemos simpatizado. Él mantiene una ideología totalmente opuesta a la mía. —Carraspeó—. Pero si no quiero que te acerques a él es porque en cada uno de sus gestos, en cada una de sus miradas noto cómo te desea. Y eso no lo puedo soportar. No me fío de él. Por favor, mantente alejada de él. Prométemelo —le pidió mirándola.

—Está bien —la voz de Rosa fue casi un susurro. ¿Qué pensaría Frank si supiera las veces que se había visto con Armando?

Le besó suavemente sobre las heridas que la pelea con Armando habían dejado en su rostro.

37

El Casal

15 de noviembre de 1943

Durante la siguiente semana todos los habitantes de la casa se volcaron en apoyar a Rosa con los preparativos de su exposición de pintura. Ayudaron a embalar los cuadros, estuvieron pendientes de que se transportaran y, lo que les costó más, intentaron que la pintora descansara un mínimo de horas cada día. La exposición en el Casal de Cataluña ya se anunciaba en los principales periódicos de la capital. En los días que pasarían en Buenos Aires Rosa tendría la oportunidad de encontrarse con Martí. Había mantenido regularmente correspondencia con él. Sabía que viajaría a Argentina como integrante de una expedición organizada por la Cámara de Comercio de Barcelona. Rosa esperaba que le llevara noticias de su casa, de su padre, de Fuensanta.

En tierra de fuego

***

Con Frank las cosas se habían calmado, únicamente la noticia de la próxima llegada de Martí a Buenos Aires pareció enturbiar algo su relación con él. Pero no hablaban de nada que tuviera que ver con Anna o Armando, aunque Rosa lo notaba más posesivo con ella desde aquella noche en que él leyó las cartas de Anna.

—A tu hermana le gustaba escribir, no puedes tomar el contenido de esas cartas al pie de la letra, eso es la realidad muy, muy adornada —le dijo Frank—. Ahora ya me conoces, sabes cómo soy. Yo no hablo así, ni digo esas cosas. Soy un hombre de carne y hueso. Pero un hombre que quiere pasar la vida contigo.

El viaje a Buenos Aires le permitió a Rosa conocer la mansión que Frank poseía en la falda del río El Tigre. Cuando llegaron de España apenas estuvieron el tiempo necesario en Buenos Aires para que ella comprara la ropa y todo lo que pudiera necesitar, por eso, y por no haber avisado a la servidumbre, Frank prefirió alojarse en un hotel. A Rosa la mansión se le antojó un lugar mágico, a la orilla de un inmenso río por el que, durante todo el día, navegaban numerosos barcos fluviales cargados de troncos de sauce y álamo. Rosa quiso saber el origen del nombre.

—¿Por qué El Tigre? —preguntó a Frank acurrucándose junto a él. Después de comer se quedaban un buen rato en el jardín contemplando el río.

—Viene de muy antiguo, allá por el mil seiscientos más

o menos. Se cuenta que era el sobrenombre con el que se conocía a un hábil cazador de yaguaretés de la zona. Los yaguaretés es el nombre que damos aquí a los tigres americanos —le aclaró él.

Todas las mañanas Rosa iba al Casal a supervisar la preparación de la exposición. Esas visitas previas le dieron la oportunidad de adentrarse en la historia del que ahora llamaban Casal de Cataluña, ya que en un principio, le explicaron, llegaron a coexistir dos entidades: el Casal Catalán y el Centro Catalán. En tiempos de la guerra civil representaron las vertientes catalanista y democrática, sin embargo pronto comprendieron que debían unirse, más aún estando tan lejos de su tierra.

El día de la exposición el taxi enfiló la calle Chacabuco deteniéndose en el número 863. Rosa y Frank subieron las escaleras hasta el segundo piso sin prisas y ella apretó con fuerza la mano de Frank. Notaba cómo las malditas mariposas que revoloteaban por su estómago no cesaban de moverse. Como cuando era pequeña, se pellizcó con fuerza la falda a la altura del muslo. Él le pasó la mano por la cintura y la miró, una punzada de orgullo masculino le invadió ante la mirada de aquellos hombres. Rosa cada día lucía más bella. Aquel vestido verde hacía que el color de su pelo se encendiera más.

**

En tierra de fuego

Rosa respiró hondo ante la hermosa vidriera de la puerta de entrada a la sala y leyó otra vez aquella frase que Francesc de P. Aleu había hecho grabar en ella: *Catalunya i Avant*. ¡Adelante!, se repitió a sí misma, adoptando el lema oficial del Casal. Sobre la repisa de la entrada estaban dispuestos numerosos ejemplares de la revista *Catalunya*. En la portada una foto de ella ante uno de sus cuadros anunciaba al público la exposición. Se sentía mimada.

El Casal Catalán desempeñaba el papel de Consulado Catalán en Argentina. Frank tenía muy presente lo que pensaban de él en aquel lugar, pero por Rosa vencería la incomodidad que le producía entrar allí. El espíritu de clan, que rodeaba a todo lo catalán, hizo que se volcaran en su apoyo a Rosa. La inauguración se anunció como todo un acontecimiento en la notable sociedad bonaerense, en la que la comunidad catalana gozaba de una alta consideración por su trayectoria de apoyo e integración en el país.

En el centro de la enorme sala se había dispuesto un bufet al que la prensa estaba convocada. Tras unas aduladoras palabras del presidente sobre la trayectoria pictórica de la artista, y una especial mención a su belleza, se hizo un gran silencio que dio paso a los sonidos más maravillosos que Rosa creía haber oído jamás. Eran las notas de *Els Segadors*, el himno nacional catalán. Al compás de la música las voces de los presentes se unieron en una sola:

Catalunya triomfant
tornarà a ser rica i plena!
Endarrera aquesta gent
tan ufana i tan superba!

Bon cop de falç!
Bon cop de falç, defensors de la terra!
Bon cop de falç.

Ara és l'hora, segadors!
Ara és l'hora d'estar alerta!
Per quan vingui un altre juny
esmolem ben bé les eines!

Bon cop de falç!
Bon cop de falç, defensors de la terra!
Bon cop de falç.

Que tremoli l'enemic
en veient la nostra ensenya:
com fem caure espigues d'or,
quan convé seguem cadenes!

Bon cop de falç!
Bon cop de falç, defensors de la terra!
Bon cop de falç.

Frank vio cómo los ojos de Rosa se empañaban. El reencuentro con Martí fue educado pero frío. Por Rosa, que ya lo había visto en sus visitas al Casal, Frank sabía que Martí estaría en la capital al menos un mes.

—Estoy algo nerviosa —dijo ella, intentando cortar aquel silencio tan opresivo entre los dos hombres.

Frank le apretó la mano para darle seguridad y tranquilizarla.

—¡Será un éxito, estoy seguro!

—Rosa —cortó Martí—, deberías atender a los periodistas, ya te esperan.

Martí no perdonaba a Frank la manera en que le había robado a Rosa, su mirada transmitía sin disimulo todo su resentimiento.

—¡Frank! —A su espalda Frank encontró al juez Covarrubias, que le ofrecía la mano al acercarse a él—. Gracias por la invitación.

—Te acompaño, Rosa. —Martí aprovechó la oportunidad para llevar a Rosa ante los periodistas; se manejaba bien en aquellas situaciones.

Rosa tomó el lugar que minutos antes ocupara el presidente del Casal ante el atril. La pequeña rueda de prensa comenzaba. Los periodistas se mostraban interesados en la obra de Rosa durante la guerra. Uno de ellos alzó la mano identificándose como corresponsal de *Clarín*. Su pregunta fue directa.

—Señorita Sarlé, ¿conoce los rumores que circulan sobre la muerte de su hermana? ¿Cree que pudo no ser un accidente como se dice?

Rosa creyó no entender bien la pregunta y buscó en Martí una confirmación. Frank prestó atención al rumor que crecía al fondo de la sala hasta averiguar el porqué de aquel murmullo ascendente. La cara de Rosa estaba completamente blanca y Frank se acercó a ella con el ceño fruncido. El periodista se apresuró a repetir la pregunta, conocía a Frank y se sabía descubierto.

—Señor Bennet-Jones, ¿conoce los rumores que circulan sobre su participación en la muerte de su primera esposa?

Frank se abalanzó sobre el periodista propinándole un puñetazo. El juez Covarrubias le sujetó a tiempo de evitar que asestara un segundo golpe. Se organizó un tremendo tumulto, los flashes de las fotos ahogaron las voces por un segundo. Martí, rápido, se apresuró a sacar a Rosa de la sala, refugiándola en uno de los despachos. Rosa apoyó sus manos sobre la mesa intentando respirar profundamente.

—¡Martí! —consiguió pronunciar finalmente—. ¿Has oído a ese hombre?

—Será un malentendido, Rosa. —Aunque interiormente no pudo dejar de alegrarse.

La puerta se abrió sin aviso. Rosa apretó con fuerza la mano de Martí.

—Esperaré fuera. ¿De acuerdo? —Martí se dirigió hacia la puerta dejando paso de mala gana a Frank, que se apresuró a cerrar tras él.

—Siento que hayas tenido que oír esas cosas, sobre todo en un día como hoy. —Su mirada era sombría.

—¿Qué significa todo esto, Frank? —Ella lo miraba sin entender.

Frank intentó acariciarle el pelo, pero ella se lo impidió enérgica.

—Rosa, no puedes creer todo lo que oigas. Soy un hombre con muchos enemigos que darían lo que fuera por verme hundido.

—¿Por qué ha dicho eso? —insistió ella.

—Ese hombre trabaja para *Clarín*, ese periódico está relacionado con Armando. Créeme, todo esto no es más que una maniobra suya para separarte de mí.

—No lo entiendo, Frank, no puedo entenderlo, no discutimos una sola vez en que no salga el nombre de Armando. ¿Qué tiene contra ti? ¿Qué puede haber en la muerte de Anna que resulte sospechoso? ¿Qué?

En tierra de fuego

Frank se pasó la mano por la frente, tenía que pensar rápidamente qué iba a decir.

—¡Nada! —Se hizo un silencio hiriente entre los dos—. Creí que nunca tendríamos que hablar de esto. He procurado manteneros a tu familia y a ti al margen.

—¿Al margen de qué? —Le asustaba la respuesta de Frank.

—El día en que murió Anna, ella quiso que fuéramos al Perito Moreno. —Algo en la garganta le dificultaba el habla.

Rosa asintió.

—Cuando llegamos a la explanada, Anna sintió frío, me pidió que fuera a buscarle el chal al coche mientras descansaba. La dejé allí sentada, al principio del camino y regresé al coche. ¡Te aseguro que no fueron más de unos minutos! Pero cuando volví Anna no estaba donde la dejé. La llamé, no me contestó. Bajé hasta la siguiente terraza por si hubiera ido hasta allí pero tampoco la encontré. Entonces salté la valla de madera y decidí buscar fuera del itinerario. Anna sabía que era muy peligroso salirse del camino, lo sabía.

Frank cerró los ojos, tomó aire. Su rostro parecía haber envejecido de golpe.

—Y... allí estaba, tendida en el suelo... Parecía... dormida, estaba... Me acerqué a ella... y... tenía un trozo de hielo clavado en el corazón.

Rosa se llevó una mano a la boca ahogando un grito. Frank miró al suelo inmóvil y continuó hablando entrecortadamente.

—Caí de rodillas a su lado, mirándola. Esperaba, esperaba que abriera los ojos. —Apretó la mandíbula con fuerza recordando con dolor y cerró un momento los ojos—.

No sé cuánto tiempo estuve allí antes de reaccionar. Luego la cogí en brazos y me la llevé al coche.

—¿Y cómo pudo clavársele el hielo? —A Rosa le costó pronunciar las palabras.

—Con el deshielo bloques enteros de hielo del glaciar caen al agua. Son bloques muy grandes, al hundirse en el agua sus astillas suben despedidas hacia arriba con gran potencia. El glaciar es un lugar peligroso. Ya han muerto varias personas allí, por eso vallaron el paso. No sé por qué ella lo cruzó, no lo entiendo. Ella lo sabía.

—Y, si han muerto más personas así, ¿por qué sospechan que tú tuviste algo que ver con su muerte?

—Porque aunque fuera un accidente ese hombre sabe que eres lo único con lo que puede hacerme daño. ¡Quiere sembrar la duda en ti!

—¿Por qué no me lo contaste? ¿Por qué no dijiste que murió así?

—Sois su familia, preferí que pensarais que tuvo una muerte más dulce. Creí que una caída, un golpe rápido en la cabeza sería menos doloroso. ¡Qué sé yo, Rosa! Uno no piensa claramente ante algo así. —Frank le ciñó la cintura pendiente de la reacción de ella—. ¿Me crees, Rosa? Es lo único que me importa, que me creas tú.

Rosa lo miró confusa. Frank le cogió las manos para acercarla a él.

—Sé que han pasado muchas cosas entre nosotros, malentendidos, pero jamás, jamás hubiera hecho algo así. Yo no soy un asesino.

* * *

En tierra de fuego

Antes de volver a la sala Frank la besó con suavidad. Para los dos fue un alivio comprobar que los periodistas habían desaparecido. Rosa respiró hondo y se mezcló de nuevo con los invitados, no quería que nada estropeara aquel momento. Frank buscó al juez Covarrubias deseando que no se hubiera marchado.

—Gracias, imagino que has hecho que esas sanguijuelas se fueran. No quiero que aparezca una palabra en la prensa de lo que ha pasado. Lo necesito, es importante —le pidió Frank.

—No te preocupés, ¿cuándo te fallé? —Los dos hombres se miraron con complicidad.

En el otro extremo de la sala Martí presentaba a Rosa a la señora Esther Masdeu, a la que también le acababan de presentar. Su colección de pintura, dijo él, era de las más valoradas en toda Sudamérica. Rosa y ella conectaron rápidamente, su pasión por la pintura hizo el resto. Martí las dejó hablando, momento que aprovechó para ir al encuentro de Frank.

—Espero por el bien de Rosa que nada de lo que ha dicho ese hombre sea cierto.

—¡Y no lo es, Martí! Aunque no dudo que te gustaría mucho que así fuese, ¿verdad? Eso te dejaría el camino libre con ella.

—Lo que siente por ti se le pasará. No sería la primera vez que pasa.

—¿Y ahí entras tú? —preguntó Frank.

—Tú lo has dicho —añadió Martí en tono desafiante.

—Estás loco si crees que voy a dejarte el camino libre con mi mujer.

—Puede que eso no dependa de ti. ¿No lo has pensado?

La llegada de las mujeres hizo que Frank se refrenara.

—¡Frank! —recriminó la señora Masdeu—. Es imperdonable que no hayas anunciado tu enlace en *The Buenos Aires Herald*, como corresponde a tu posición. Querida, estos hombres no aprecian los pequeños detalles.

—No. Lo estoy comprobando. —Las palabras de Rosa salieron cargadas de intención.

Como tras cada tormenta, en los siguientes días Frank hizo lo imposible porque la calma llegara a su relación con Rosa. Seguían en Buenos Aires y se dedicaba por entero a ella. La presentó a sus amistades de la capital, visitaron el Saint Michael's, el Pickwick Club, el Saint Thomas Mores Society. Rosa tuvo ocasión de probar los *scones*, las famosas tartas de pan del Richmond, entre las calles Corrientes y Lavalle, y disfrutó de la atmósfera literaria de la ciudad, de sus tertulias. Presenció algún que otro partido de polo donde pudo admirar a su marido como jugador. A pesar de que las dudas la asaltaban en algún momento, estaba disfrutando de su estancia en Buenos Aires.

Compensaba el ambiente anglófilo del círculo de Frank alternándolo con la compañía de la señora Masdeu, con la que mantenía largas charlas. Con ella descubrió el teatro Colón, incluso tuvo ocasión de saludar a Victorina Durán. Conocía muy bien su trabajo en el Teatro Escuela de Madrid, pero como a tantos otros, la guerra la llevó al exilio y ahora trabajaba como diseñadora de decorados y vestuario en el Colón.

El tiempo pasaba agradablemente en la casa de El Tigre. El recorrido desde el centro de Buenos Aires viajando en el precioso tren de madera, cruzando aquellas estaciones de aire inglés, de maderas rojizas, atravesar el embarcadero y remontar el río hasta la casa se le antojaba una aventura emocionante.

Sus conversaciones con la señora Masdeu la habían ayudado a sentirse más tranquila.

—¿Por qué me preguntas eso, Rosa? ¿Qué quieres saber exactamente, si Frank y tu hermana eran felices? —le preguntó a su vez la señora Masdeu.

Rosa asintió con la cabeza algo avergonzada, pero en ese momento la señora Masdeu conocía perfectamente el torbellino que habitaba en la cabeza de aquella jovencita.

—Estimada, el matrimonio es la mejor escuela de actores que he visto en mi vida. No puedo decirte si se querían o no, si eran o no felices, pero sí puedo decirte que Anna pasaba largas temporadas en Buenos Aires mientras Frank seguía en El Calafate.

Rosa la miró sorprendida.

—Yo nunca he perdido mi tiempo preguntándome esto o aquello. Interésate solo por el instante que estés viviendo. ¡Esa es la esencia de la vida, el momento! —La señora Masdeu le guiñó un ojo.

Rosa miró inconscientemente la inscripción de su pulsera.

—¡Creo que seguiré su consejo! —contestó más animada.

38

La sombra de Anna

2 de diciembre de 1943

De vuelta a El Calafate Rosa llevó consigo unos bonitos recuerdos que casi habían borrado el mal momento que vivió el día de la inauguración de su exposición. Su vida ahora tenía muchas y variadas realidades. Agradecía el aire en la cara y la vista de aquella tierra sin límites. Aquel paseo le estaba sentando bien. Acarició la cabeza del caballo calmando el relincho que le avisó de la llegada de otro jinete.

—¡Qué bien que pude ubicarte! —La voz de Armando sonaba alegre, la había echado mucho de menos en ese tiempo de ausencia.

—¿Cómo te atreves? —exclamó ella cuando Armando sujetó las riendas frenando el caballo de Rosa. —¡Suelta! —le exigió ella.

—Vení, necesito hablar con vos.

—¡Pero yo no! ¡Hundiste mi presentación con tus insidias! —le recriminó.

—¡Es la única salida que encontré! ¡Debo protegerte! —admitió.

Rosa bajó del caballo y arrancó a andar. Armando la alcanzó rápido.

—¡Tenés que escucharme, galleguita! ¡Es importante!

Rosa lo apartó de un golpe.

—¡Ya murieron otras personas del mismo modo que mi hermana! ¡Solo buscas perjudicar a Frank y para eso me has utilizado!

—¡No! Si estuve con vos es porque quiero estar con vos. Pero decime, ¿te explicó él por qué la enterró la misma tarde en que murió? ¿Por qué impidió que le hicieran la autopsia? —Se puso frente a ella—. Anna conocía ese terreno muy bien, sabía el peligro al que se exponía si dejaba el camino. ¿Por qué iba a saltar la valla?

Rosa lo escuchaba ahora con atención.

—¡Pensá, Rosa, pensá! Frank estaba solo con ella. Pudo clavarle un estilete o algo parecido. La herida de una astilla de hielo y un estilete afilado es prácticamente la misma. Pudo hacerlo él. ¡Pensalo, por favor, tengo miedo por vos! —Armando le hablaba agitado.

Rosa dio un traspié hacia atrás, tenía el rostro desencajado. Su cabeza no quería admitir todo lo que estaba oyendo.

—Tu historia no tiene sentido, ¿por qué iba a hacerlo?

Armando acercó su cara a la de ella.

—¡Ella iba a dejarlo! Por eso la mató.

—No, mi hermana lo quería. Ella era feliz con él. Lo sé. Lo explicaba en sus cartas.

Armando dudó un momento al ver el sufrimiento en su mirada y respiró hondo antes de decirle la verdad.

—¡Anna era mi amante! —Armando observó la reacción en el rostro de ella.

Rosa retrocedió de nuevo. De repente, las cosas empezaban a cobrar sentido: lo diferente que estaba resultando Frank, su familiaridad con Armando desde el principio, la reacción de Frank al leer las cartas...

—¡Yo soy el hombre que tu hermana describía en sus cartas, Rosa! ¡Fue conmigo con quien vivió todo lo que pudo explicarte en ellas! —Armando se acercó a ella—. Si te enamoraste por las cartas, ¡te has casado con el hombre equivocado, chiquita!

Unas lágrimas resbalaron por el rostro de ella.

—Rosa... —susurró.

Ella salió corriendo. Aunque la sujetó por la muñeca en un intento de detenerla, prefirió dejarla ir.

—¡Necesitás tiempo, linda! —se dijo.

La vio alejarse con tristeza, esperando que su confesión no la alejara de él, pero era preciso que supiera la verdad. Agachó la cabeza para calarse el sombrero. Algo en suelo brillaba, se agachó a recogerlo. Leyó con atención la inscripción de la pulsera: *Momentos*. En la parte de atrás rezaba: *Con amor, Frank*. Armando apretó el objeto en la mano en señal de triunfo.

Frank consultó otra vez el reloj con preocupación. Tras la ventana la luz ya hacía rato que había desaparecido, la estancia de los Valdés era su última esperanza de encontrar a Rosa.

—No ha ido a comer, salió esta mañana a cabalgar y desde entonces nadie la ha visto. No sé si le habrá ocurrido algo. Estoy muy preocupado —les explicó nervioso.

—Mis hombres nos ayudarán también, Frank.

—Gracias, Pedro, por tu apoyo. Me preocupa que no sepa volver a casa. Por la noche la temperatura baja mucho y ella no conoce el terreno. —Frank apretó las manos hasta casi hacerse daño.

Elena seguía la situación con atención. Deseó con todas sus fuerzas que la intrusa no apareciera, aunque, ¿estaría en la estancia de Armando?

Teresa miró a Elena, asustada por la expresión de su cara. Si no fuera su hija…

El cementerio, con la escasa luz de la luna y un farolillo, empezaba a resultar un lugar frío, inquietante. A Rosa le dolían las rodillas, aquellas pequeñas piedrecitas del suelo se le clavaban en la piel. No sabía exactamente el tiempo que había pasado y la voz del hombre la sobresaltó.

—Señora Bennet-Jones, recién cerramos.

Rosa miró por última vez la tumba de su hermana. Ojalá pudiera comunicarse con ella. Quizá esa fuera su venganza desde el otro mundo por casarse con Frank. Había conseguido a su marido, pero ahora no le dejaría ser feliz con él. Decidió volver a casa.

—¡Señora, señora, el patrón tiene horas buscándola con los hombres, está muy apurado por usted!

Rosa desmontó sin decir nada. En la puerta de la casona los Bridges salieron a su encuentro.

—Señora, ¿está bien? —preguntaron los dos de forma atropellada.

Ella asintió con la cabeza.

—Necesito descansar. Buenas noches.

Cuando Frank llegó a la casa se precipitó escaleras arriba ante la indicación de la señora Bridges de que Rosa había vuelto. Tenía mil preguntas en su cabeza, pero al abrir la puerta comprendió que tendrían que esperar; no esperaba encontrarla así, calmada, dormida. Pestañeó pensativo y permaneció allí sentado a su lado hasta que la luz empezó a iluminar la estancia. Miró el reloj y echó un último vistazo a Rosa antes de abandonar la habitación. Una vez en el estudio de pintura buscó cualquier cosa que pudiera darle una pista. Y a su pesar lo encontró. Pasó las hojas de aquel cuaderno y encontró el rostro de aquel maldito hombre: Armando. Con rabia arrancó la hoja, arrugándola como si así pudiera acabar con él. Con ese pensamiento se dirigió con paso firme a las caballerizas. Ensilló a toda prisa y montó con un solo propósito en la cabeza.

—¡Me da igual, aparta! —Frank empujó al hombre que le abrió la puerta de la casa. Armando interrumpió su desayuno al oír el alboroto.

—Mirá vos quién es, me evitás un viaje, inglés —dijo alegremente Armando poniéndose en pie—. ¡Tengo algo para vos!

Armando se dirigió al bufet del comedor. Sin prisas abrió uno de los cajones hasta que encontró lo que buscaba. Levantó la bolsita de terciopelo a la altura de los ojos de su rival y la balanceó desafiante.

—¡Debo felicitarte por tu gusto con las mujeres, es bárbaro! ¡Creo que esto es tuyo!

Frank vació el contenido de la bolsita en la palma de su mano.

—La inscripción es perfecta, inglés, ¡qué momentos! —Armando estaba disfrutando.

La cara de Frank adquirió un aspecto blanquecino. La pulsera le quemaba en la mano.

—¡Eres un cobarde, Armando! Presumes de macho pero para hacerme daño te tienes que servir de una mujer.

—¡Siempre tengo que acabar lo que vos empezás, pero esta vez, inglés, el final será diferente, no voy a dejar que la matés!

Para cuando Gaucho y los muchachos llegaron el salón se había convertido en una batalla campal, una furia incontenida se había apoderado de los dos hombres.

Rosa encontró el estudio todo revuelto. Estaba recogiendo el cuaderno del suelo cuando la puerta se abrió de un golpe dejando ver a Frank, que llegaba con una cara desconocida para ella, y no era por los golpes que mostraba. Sus ojos parecían puñales que se clavaban en ella.

—¿Dónde estuviste ayer? —Frank empujó con rabia la mesa dejando caer al suelo los pocos objetos que quedaban en ella—. ¿Estuviste con él? ¿Te acostaste con él? ¡Contéstame, Rosa, contéstame! —Frank la agarraba de las manos con fuerza.

—¡No! —gritó ella intentando zafarse.

—¡No me mientas! ¡No te atrevas! —El tono de su voz se elevó mucho más—. ¡Esto me lo ha dado él! ¿La olvidaste en su cama?

La pulsera casi le arañó la cara. Instintivamente Rosa observó su muñeca.

—¡Debí de perderla cuando intenté alejarme de él! —Se sorprendió.

—¿Y qué hacías con él? —Su rabia no lo dejaba pensar con claridad.

—Supongo que hizo lo posible por verme... Lo encontré cuando salí a cabalgar. —Ahora Rosa se revolvió enfadada, retirándose el pelo de la cara—. ¿Quieres preguntas, Frank? Pues dime, Frank, dime, ¿por qué no me contaste que Anna y Armando eran amantes? ¿Por qué me dejaste creer que las cartas que recibía de mi hermana hablaban de ti?

Frank no estaba preparado para aquello y tardó un tiempo en contestar. Se separó de ella buscando calmarse.

—No es fácil para un hombre aceptar que su esposa se acuesta con otro. Y menos reconocerlo ante la mujer que quiere. —Frank calló, pero ella esperaba más—. Supongo que no quería que pensaras que quizás Anna tuvo que buscar a otro porque yo no era capaz de complacerla como hombre.

—¿Crees que fue por eso, Frank?

—Dímelo tú —pidió él.

—Quizás aún no me lo has contado todo, Frank. —Rosa necesitaba salir de allí. Él intentó acercarse a ella.

—¡No me toques! ¡Me pareces un completo extraño! —Su mirada se posó en él cortante.

Rosa necesitaba estar sola, reflexionar sobre todo lo que había sido su vida con Frank. Se decidió a subir a la buhardilla por primera vez desde que llegó allí. Necesitaba encontrar algo entre las cosas de su hermana que le explicara realmente qué relación mantuvo con aquellos dos hombres. ¿Estarían mintiendo los dos? Intentó comprender a Frank: si Anna fue la amante de Armando eso explicaría su inquina por él, su esfuerzo para que ella no lo frecuentara. Quizá pensaba que por su parecido con su hermana Armando se interpondría de nuevo entre los dos. Y su hermana, ¿habría estado enamorada de Armando?

Su cabeza en esos momentos era un puzzle sin componer. ¿Por qué Frank decidió casarse con ella tan repentinamente? ¿Por amor? En ese caso fue muy valiente sabiendo que antes o después se enteraría de todo y que acabaría conociendo a Armando. Había demasiadas incógnitas en su mundo, demasiadas preguntas y demasiada ansiedad por conocer las respuestas.

Se concentró de nuevo en el contenido de aquella buhardilla, donde la mayoría de las cajas estaban rotuladas: ropa, libros, objetos personales... Las abrió una por una, removió aquí y allá, pero no estaba, el famoso espejo no estaba. ¿Tendría aquel objeto alguna importancia? ¿Por qué no podía olvidarlo?

Frank entró en la casa de Pedro y Teresa como en la suya propia. Elena salió a su encuentro.

—Mis padres no están, Frank. Podés ubicarlos en el pueblo si es urgente.

—En realidad quería hablar contigo, Elena.

Elena apreció su rostro apesadumbrado, esa expresión le resultaba familiar y de no hacía demasiado tiempo.

—Necesito hablar con alguien o me volveré loco. Creo

que voy a perderla, Elena —dijo empujando su sombrero hacia atrás—. He sido un estúpido. Nunca debí traerla aquí.

—¿Lo decís por Armando?

Se miraron con entendimiento. Frank se puso de pie.

—No he podido ser más torpe, he hecho exactamente lo que él quería que hiciera.

Elena le tomó la mano con cariño.

—¡No es justo que pasés por esto otra vez!

—Lo cierto es que yo tampoco he sido justo ni sincero con Rosa. Creí que la estaba salvando cuando en realidad quería salvarme a mí mismo. Me enamoré de ella sin querer reconocerlo, se me presentó la excusa perfecta para engañarme, para traerla conmigo, sin pensar en sus sentimientos cuando descubriera la verdad. ¡He sido un imbécil!

Elena se acercó protectora. Ella mejor que nadie sabía lo que era vivir ese dolor, sabía que ese momento llegaría, lo presintió cuando vio a Rosa la primera vez. Pero, a diferencia de Frank, ella no estaba dispuesta a perder otra vez. Ya se arriesgó en una ocasión y no dudaría en volver a hacerlo. Hasta ahora se había mantenido al margen esperando acontecimientos... Hasta ahora.

De vuelta en la casona Frank se extrañó por los ruidos que provenían de la habitación contigua. Aquella habitación, la que compartió con Anna, no se usaba desde su muerte. Le sorprendió encontrar a Rosa allí, con la cama cubierta por su ropa y ocupada llenando aquellos cajones. Frank cerró la puerta tras de sí.

—¿Qué estás haciendo? —le preguntó.

—Ya lo ves —ella contestó secamente.

—Rosa, no sé qué más decirte, me equivoqué. —Se acercó a ella, pero no fue suficiente para detener su vaivén—. Vamos, Rosa, esto no es necesario. —Le quitó la prenda de las manos reclamando su atención.

Ella lo miró tan fríamente que Frank dio un respingo.

—No estoy acostumbrada a que me traten así. ¡No me apetece estar contigo!

—¿Es por las cartas? —preguntó torpemente.

—Es por todo, Frank, por todo. Yo no soporto esta... esta falta de sinceridad, esta desconfianza que me tienes.

Él la miró confuso. Quizá fuera el momento de decirle que lo sabía todo sobre ella, que sabía de sus servicios al Consulado británico en Barcelona... Quizá... Pero ¿cómo contarle qué le hizo decidirse a casarse con ella? Lo despreciaría aún más. Desde el principio una gran mentira la unió a él, y ahora la verdad no haría más que alejarla.

Rosa siguió escribiendo sin hacer caso al toc-toc de la puerta.

—Soy Margaret, señora —anunció la señora Bridges—. Me envía el señor, está preocupado por usted. No ha cenado nada.

Por fin la señora Bridges logró dejar la bandeja con leche y galletas sobre la mesa. Las cosas no iban bien, pensó, nada bien. Al entrar de nuevo en la cocina encontró a su marido sentado ante un té humeante.

—¿Está bien la señora? —preguntó, aunque en realidad no preguntaba eso.

La señora Bridges meneó la cabeza.

—Frank es para mí como nuestro hijo. ¡Me duele verles así! —dijo ella.

—Ya es un hombre. Él sabrá qué hacer.

Sin embargo, ella no estaba convencida de eso.

Rosa no conseguía conciliar el sueño, ni siquiera la leche templada la ayudaba. Encendió la luz de la mesilla sobresaltada. Salió corriendo hacia el baño con la mano en el estómago como si con ese gesto pudiera detener lo que venía. Estuvo un rato devolviendo. De nuevo en la habitación contempló el vaso y el plato vacíos. Recordó las palabras de Armando: «Ella iba a dejarlo, por eso la mató».

39

El Perito Moreno

4 de diciembre de 1943

Esa mañana Rosa esperó a que Frank ya se hubiera ido para salir de la casa. Ni siquiera bajó a desayunar. Una idea fija ocupaba su mente. Se agarraba con fuerza al volante del coche, no sabía qué podía encontrar, ni siquiera si lo encontraría, contaba solo con las indicaciones que José, el de La Posta, le acababa de dar a regañadientes. Un frío intenso le recorría el cuerpo. Ni cuando trasladaba fugitivos había sentido un nudo tan fuerte en el estómago.

Presentía que ese momento podía decidir el resto de su vida. En el exterior del coche la vida seguía su ritmo calmado, relajado. A través del cristal la rodeaba el espectáculo más bello que la naturaleza podía ofrecerle. Empezaba a conocer los árboles: los coihues, alguna lenga... Era maravilloso ver todo aquello sin notar la presencia del hombre. Ver correr a la liebre patagónica, los guanacos paseando... Pero a medida que se acercaba al glaciar le llegaba un rumor ensordecedor que se cortaba de vez en cuando.

Reconoció lo que debía de ser la Cueva de los Suspiros, le tranquilizó reconocer que iba por el camino correcto. Aparcó el coche al final del sendero, en la pequeña explanada. Avanzó a pie por la vereda, caminando en paralelo al glaciar. Empezó a descender por las piedras que improvisaban una escalera. Una valla, hecha con troncos cruzados, detenía el precipicio que la separaba del agua. El agua era el único elemento entre la pared del glaciar y ella. ¿Sería esa la valla que cruzó su hermana?, se preguntó. El espectáculo la tenía impresionada, cogió aire y siguió descendiendo más lentamente, pues el suelo estaba muy resbaladizo.

A simple vista el Perito Moreno debía de tener cuarenta o cincuenta metros de altura, sobre el agua flotaban enormes icebergs que dejaban entrever grandes troncos de árboles atrapados por el hielo. Algunos bloques se separaban de la masa glaciar levantando una enorme nube de agua y hielo al impactar con el agua. El agua le golpeaba la cara cada vez con mayor intensidad, estaba llegando abajo, el estruendo era atronador ahora.

Miró hacia arriba y se quedó inmóvil, extasiada, contemplando la belleza salvaje del glaciar. La parte superior de aquella montaña de hielo se estaba resquebrajando. Qué imagen, pensó, si pudiera retenerla en su memoria... La grieta crecía al mismo tiempo que el crujido que provocaba. Se estaba desprendiendo, pero no podía dejar de mirar cómo, poco a poco, crecía la inclinación de aquel bloque de hielo, tanto que empezaba a caer rozando la pared del glaciar. Rosa era consciente del peligro, pero algo más fuerte que ella la mantenía allí, no podía irse sin averiguar si aquello pudo matar a su hermana. Necesitaba y quería creer en Frank.

El bloque de hielo se despeñó y entró en contacto con el agua. Fueron unos segundos, tan rápidos como sus latidos, en los que Rosa lo vio hundirse y contempló cómo se rompía en mil astillas que emergían hacia arriba empujados por una gigantesca ola que crecía. En aquel preciso momento una fuerza desconocida la empujó hacia atrás y cerró los ojos esperando el impacto. Su espalda chocó con algo muy fuertemente, un peso le oprimía todo el cuerpo impidiéndole respirar. No podía moverse, giró la cabeza hacia un lado intentando evitar la lluvia de agua y hielo que le caía encima.

«Lo estoy sintiendo», pensó, «sigo viva, noto el dolor, el peso, la opresión». El estruendo disminuyó muy lentamente. Rosa decidió abrir los ojos y miró sorprendida. Aquel peso sobre ella era el de él, que la protegía con su cuerpo. Estaba tan empapado como ella y cubierto de trozos de hielo.

—¿Tú? —preguntó cuando recuperó las fuerzas.

—José me contó. ¡Sos una imprudente! —Armando parecía estar muy enfadado con ella.

Un nuevo chasquido los alarmó. El bloque de hielo casi los rozó cuando se levantaron del suelo.

—¡Vámonos de aquí! ¡Ya! —gritó Armando. La agarró tan fuertemente de la mano como era capaz, sin importarle si le hacía daño, evitando que ella se dirigiera a las escaleras.

—¡Por ahí no, estarán bloqueadas! —gritó.

—¿Por dónde entonces? —preguntó Rosa desorientada; era la única salida.

Armando tiraba de ella, se acercaron aún más a la pared de hielo situada frente al glaciar. Rosa se asustó antes de ver que una enorme gruta de hielo se abría ante ellos. El frío era inmenso, pero Rosa estaba demasiado absorta ante la belleza de la gruta como para darse cuenta.

—¡Vamos, vamos, no te pares! —le dijo Armando gritando y tirando de ella—. ¡Estas grutas no son seguras, el techo es muy fino!

Armando respiró al llegar al final de túnel cogiendo aire.

—¡Hemos cruzado al otro lado! —exclamó ella intentando coger aire—. Ahora entiendo que aparecieras tan de repente.

—Es un viejo camino que utilizaban los contrabandistas, no lo conoce casi nadie en esta zona. En otra ocasión te explicaré su origen. —Armando desató su caballo.

—No puedo montar con esta falda —se quejó ella al ver las intenciones del hombre.

—Claro que sí. Montá como las mujeres nomás, la pollera* no te incomodará, no te preocupés.

Armando, desoyendo sus quejas, la subió sentándola de lado sobre el caballo.

—Venga aquí, cosita. —La atrapó entre sus brazos con ganas.

*Pollera: falda.

En tierra de fuego

Rosa se sentía cansada, estaba demasiado excitada para pensar, prefería abandonarse al calor que le transmitía el cuerpo de Armando, que la mantenía abrazada. Le costaba mantener los ojos abiertos, recostó la cabeza sobre el pecho de él y se dejó llevar. Durante el camino le pareció que él le susurraba algo, pero ya no distinguía entre la realidad y su imaginación.

Armando se detuvo junto al coche de Rosa y desmontó con ella en brazos, con cuidado de no despertarla. La sentó en el interior del coche, ató la brida del caballo al guardabarros trasero y se sentó al volante. La miró un instante y se acercó con mucho cuidado para no despertarla, pero finalmente ella abrió los ojos. Rosa miró al hombre, tenía pequeños cortes en la cara, intentó acariciarle el rostro pero él le atrapó la mano.

—¡Tenés que decidirte, galleguita, estoy ardiendo por vos! —Mientras le acariciaba la cintura, Armando se inclinó sobre ella. Sus bocas casi se rozaban, él esperó hasta ver algún interés en ella—. La tengo todita soñada en mi mente linda. Estoy loco por vos.

Rosa se estremeció. Aquella necesidad que le mostraba le hacía sentirse tan deseada que le tentaba más que cualquier cosa. Él acababa de arriesgar su vida por ella, y no entendía cómo estando los dos empapados notaba aquel inmenso calor. Sabía que tenía que hacer algo, quizá detenerlo, frenarlo, pero él esperaba otra cosa y el roce de sus labios en la mejilla le estaba borrando la capacidad de pensar. Armando cerró los ojos para concentrarse solo en aquel beso cálido que le transportaba lejos de allí, sentía el cuerpo de ella tan mojado que podía imaginarla sin ropa. Era el cuerpo de una diosa y ahora estaba con él.

En el asiento trasero del coche Lanas despertó de su largo letargo. Abrió los ojos, alguien se inclinaba sobre su ama. Recordó lo que le pidió su amo y como no quería defraudarle, saltó como una fiera sobre el sombrero de aquel hombre y lo mordió con fuerza, pero el objeto se desplazó y Lanas cayó con él.

—¡Carajo! —exclamó sorprendido Armando—. ¡Mirá quién es! ¡Devolveme el sombrero, Flecos!

—¡Lanas, se llama Lanas! —rio ella.

—¡Ni una hebra le quedará como lo atrape! —Armando estaba molesto por la interrupción. Rosa se incorporó y le pidió volver.

Cuando Frank llegó a la casa buscó a Rosa. Quería aclarar las cosas con ella, intentar arreglarlo. La extrañaba. Llamó a la puerta del dormitorio, pero no recibió contestación. Decidió abrir. La habitación estaba desierta, pero unos pasos parecían provenir del piso de arriba, justo de la buhardilla.

A Rosa el golpe de la ventana la sobresaltó. Miró a través del cristal, fuera todo estaba oscuro. De nuevo el golpe. Decidió mirar otra vez y logró atisbar por un instante qué era lo que golpeaba el cristal del ventanuco de aquella buhardilla: un grueso cable descendía desde más arriba.

—Qué extraño —se dijo.

Se detuvo ante la pared que quedaba a la derecha del

ventanuco, que presentaba un color algo diferente al del resto de la estancia, indicando que quizá hubiera sido construida con posterioridad. Levantó la cortina que cubría la pared y descubrió el gozne de una puerta. Consiguió abrirla con un pequeño esfuerzo y con la ayuda de su horquilla. Se quedó estupefacta. Sobre una pequeña mesa descansaba una emisora de radio, junto a ella un cuaderno y algún texto que parecía estar en clave. No podía entender aquello. Frank tenía otra emisora. ¿Por qué lo mantenía en secreto? Oyó pasos acercándose y cerró la puerta apresuradamente, intentando dejarlo todo como estaba. Corrió la cortina deteniendo su movimiento con los dedos. Su corazón palpitaba tan fuerte que le hacía daño.

—¿Qué estás haciendo aquí? —Los ojos de Frank escudriñaron rápidamente la sala.

—No podía dormir. —se excusó ella, aunque no le pareció que su voz fuera lo suficientemente convincente.

—Aquí hace mucho frío. Será mejor que bajemos.

Rosa se frotó los brazos en un intento de calentarlos con Frank siguiéndola muy cerca, tanto que podía oír su respiración. Bajaron las escaleras sin decirse nada. Rosa se dirigió directamente a su nueva habitación, prefería no mirarlo. Él retuvo la puerta antes de que ella la cerrara.

—Déjame entrar —le pidió.

Ella negó con la cabeza.

—¿Por qué no? —insistió Frank—. ¿Qué tengo que hacer para que me aceptes de nuevo? Ahora puedes entender por qué estaba tan intranquilo cuando me hablabas de Armando.

—No es solo eso, Frank.

—Entonces, ¿de qué se trata? Hablémoslo.

—Yo me casé contigo creyendo que sabía quién eras y en cambio toda nuestra convivencia ha sido una sorpresa tras otra, y quizá no se haya acabado aún. Tú no has sido sincero conmigo en nada, Frank. —Levantó la vista para mirarlo—. No has tenido la valentía de contarme la verdad desde un principio. Yo creía que tú eras el hombre del que hablaban las cartas, pero ahora resulta que ese hombre es otro.

—¿Me... me estás diciendo que no sientes nada por mí? —Él tragó saliva con dificultad—. ¿Qué estás enamorada de él?

—Te digo que... que necesito tiempo para pensar en todo esto. Estoy confundida, muy confundida, Frank.

—¡Rosa, por Dios, llevamos meses viviendo juntos! Las cartas no son más que letras en un papel. ¡Yo he sido tu marido durante este tiempo, no él! —Le cogió las manos—. Dame un margen de confianza, hay cosas que no puedo explicarte ahora mismo, pero si he actuado así es precisamente por lo que siento por ti, por protegerte.

—Necesito tiempo. Dame tiempo, solo te pido eso.

Ella cerró la puerta lentamente. Al otro lado podía percibir la mano de Frank acariciando la madera. Estaba atrapada entre lo vivido con él y lo soñado y esperado de un hombre que resultó ser Armando. Sus sentimientos estaban divididos entre los dos.

40

La huida

5 de diciembre de 1943

Rosa aparcó el coche frente a La Posta. A primera hora de la mañana El Calafate aún desprendía los sonidos de la noche. Se dirigió a la oficina del Registro Civil y entró decidida, convencida de lo que tenía que hacer para llegar a la verdad.

—Lo que necesito es la copia del acta de defunción de mi hermana. Solo eso —le volvió a explicar al funcionario que la miraba extrañado—. Me la reclaman mis padres —le explicó—, la necesitan para ultimar los detalles del testamento de mi hermana. Se está tramitando allí, en España.

El hombre pareció decidirse al fin, se levantó de la silla sin prisas y se dirigió al único archivador de la oficina. Abrió el cajón correspondiente a la letra B.

—Bennet-Jones, Bennet-Jones. Aquí, este es. —Consultó lentamente la carpeta para extraer la única hoja que componía todo el expediente—. Acá no hay nada, señora. Lo único que consta es la firma del Juez de Paz Local. Tendrá que dirigirse al Registro Civil de Buenos Aires para saber más.

—¿Juez de Paz Local?

—Aquí no llegamos a los quinientos habitantes, señora, así que no nos corresponde tener Comisión de Fomento, ¡son las leyes! —Pronunciaba las palabras diseccionándolas sílaba a sílaba, en armonía con la velocidad que imprimía a los movimientos de su cuerpo—. De todos modos, la firma tampoco es la del Juez Local, es de un Juez de Buenos Aires. ¿De Buenos Aires? —se preguntó a sí mismo.

—¡Ah!, pero tendrá el certificado de algún médico, ¿no? —Le exasperaba la parsimonia de aquel hombre.

—No parece —meneó la cabeza consultando de nuevo la carpeta vacía—, no parece.

—Bien —intentó insuflarse algo de paciencia—, quizá no lo entendí. ¿Se procedió a enterrar a mi hermana sin que un médico certificara su muerte?

—Su marido debió informarla, señora. —Hizo una pausa por el esfuerzo—. El doctor ya no era necesario.

—¿Me puede decir al menos el nombre del juez?

El hombre necesitó consultar la hoja antes de contestar:

—Francisco de Covarrubias.

Rosa salió a toda prisa, aquellas náuseas de nuevo. Respiró hondo y apuntó el nombre en su cuaderno. Miró al otro lado de la calle cruzando en dirección a la consulta del doctor. La enfermera la hizo pasar enseguida. Algo más alejado el peón que la seguía encendió un cigarro acomodándose para la espera.

Rosa salió de detrás del biombo mientras acababa de subirse la cremallera de la falda.

—Tome asiento, señora Bennet-Jones. Le agradezco que confíe en mí para su examen médico. Aunque debo confesarle que me extrañó mucho verla entrar en mi consulta.

—¿Por qué? Es el único médico del pueblo.

—No es un secreto que mis relaciones con su esposo no son cordiales. Su esposo, y permítame que hable claro, cree que con dinero se arregla y se compra todo.

—No sé a qué se refiere. —Quizá podía encontrar allí la información que buscaba.

—Su esposo no me permitió certificar la muerte de su hermana, ni practicar la autopsia, siento ser tan rudo —se excusó.

—¿Insinúa que hubo algo raro en la muerte de Anna? —Había ya demasiada gente dando a entender aquello.

—Y si no lo había, ¿por qué la precipitación en su entierro? No se guardaron las veinticuatro horas preceptivas. Además yo no hubiera extendido el certificado sin antes examinar el cuerpo, aunque claro, no hizo falta, pronto se consiguió el acta de un juez de la capital para darle un toque de legalidad. Pero supongo que usted no está interesada en oír todo esto.

—Se equivoca, doctor.

El médico dudó un momento antes de seguir.

—Me ha impresionado mucho verla.

—¿Por mi parecido con mi hermana?

—También, pero sobre todo por las coincidencias. El día en que murió su hermana estuve reconociéndola, como a usted.

—¿Estaba enferma?

—¿Es que nadie le contó su estado? —Se sorprendió.

—¿Qué estado? ¿Qué tenía? —Se sobresaltó ante una nueva sorpresa.

—Su hermana esperaba un bebé. Estaba de dos meses... ¡Señora, señora!

—Estoy bien. —Le costó recuperar de nuevo el color del rostro.

Rosa intentó levantarse, pero su cuerpo seguía clavado a la silla. ¡Anna embarazada! ¿Qué más permanecía oculto? Cuanto más ahondaba, más secretos salían a la luz. ¿Tendría razón Armando? ¡Un bebé! ¡Dios mío! Igual que ella. ¿Cómo reaccionaría Frank si le decía que estaba embarazada? ¿Creería que era de Armando? Por primera vez se asustó.

—Tenga. Tómese estas pastillas, es hierro y la fortalecerán. Estos mareos pueden ser peligrosos.

—Gracias, doctor. Por favor, no comente mi estado con nadie.

—No se apure, señora, puede contar con mi discreción, amén de mi sigilo profesional como médico.

La llegada de Rosa sorprendió a Armando. Hacía tres días que no sabía nada de ella y eso le tenía muy preocupado. Pasaron al salón.

—¡Rosa! —La besó en la mejilla por prudencia—. ¿Ocurre alguna cosa? ¿Estás bien? ¡Estás muy pálida!

—Estoy bien —contestó ella, contradiciendo a la expresión de su rostro.

—¿Qué hay, chiquita? Contame. —Notó la angustia en sus ojos.

—Estoy muy confundida —finalmente se sentó derrotada—, no sé qué creer, ni a quién creer. Incluido tú —le aclaró.

Armando siguió de pie, apoyó las manos en la cadera e intentó escoger sus palabras antes de dirigirse a ella.

—Vos sabés que yo no simpatizo nada con el inglés. Pero aparte de eso, galleguita, tenés que escucharme, me da pavor que sigás allá con él. Merecés un hombre que te cuide, que sea cariñoso con vos. —Se arrodilló delante de ella para cogerle las manos—. Ya no te engañés más, Rosa. Reconocé que te enamoraste del hombre del que hablaba tu hermana. ¡Yo soy ese hombre y estoy enamorado de vos!

—Armando, yo...

—Psss.

Él le tapó la boca con la suya. Sus labios se fueron deslizando de forma espontánea por sus mejillas para seguir la línea del cuello.

—Armando, Armando, espera. —Ella intentó apartarle con suavidad.

—¿Qué? ¿Es la barba? ¿Te lastimé?

—No puedo estar contigo, no ahora.

—Galleguita —suspiró resignado—, te voy a esperar lo que haga falta. ¿Me entendés? Antes o después serás mía y yo tuyo. Algo nuevo nació en mí el día que te vi, y no dejaré que eso muera. ¡Escuchame! —Le atrapó la cara entre sus manos—. Tampoco permitiré que nadie lo mate, ni siquiera vos.

Ojalá se sintiera más libre, pensó Rosa. Sería tan fácil entregarse a él en ese momento...

—Armando —finalmente se decidió a contarle el motivo de su visita—, ¿tú sabías que Anna esperaba un bebé cuando murió?

Armando se separó bruscamente de ella.

—¡Hijo de la gran concha! Eso lo explica todo. ¿Te das cuenta, Rosa?

—¿De qué, qué explica?

—Si hubieran examinado el cuerpo de Anna, si lo hubiera hecho su doctor, en el certificado constaría lo de su embarazo. A Frank no le interesaba que se supiera. Rosa, ese hijo era mío. Estoy seguro. Por eso no permitió la autopsia.

—No, no puede ser. —Rosa se puso en pie. Le costaba trabajo respirar.

—Rosa, no te engañés más. —La sujetó por los hombros—. ¿Qué más necesitás? ¿Que Anna salga de su tumba para decírtelo?

—Pero ¿y si el niño hubiera sido de Frank? —Quería agotar todas las posibilidades.

—Solo podía ser mío. ¿Me entendés? Tu hermana llevaba meses viviendo en Buenos Aires. Recién regresó a El Calafate unos días antes de su muerte, para terminar con él de una vez.

Armando le agarró la mano y siguió diciendo:

—Tenés que ser valiente y pedir que realicen la autopsia, vos sos familiar. Yo lo intenté pero no me autorizaron. Ese inglés tiene al poder judicial a sueldo.

—Necesito pensar en todo esto. Pedir la autopsia es tanto como acusar a mi marido de asesinato.

—De verdad que me tenés muy preocupado. No puedo permitir que volvás a aquella casa. La sola idea de que te toque...

—No te preocupes, sé cuidarme. Hay una emisora en la casa —recordó.

—Está bien. Escuchame. Tendré un hombre día y noche a la escucha. Si necesitás algo, si querés que te ayude a salir de allá, solo tenés que comunicarte. ¿Sabés manejar la emisora?

—Sí, sí. Aprendí en España, solo necesito tu frecuencia. —Rosa apretó con fuerza el papel que él le dio, con la misma fuerza con la que se abrazó a Armando antes de irse.

Frank se enfureció con el peón que le llevó la información.

—Pero patrón, su mujer entró en la propiedad del Guzmán ese. Yo no podía entrar allá sin que me vieran —se excusó.

—Está bien, vete. —Frank entró en la casa.

Le costaba creer que le estuviera pasando aquello de nuevo. ¿En qué se había equivocado? Había intentado amar a Rosa, entregarse a ella, en cambio la vida insistía en quitársela. En ese momento no tenía ni idea de cómo luchar contra eso.

Se encerró en la biblioteca. Necesitaba un trago, pensar con claridad, pero a medida que las copas se repetían su razón se nublaba. El sonido de pasos en la planta superior le hizo reaccionar. ¡Ella! Subió las escaleras de dos en dos.

Rosa seguía buscando entre los recortes de prensa que

guardó sobre la exposición, estaba segura de haber oído antes ese nombre. Por fin lo encontró: el juez Francisco Covarrubias estuvo entre los invitados a la exposición. El golpe de la puerta al abrirse hizo que se le cayeran los papeles al suelo. Frank apareció ante ella con la camisa por fuera, los ojos irritados y una mirada que la alarmó.

—¡Estás bebido! —exclamó inquieta.

Él se acercó sin decir nada y la agarró con fuerza para besarla. Lo hizo brutalmente mientras ella se resistía. Sus manos bajaron hasta el cordón de la bata, buscaba abrirla, pero ella intentaba empujarle sin éxito. El encaje del camisón se desgarró en el forcejeo.

—Ah —se quejó él.

Se pasó la mano por los labios, el mordisco que Rosa acababa de darle le arrancó unas gotas de sangre. Eso aún le enfureció más, y con la misma mano ensangrentada le dio una bofetada a su mujer. Lo hizo con tanta fuerza que Rosa cayó sobre la cama, con el pelo tapándole la cara. Él le aprisionó el cuerpo con el suyo.

—¡Me haces daño! ¡Frank! ¡Por favor, Frank! —Esperaba que la señora Bridges pudiera oírla.

—¡Si puedes estar con él también estarás conmigo! —Frank intentó separarle las piernas.

—¡Estoy embarazada! —gritó ella desesperada.

Aquellas palabras resultaron más efectivas que cualquier fuerza. Frank se separó de ella como empujado por un resorte. Notó que sus piernas temblaban tanto que apenas se podía mantener erguido, pero su mente reaccionó evaporando de repente todo el alcohol que llevaba dentro. Recordó la pulsera en manos de Armando. Miró a Rosa como si fuera un espectro.

—¡Eres igual que ella! —Todo el desprecio que era capaz de sentir salió de su boca.

—¿Eso fue lo que pasó, Frank? —Rosa reaccionó furiosa—. Tu orgullo no pudo soportar que quedara embarazada de otro y quisiera dejarte. ¿Por eso la mataste? ¿Fue por eso?

—Tú no tienes ni idea. Estás muy equivocada respecto a todo. Nunca me sentí enamorado de Anna, llegué a quererla o estimarla, supongo. Pero aun así mi esposa se entregaba a otro hombre, y se quedó embarazada de él. ¿Puedes siquiera imaginar lo que eso representa para un hombre? Por si fuera poco me han tratado de asesino y tú, tú te entregas a él.

Frank le dirigió una mirada de desprecio. Nunca, ni cuando vivió la misma pesadilla con Anna, se había sentido tan dolido.

—¡Dime que no la mataste tú!

—¡Dime que el hijo que esperas solo puede ser mío!

—Si no dudaras de mí, no me preguntarías algo así.

Frank se encaminó hacia la puerta, pero antes de salir se giró a contestarle:

—Si me preguntas si lo hice es que tú sí dudas de mí.

Rosa se llevó la mano a la cara, el golpe le dolía.

—¡Ya me has demostrado que eres un cobarde!

Él se acercó a ella, aunque mantuvo la distancia al ver que retrocedía ante él.

—Déjame decirte que tú no eres tan diferente a mí. Siempre has vivido a la sombra de tu hermana. Soñando lo que ella vivía, casándote con su marido... Estabas tan ocupada en vivir su vida que se te olvidó la tuya. Ni por un momento te has molestado en conocerme. No soy solamente el marido de tu hermana. Me llamo Frank Bennet-Jones y es verdad, no soy un hombre perfecto, pero te diré algo, Rosa Sarlé: si te hubieses atrevido a vivir por ti misma hubieras sabido que yo me enamoré de ti, no de la hermana de Anna.

—Contéstame, Frank, ¿por qué no permitiste que le hicieran la autopsia?

Frank la miró decepcionado.

—Para evitar que lo que era un secreto a voces, que tu hermana tenía un amante, se confirmara cuando se supiera que estaba embarazada. Todos sabrían que no podía ser mío. Ella llevaba meses en Buenos Aires y yo no me moví de aquí. No quería que a los ojos de todos se convirtiera en una cualquiera. Seguía siendo mi esposa. Llevaba mi apellido. ¡Ese ha sido mi único pecado!

Él se dirigió hacia la puerta, el golpe al cerrarla le retumbó en la cabeza al igual que sus palabras. Desde la ventana Rosa vio como Frank se alejaba en el coche. Sentía que lo había herido en lo más profundo, pero él también había roto algo muy importante entre ellos. Pensó muy bien en qué hacer. Si seguía allí no tendría la calma suficiente para reflexionar en todo lo que había vivido esos días. Armando, Frank. Frank, Armando. Sentía que la cabeza le iba a estallar. Necesitaba alejarse de los dos para analizarlo todo más fríamente.

Sacó la maleta del armario y la depositó sobre la cama. Cuando terminó de meter lo imprescindible buscó a la señora Bridges y le dejó una nota para Frank. Simplemente le decía dónde podría recoger el coche.

En tierra de fuego

***

Armando la esperaba en la pista de aterrizaje. Le sorprendió su llamada aunque en su interior la esperaba. Cargó la improvisada maleta.

—Cuando lo enfrente no le quedarán ganas de pegar a una mujer. —Le pasó la mano con suavidad sobre el moretón que empezaba a salir en su mejilla.

—No, no quiero que hagas nada. Prométemelo o no me iré tranquila —pidió Rosa.

—Está bien, no te apures. Haré lo que me pidas. ¿Tenés dónde ubicarte en Buenos Aires? Yo tengo una casa allá, está a tu disposición.

—No, Armando. Necesito estar sola, alejarme de todo esto, también de ti. No me mires así. Tienes que entenderlo, debo pensar en muchas cosas y no puedo hacerlo con ninguno de los dos cerca.

Armando entró en la pequeña casita de madera que hacía de oficina para coger las llaves de la avioneta. Juntos caminaron en silencio hasta que se acomodaron en el interior de la nave.

—Rosa, vos sabés cómo pienso. —Armando le tomó la mano para que le prestara toda su atención—. Tengo intención de entrar en política. Esta tierra necesita de patriotas que la defiendan. Eso hará que en el futuro pase largas temporadas en Buenos Aires, hasta que consiga que Santa Cruz sea una provincia.

Ella lo miró sin entender.

—Quiero decir que si necesitás alejarte de aquí, podríamos, uff... —sonrió—. Yo... yo quiero una familia e hijos y vos sos la mujer con la que quiero estar, en este mundo y en el otro.

Armando se acercó un poco más a ella cogiéndole la mano.

—Rosa, ¿querés ser mi mujer? —La expresión de sus ojos negros hablaban mejor que él mismo.

—Armando, ya estoy casada. —Él siempre conseguía sorprenderla.

—¡Pero no conmigo, linda!

Ella no pudo evitar sonreír y abrazarle. Si fuera libre... pero su corazón estaba demasiado dividido y muy dañado para entregarse a él con sinceridad en esos momentos. Le acarició la cara.

—Armando, no soy capaz de decidir nada ahora.

—Está bien, galleguita, ya sé, necesitás tiempo, tiempo. Pero me matás con la espera, ¿ah? Y tanta contención no es buena para un hombre, y vos sabés que yo soy un hombre muy...

—¿Macho? Vamos, ¡despega ya o perderé el vuelo en Río Gallegos! —se quejó ella divertida.

—A la orden, patrona.

Rosa observó a aquel hombre mientras volaba. Su perfil era perfecto, unas negras pestañas ocultaban sus ojos, tanto que a veces no sabía con certeza si la estaba mirando, y su boca, que siempre conseguía arrancarle una sonrisa. La vida podría ser tan sencilla con él, solo con dejarse querer... ¿Habría sido aquel encanto el que conquistó a Anna?

* * *

En tierra de fuego

Frank entró en la habitación que había ocupado Rosa los últimos días y repasó todos los objetos, esperando quizá ver en ellos alguna cosa que le aproximara a ella. Se sentó a los pies de la cama, alzó la vista y se vio reflejado en el espejo. Casi no resistía mirarse. Se levantó y de un fuerte puñetazo rompió aquel maldito espejo que le mostraba a un canalla, a un hombre hundido, dolido. Los cristales que se incrustaron en su mano no le dolían como el recuerdo de las uñas de Rosa clavadas en su piel cuando ella se resistía. ¿Cómo lo vería ella en esos momentos? No entendía cómo había sido tan canalla.

La señora Bridges, con las sábanas recién planchadas entre las manos, lo observaba desde la puerta entreabierta con preocupación, conteniendo sus ganas de entrar, de curarle. El sombrero no le ocultaba del todo las ojeras. Le dolía mucho verlo así. Habían pasado varios días y era incapaz de reaccionar. Debía sacar toda la rabia que acumulaba desde hacía tanto.

—Frank—murmuró.

Él la miró de soslayo y cerró los ojos un momento moviendo la cabeza.

—No puedo entenderlo —dijo finalmente. Frank siguió hablando en inglés, con ella no tenía que esforzarse en ser duro.

—¿Qué tiene ese hombre, Daisy? —se lo preguntó con tristeza, intentando entender.

La señora Bridges se conmovió. Hacía muchos años que él no la llamaba así, ni siquiera Margaret.

—No se trata de lo que él tenga, Frank.

—Pues, ¿qué hay en mí que las aparta? ¿Qué? Necesito entenderlo o me volveré loco.

La señora Bridges dejó la ropa y se sentó junto a él. Mientras le hablaba le iba sacando los trozos de cristal que tenía clavados en la mano.

—Cuando eras un niño eras alegre, juguetón, muy cariñoso. Tus ojos azules siempre chispeaban pensando en alguna broma que gastarnos a mí, a tu madre o al señor Bridges.

Él la miró sin entender.

—Has perdido la espontaneidad —le dijo con suavidad.

—Esos recuerdos están muy lejos.

—Sí, tu padre se encargó de ello. Él y su afán de fundar una dinastía. Necesitaba que su heredero fuera fuerte, un varón duro e inflexible. Por eso te envió a Inglaterra a estudiar. Tu madre era una mala influencia para ti, demasiado enmadrado, decía él.

—Ellos nunca fueron felices, ¿verdad? Lo cierto es que nunca he tenido una familia, solo vosotros. Mi matrimonio con Anna fue un completo error.

—Anna no era mujer para ti. Que Dios me perdone, pero era la persona más superficial que he conocido. Solo le interesaba lucir bonitos vestidos, celebrar fiestas. Aquí se sentía como si estuviese enterrada en vida. Nunca te quiso, y sabes que tú tampoco la quisiste. Te casaste con ella, pero no estabas enamorado de ella.

Frank se levantó dirigiéndose a la cómoda, donde algo brillaba. Rosa había dejado allí la pulsera que le regaló, la tomó entre sus manos. «Está rota, como lo nuestro», pensó.

—Pero Rosa no es como su hermana —continuó la señora Bridges.

—Tú no puedes entenderlo, Daisy, no sabes todo lo que

ha pasado. Ella vino aquí creyendo que yo era otro, y además hay algo que hice que... No, no he sido un caballero con ella y eso no lo puedo borrar. Hay cosas que una mujer no perdona a un hombre.

La señora Bridges se levantó. Antes de salir se volvió a mirarlo. Frank continuaba absorto con la pulsera entre las manos.

—Me has preguntado qué tiene ese hombre. La respuesta es valor. Él se fija un objetivo y va a por él, no se rinde. ¿Lo vas a hacer tú? Él no te ha ganado a Rosa, tú se la estás entregando.

Frank la miró. Una luz se encendió de repente en su cabeza.

41

Buenos Aires

11 de diciembre de 1943

En la semana que llevaba en Buenos Aires, Rosa se había limitado a recuperarse físicamente. Ni siquiera había hablado con Martí, no se sentía con fuerzas para enfrentarse a sus preguntas. Sus días pasaban entretenidos con los pequeños paseos que daba por la ciudad, un nuevo examen médico y poco más.

Aquella mañana sus pasos la llevaron hasta el Café Tortoni, tenía ganas de conocer un lugar tan emblemático donde se daban cita intelectuales y artistas. El tiempo no parecía pasar ni por su fachada ni por su interior. El café mantenía el rótulo semicircular original sobre la puerta. La marquesina de madera en el techo y una pequeña lamparilla en la entrada despedían una tenue y romántica luz blanca.

Entró en la doble puerta y se paró a mirar la vitrina de cristal de la izquierda, en la que se exhibían las fotos de los principales personajes que acudieron y acudían al café. El dueño del Tortoni se jactaba de que los artistas le daban poco dinero pero que impregnaban de glamour el café. Decía, refiriéndose a su local, que era «porteño como Carlitos».

Su interior era una enorme sala interrumpida en ocasiones por suntuosas columnas de madera, las mesas eran de mármol blanco y los sillones contrastaban con sus tapizados de telas granates que daban calidez al entorno. Del techo colgaban numerosas lámparas mientras las paredes aparecían plagadas de láminas y cuadros.

Al fondo de aquella primera sala, en la parte derecha, una enorme vidriera separaba el salón de café de la sala de billar. La madera recubría las paredes hasta media altura. A la izquierda, un coqueto afiche anunciaba el Salón Alfonsina, un pequeño teatro utilizado para conferencias, representaciones y reuniones.

—¡Rosa, Rosa! —Una mujer le hacía señas desde el fondo.

—Señora Masdeu, *com està?*

Inconscientemente su conversación pasó al catalán. Rosa se alegró enormemente de aquel encuentro. Recordaba a la señora Masdeu del día de la exposición.

—Muy bien, me alegro mucho de verla. —Su tono optimista lo demostraba—. Siéntese conmigo, conversaremos un poco. ¿Ha venido con Frank?

—No, no. He venido sola.

La señora Masdeu percibió rápidamente su tono tristón.

—¿Está bien?

Rosa calló. No tenía con ella la suficiente confianza como para hablar de sus problemas.

—Lo siento si he dicho alguna inconveniencia. —Quiso excusarse por su intromisión.

—No, por favor. Perdóneme usted a mí. —En el fondo necesitaba liberarse.

—¿Pelea de enamorados? —preguntó de nuevo divertida.

—Más bien de desamor.

—Entonces supongo que no está alojada en la casa de El Tigre.

Rosa negó con la cabeza.

—Necesito estar sola por un tiempo. No quiero que me encuentre.

—¿Dónde se aloja?

—En el Castelar.

—¡Ah! Entonces disfrutarás de las vistas de la hermosa Avenida de Mayo.

—Sí, me recuerda a la Gran Vía —contestó Rosa algo más animada.

—Algunos dicen que se hizo a su imagen, algún madrileño que pasó por aquí —rio—. Pero no puedo permitir eso. Vendrá a mi casa. Allí podrá descansar sin que nadie la moleste.

—No puedo aceptar.

Apenas la conocía.

—Tengo el mejor jardín y el mejor banco de todo Buenos Aires para pensar y meditar.

—Señora Masdeu, yo...

—Esther, por favor. Y si vamos a compartir casa podemos tratarnos de tú y llamarnos por el nombre, ¿no te parece?

—No sé cómo agradecérselo, agradecértelo —corrigió—. Los hoteles son tan fríos...

Para Frank el Casal era su única esperanza de encontrar noticias sobre el paradero de Rosa antes de continuar buscándola hotel por hotel.

—Hola, Mami —la saludó al entrar.

Mami era una entrañable figura en el Casal. Hacía las veces de recepcionista pero en realidad era el alma de la entidad. Le ofrecieron el empleo cuando murió su marido, un antiguo *mosso d'esquadra* que tuvo que exiliarse tras la guerra.

—Señor Bennet-Jones, ¿cómo está? Es un placer verlo. ¿Cómo está su esposa? Hace mucho tiempo que no la vemos.

La pregunta desconcertó a Frank.

—Bien, bien.

Eso significaba que ella no había ido por allí. Su corazón le dio un vuelco ante la posibilidad de que hubiera vuelto a España.

—¿Se encuentra el señor Martí? —preguntó finalmente.

—Sí, él sí. En el último despacho de la derecha —señaló.

—Gracias.

Qué rápido se había acomodado, pensó Frank. Quizá su viaje no fuera tan corto como anunció.

Martí guardó rápido el papel que estaba leyendo en el cajón al verle entrar.

—¿En qué puedo ayudarle, señor Bennet-Jones? —dijo con ironía.

—Estoy buscando a Rosa.

Estaba seguro que habría acudido a él, no conocía a demasiada gente en el país.

—¿Qué te hace suponer que voy a decirte donde está? —Lo tuteó—. Ella no quiere verte, cuanto antes te hagas a la idea, mejor.

—¿Mejor para quién, para ti?

Frank no pudo evitar elevar el tono de voz. Veía muy claramente lo que pretendía aquel hombre.

—Tú ya has tenido tu oportunidad. No puedes tratar a una mujer como esa como lo has hecho.

Martí reprimió las ganas que tenía de golpearlo. Aunque no había visto a Rosa, sí había hablado con ella por teléfono y sabía que se alojaba en la residencia de la señora Masdeu.

—¿Cómo está ella? Al menos dime eso.

Frank se sentía avergonzado.

—Bien, ¡ahora está bien! —recalcó Martí.

Mami miró hacia la puerta desde su mesa al principio del pasillo. Se preguntaba qué estaría pasando para que aquellos caballeros se gritaran.

Martí dejó pasar un buen rato desde que se fue Frank antes de salir. Consultó el papel que guardaba en el bolsillo de su chaqueta para indicar la dirección al taxista, pidiéndole que diera alguna vuelta antes por la ciudad. No quería arriesgarse a que Frank pudiera seguirle.

Se sorprendió al ver la casa de la señora Masdeu, nunca pudo imaginar que se tratara de una mansión tan lujosa.

—¡Rosa! ¿Cómo estás? —dijo al verla, y la abrazó—. Me preocupaste mucho por teléfono con esa huida tan repentina y lo poco que me contaste.

—Estoy bien. Esther es muy generosa conmigo y me cuida con mucho esmero. He encontrado una gran amiga en ella.

—Me alegro. —Él la miró con detenimiento. Rosa parecía cansada, su luz interior había desaparecido, pensó—. Rosa, yo también necesitaba verte, tengo algo importante que decirte.

—He dejado a Frank —cortó ella— y voy a necesitar tu ayuda.

Martí se revolvió en el banco del inmenso jardín interior donde estaban sentados. Tuvo que hacer un gran esfuerzo para no mostrar su alegría, pero notó el dolor en el rostro de su amada.

—¿Qué ha pasado?

En realidad por teléfono no había especificado la gravedad de su riña.

—Él... —A Rosa le dolió nuevamente la bofetada—. Él ha cambiado muchísimo, ya no es el mismo.

Martí decidió callarse, no quería agravar aún más su pena.

—Vuelve conmigo a España. Allí está tu casa.

—No pienso volver, no soportaría la cara de triunfo de mi madre.

—Todo el mundo puede equivocarse. Lo has intentado y ha salido mal.

—¡Estoy embarazada, Martí!

Martí notó un calor tan sofocante que tuvo que aflojarse la corbata. No había sido consciente de que su Rosa se acostaba con otro hombre hasta ese momento. Ahora su cuerpo crecería, cambiaría y le daría un hijo a otro hombre.

—Rosa —dijo cogiéndole la mano.

—No te preocupes. —Ella esbozó una leve sonrisa—. Estaré bien, ya me conoces, soy más fuerte de lo que parezco. Solo necesito tiempo. Demos un paseo por el jardín, debo contarte algo.

Al explicarle sus aventuras en el hielo Rosa omitió los detalles de su pelea con Frank. En su interior necesitaba disculparlo de alguna forma, porque volver a repetir la misma historia que ocurriera con su hermana, creerla embarazada de otro debió de afectarle. Hasta entonces siempre había sido un caballero con ella.

—¿Comprendes, Martí? Yo estaba allí, en el glaciar, en el mismo sitio que ella. Todo quedó cubierto de grandes bloques de hielo y de pequeñas astillas. Armando tenía cortes en la cara, pudo ser un accidente, realmente.

—Vaya, parece que le debes la vida a ese Armando.

—Es un hombre muy valiente, deberías ver lo diestro que es a caballo, con las boleadoras, y...

—¿No crees que llegó muy rápido?

Sus ojos se movían nerviosos pensando con rapidez.

—Ya te lo he dicho, conoce un camino que usaban los contrabandistas para cruzar los Andes. Su padre subvencionó las expediciones del Perito Moreno, el que descubrió el glaciar.

Rosa se fijó en la cara de Martí.

—¿Qué estás pensando?

Ella era consciente de la inclinación de él para sospechar y desconfiar de todo el mundo.

—Pues... —Martí se paró— que bien pudo ser él. —Empezaba a estar molesto por la admiración que Rosa parecía sentir por aquel hombre—. Si todo es como explicó Frank —continuó—, tu hermana podía estar abajo. Armando cruza la gruta, le clava algo afilado y huye por un camino que solo conocen muy pocos. Cuando Frank vuelve tu hermana está muerta y cubierta de hielo. Allí no hay nadie. Para él es un accidente. Tú misma has dicho que Armando acusaba a Frank de asesinato. ¿Qué mejor defensa que un buen ataque?

—No puede ser. Armando quería a mi hermana. ¿Por qué iba a matarla?

—Porque quizá ella decidió dejarlo al saber que esperaba un hijo y eso no podía soportarlo un «macho argentino» —argumentó.

—No, no. Tuvo que ser un accidente.

—Eso es lo que quieres creer. Pero pudo ser un asesinato y cualquiera de los dos pudo hacerlo. Los dos tenían motivos. ¡Rosa, vuelve conmigo a España! ¿No te das cuenta? Estás en peligro. Es la misma historia, dos hombres peleando por la misma mujer. Siempre tendrás la sospecha de que uno de ellos es un asesino, el asesino de tu hermana. No dejes que sea también el tuyo.

—Dios mío, he podido juzgar muy mal a Frank.

Martí suspiró. Sus intentos de desbancar a Armando devolvían a su amada a los brazos de Frank. Debía hablar con ella.

—Ven. —Era el momento de contarle lo que sabía; se

sentaron de nuevo en el banco—. Hay algo que debes saber sobre Frank.

—¿Está aquí? ¿Lo has visto? —preguntó ella.

Él vaciló un momento.

—No, no es eso.

A Martí le pareció ver cierta desilusión en su cara.

—Casualmente he conocido a Lasarte.

—¿Quién es?

—Es un exiliado vasco. Trabaja para el FBI, es su «delegado» en Argentina. Están buscando colaboradores entre los catalanes. Pasó por el Casal.

—No entiendo, ¿le has hablado de mí?

—No. Rosa, Frank está siendo vigilado.

—¿Por qué?

—Sospechan que trabaja para los nazis.

Rosa se levantó dando un respingo. Minuto a minuto mantenía la esperanza de que hubiera una explicación para todo, de que hubiera algo que ignorara sobre Frank que antes o después les acercaría de nuevo, ¡pero eso!

La voz de Martí la apartó de su pensamiento.

—Parece ser que los alemanes han creado una red en Argentina, se están preparando para recibir a los más altos cargos del partido en el caso de que pierdan la guerra. Se sospecha que lo harán desde la Patagonia. Cerca de donde Frank tiene su estancia.

—¿Por qué iba a ayudarlos, Frank? Están en guerra con su país.

—¡Por dinero! Se habla de muchos millones. ¡El oro nazi! Submarinos cargados de oro. Los alemanes están comprando tierras en el sur, buscan un exilio seguro y pagarán lo que les pidan.

En tierra de fuego

—¡Dios mío!
—¿Qué pasa? —preguntó.
—Él tiene una emisora escondida en la buhardilla. Creo que tiene acoplado un aparato de esos que...
—¿Los que anulan que interfiera otra frecuencia?
—¡Sí! Bueno, no estoy segura, no lo había visto antes. ¿Cómo he podido estar tan ciega?
Rosa se llevó la mano a la frente; notaba que la cabeza iba a estallarle.
—Hay algo más —siguió Martí.
Rosa lo miró con dolor.
—Siento mucho tener que decírtelo, pero...
—¿Qué? —Prefería saberlo todo de una vez.
—Es sobre Pilar y los chicos. No quise decírtelo para no arruinarte la inauguración, pero ya ves cómo fue.
—¿Qué ha pasado?
—Los cogieron a todos.
Rosa volvió a sentarse. No estaba segura de poder mantenerse en pie.
—Salieron con los polacos la misma noche en que te fuiste. La Gestapo los estaba esperando. Fue una emboscada, Rosa. ¿Sabes lo que eso significa?
Rosa asintió con la cabeza.
—Él insistió en que nos casáramos ese día, tenía que volver a Buenos Aires con urgencia.
Martí le cogió las manos, no sabía cómo podía consolarla de ese golpe.
—Al menos tuvo la decencia de salvarte la vida.
—Martí, eso significa que se casó conmigo solo por sacarme de allí. Si me hubiera dicho lo de la emboscada sabía que no me callaría, lo hizo para no perjudicar su opera-

ción. Los chicos sospechaban de mí, creían que me había vendido a los ingleses.

—Nos engañó a todos.

—¿Hablaste con Paul?

—No, no. El Consulado está vigilado día y noche. La situación allí es muy crítica. No me resultó fácil salir.

—Tenemos que hacer algo. —Rosa se levantó para intentar pensar mejor—. ¡El Consulado británico! Ellos tienen que ayudarnos.

—Está bien, pero no te alteres, no te conviene. Mañana iré a ver qué se puede hacer.

—Yo también iré, iremos los dos. Se oyen cosas terribles sobre lo que hacen los alemanes a sus prisioneros. —Un frío intenso le atravesó el cuerpo.

—No pienses en eso ahora. Ellos no son judíos. Tienen una posibilidad si les considera presos políticos.

Martí se quedó inmóvil viendo a su amiga. Era la primera vez que veía lágrimas en sus ojos y ahora estaban resbalando por sus mejillas. Se acercó a ella, le dolía enormemente verla tan indefensa. Rosa se abrazó a él calladamente y Martí apoyó su cabeza sobre la de ella para protegerla más si cabía.

—Lo siento mucho.

La besó en el pelo.

Rosa levantó la cabeza para decirle:

—¿Por qué no me habré enamorado de ti, Martí?

—Yo tampoco me lo explico —sonrieron—. ¿Estarás bien aquí? —preguntó él antes de dejar la casa.

Ella asintió con la cabeza. Esperaba un hijo, y por él tenía que seguir adelante. De lo que estaba segura era de que no quería volver a España, no en esas condiciones, y por otro lado, parte de su alma estaba ya atrapada en aquella tierra y no quería renunciar a ese nuevo mundo.

¡Su hijo sería argentino!, decidió.

Esther se acercó a ella en cuanto vio desaparecer a Martí.

—Habéis hablado durante mucho tiempo.

—Esther, estoy muy confundida.

—¿Qué ha ocurrido?

—Cada vez hay más cosas que me separan de Frank.

—¿Y qué hay de Armando? —quiso saber.

—Hasta de él dudo también. Esther, los dos podrían tener un móvil. Cualquiera de ellos podría haber matado a mi hermana, y lo peor de todo es que quizá no lo sabré nunca.

—¿Y qué piensas hacer? ¿Renunciar a los dos? No debes creer todo lo que diga Martí. Ese hombre está enamorado de ti. ¿Se te ha ocurrido pensar que esté actuando en su propio beneficio?

—Intento pensar y no puedo, no puedo. Nunca he estado tan bloqueada.

—Piensa en que solo se vive una vez. Imagina cómo te gustaría que fuera el resto de tu vida, después haz todo lo posible para que tu vida se parezca a esa idea. El resto está de más. Pero hay algo que debes tener presente antes de juzgar a alguien.

—¿Qué?

—Todos sin excepción somos el producto de aquello que nos ha pasado durante la vida. Quizá Frank hubiera confiado en ti si su primera mujer no le hubiera engañado con otro.

—Quizá...

—Y quizá no hubiera actuado así si tú no te hubieras acercado tanto a Armando. Tú tampoco has sido muy honesta con él, debes reconocerlo.

Rosa bajó la cabeza asintiendo.

42

Con todo

En Barcelona, Conchita esperó agazapada hasta que vio a Ferran acercarse a su coche. Él se lo merecía, pensó, era una buena persona y eso, en los tiempos que corrían, era un bien escaso. Sus trabajadores sabían que, en más de una ocasión, hizo frente común con otros empresarios «trabajándose» a la Comisaría de Abastecimientos para obtener alimentos extras que después distribuía entre sus empleados.

—¡Conchita! —exclamó sorprendido Ferran—. ¿Qué hace ahí con el frío que está haciendo?

Conchita estaba tiritando, su raído abrigo apenas le cubría el cuerpo y las suelas de sus zapatos, de la «mejor caja de cartón», estaban humedecidas.

—Señor Sarlé, necesito hablar con usted. Está usted en peligro.

—¿A qué te refieres? Me estás preocupando. —Ferran se acercó a ella para que no les oyeran.

—Es don José. Esta tarde, cuando entré en el almacén a buscar más material, le oí hablando con otro hombre. Nombraron a ese trabajador nuevo que usted recomendó y a su hija. Ya sabe usted lo que pasó en la fábrica Dalmau.

—Está bien, cálmate, cálmate. —Pero el corazón de Ferran empezó a palpitar con tanta fuerza que le hacía daño. Cada palabra que aquella mujer le dirigía era como un disparo que rompía su carne y la atravesaba quemándole.

—Señor Sarlé, tiene usted que hacer algo antes de que sea tarde. Están deportando a gente. El hijo de mi vecina... vinieron por la noche y se lo llevaron, dicen que a un campo de concentración, y esos no vuelven. —Conchita hablaba atropelladamente, ojalá pudiera huir ella con su hija, reunirse con Arturo.

—Conchita, no hables de esto con nadie. Por tu propio bien. Nunca podré agradecerte esto. Toma.

—No, no, señor. No lo hago por dinero, yo se lo debo.

—Lo sé, pero quiero que lo cojas. Vamos, vete a casa ahora.

Ferran vio a la mujer andar apresuradamente sin mirar que metía los pies en los pequeños charcos, con los brazos cruzados como si así pudiera retener algo de calor. Él entró en su coche, un frío desconocido le atravesaba el cuerpo. Pensó en su cómoda vida, llegar a casa, sus zapatillas, el calor de la chimenea, el olor a comida de la cocina y Montserrat.

—¡Dios mío, Montserrat! —exclamó—. Yo podría aguantar, pero ella...

Arrancó el coche. Debía pensar con rapidez ahora debía

demostrar que era un hombre que se vestía por los pies. Debía proteger a su esposa. Agradeció que Rosa estuviera lejos.

Conchita volvió la cabeza al oír el rugir del motor y empezó a rezar un padrenuestro por el señor Sarlé. Ella sabía el significado de las palabras «con todo», pronunciadas por los grises. Esos ya no volvían, no.

43

La búsqueda

12 de diciembre de 1943

Frank salió del hotel. Era el octavo o noveno que visitaba ese día en busca de Rosa, y tampoco había aparecido por la casa de El Tigre. No sabía si tendría dinero, quizá contaba con algo de las ventas de la exposición. Por el registro de la pista de aterrizaje de El Calafate supo que Armando realizó un viaje nocturno hasta Río Gallegos. Se preguntaba hasta dónde habría llegado la relación entre ellos. La idea de imaginarlos juntos le estaba volviendo loco. Sentía a Rosa tan suya que ese pensamiento le torturaba.

Giró en seco sobre sus pasos, toda la mañana había tenido el presentimiento de que lo seguían, y lo mismo le ocurrió el día que partió a España. Dobló rápido la esquina hacia el callejón y se apresuró al ver al hombre que iba delante de él y que le miró de refilón. El hombre apretó a correr y Frank tras él. Logró agarrarlo, lo empujó contra la pared del callejón sin soltarlo.

—¿Quién eres? ¿Por qué me estás siguiendo?

Pero el sujeto no contestó. Toda la rabia que Frank tenía contenida explotó en un momento, imaginó a Armando en aquel hombre, sus golpes cada vez fueron más fuertes, el hombre cayó de rodillas, implorando con la mano que parara. Cuando pudo recuperarse un poco farfulló.

—Soy español.

Frank respiró hondo, casi no se reconocía a sí mismo. Agarró al hombre por las solapas ayudándolo a incorporarse, la sangre de la cara le manchaba la ropa. Las heridas de la mano de Frank se abrieron empapando de rojo la venda que las cubría.

—¿Por qué me seguías?

—No sé de qué me habla, se lo juro.

—¿Para quién trabajas? ¿Para la CIA?

Frank lo empujó al tiempo que lo soltaba, nada de eso le importaba en ese momento. Abandonó el callejón intentando dejar atrás ese mundo de mentiras e intrigas que tanto empezaba a repugnarle. Todo aquello era lo que había acabado con su relación con Rosa, el no poder hablar con ella abiertamente, el conocerla cuando se sentía tan dañado interiormente. Pero estaba decidido a no perderla, recorrería toda Argentina si hacía falta.

—¡Taxi! —gritó levantando el brazo.

Debía buscar en los registros del puerto por si hubiera salido del país, iría al Consulado Español, a cualquier sitio.

***

Emily, la secretaria del Consulado Británico en Buenos Aires, miró a la pareja que acababa de entrar. La cara de ella le resultaba familiar pero prefirió concentrarse en el hombre. Tenía una de las sonrisas más bonitas que había visto nunca.

—Lo siento, señor... Esto es el Consulado británico, estamos al servicio de los ciudadanos de nuestro país únicamente —dijo al saber que eran españoles.

—Lo sé, lo sé, pero esto es algo muy importante, créame. Si pudiéramos hablar con el cónsul, será cuestión de cinco minutos —pidió Rosa.

—¿Conocen ustedes a algún ciudadano británico al menos? —dijo la secretaria levantándose.

Martí y Rosa se miraron dudando. No querían pronunciar el nombre de Bennet-Jones por si los británicos estaban al tanto de sus actividades pronazis.

—Soy la esposa de *mister* Frank Bennet-Jones —se decidió al fin.

—Claro, ya decía yo. —De repente cayó en su parecido con Anna—. ¿Por qué no lo dijo antes? Esperen aquí un minuto, por favor. Siéntense. Veré si puede recibirles.

—No sé si habré hecho bien —dudó Rosa.

—¡Mira, ahí viene! —Martí se levantó.

—Acompáñenme, por favor.

El cónsul abandonó la comodidad de su sillón para saludarles.

—Buenos días, soy Kenneth Kirkpatrick —se presentó—. Señora Bennet-Jones, es un placer conocerla. No pude asistir a la inauguración de su exposición, pero la he visto y me ha sorprendido gratamente. Tiene usted mucho, mucho talento.

—Gracias, señor Kirkpatrick. Permítame presentarle al señor Montfort, un compatriota y un gran amigo.

—Es un placer. Siéntense, por favor. Y bien ¿qué puedo hacer por ustedes?

—Verá, yo no sé qué relación tiene usted con mi marido, pero yo trabajé para su país en Barcelona y...

—No se preocupe, Rosa, ¿puedo llamarla así? Sé exactamente a qué se dedicaba usted en su país.

Los dos se miraron extrañados, quizá Paul le había contado. Pero el cónsul les sacó de dudas.

—Nunca hubiera pensado que se diera una boda entre dos de nuestros agentes. ¡Esto no es nada usual! —El cónsul sonrió aún más viendo la cara de sus interlocutores.

—No entiendo —dijo Rosa.

—Rosa, ha estado usted a punto de arruinar una importante misión. Por suerte, Frank encontró la forma de sacarla de España sin perjudicar la operación que estábamos desarrollando en Barcelona. Ya veo que él no se ha sincerado con usted. Solo quiere protegerla. Les extrañará que les hable de esto tan abiertamente, pero créanme: si no hubieran venido aquí, me hubiera puesto en contacto con ustedes.

Rosa escuchaba estupefacta. ¡Frank, un espía! Eso significaba que no era un cobarde, ni apoyaba a los nazis como ella creía. Y entonces, ¿Frank se casó con ella solo por salvarla? Sintió un nudo en el estómago.

—Nosotros veníamos a pedirle su ayuda para localizar a unos amigos, fueron apresados en Barcelona... —Rosa se vio interrumpida.

—No deben preocuparse por ellos. Frank organizó su búsqueda nada más llegar a Buenos Aires. Sabemos dónde están retenidos, pero por el momento no podemos sacarlos de allí. Su vida es dura aunque no corren peligro, están en Francia, no en Alemania.

El cónsul continuó.

—Rosa, Martí, escuchen, estamos en un momento muy delicado. Estarán enterados de que se prepara un desembarco aliado.

Los dos asintieron con la cabeza.

—Frank está obligado a llevar una doble vida para obtener información alemana, por eso está mal visto entre los exiliados de su país, está sometido a una gran presión.

—Claro. —Rosa empezó a entender muchas cosas.

—Señor Montfort —prosiguió el cónsul—, nos consta que ha tenido contactos con Lasarte.

—Bueno, hemos sido presentados, eso es todo. —Intentó no comprometerse con la respuesta.

—Lasarte está reclutando partidarios para su causa entre los gallegos y catalanes exiliados. Buscan información sobre la red germana en Buenos Aires. —El cónsul se dirigía a ellos en un tono tranquilo—. Pero nosotros estamos obligados a propiciar esa red hasta que se produzca el desembarco, de lo contrario los nazis pueden huir a otro destino y no lograríamos capturarlos.

—No veo lo que yo puedo hacer —se desentendió Martí.

—Colabore con Lasarte. Frank no puede introducirse

ahí, pero usted sí. No se ofenda, Rosa, pero usted es la esposa de Frank y es mejor que se mantenga al margen. Todos estamos en el mismo lado, ¿no?

Martí no sabía qué responder. En España no quiso participar en política, ¿por qué iba a hacerlo ahora?

—¿Qué me dice, Martí? —insistió el cónsul.

—Yo no estaré aquí mucho tiempo, debo volver a mi país.

—Cualquier información es mejor que nada.

—Déjeme pensarlo —Martí contestó mientras aflojaba algo el nudo de la corbata.

—Ok. Tómese su tiempo —dijo el cónsul levantándose y dando por terminada la reunión.

Martí necesitaba saber, y una vez en la calle preguntó a su amiga:

—¿Qué piensas hacer ahora? ¿Volverás con él ahora que sabes que es un héroe?

—Eso no cambia lo que ha pasado entre nosotros. No sé lo que él siente realmente por mí, ni siquiera se ha molestado en buscarme.

Martí calló. Si le contaba que él la estaba buscando en Buenos Aires sería el final de sus esperanzas de volver con ella a España. Quizá fuera egoísta por su parte, pero ahora tenía una oportunidad.

Desde que se inaugurara la exposición de pintura de Rosa, Mami estaba tremendamente entretenida en el Casal, sobre todo por las tardes, en las que la afluencia de público era mayor. En las mañanas las visitas solían ser más de carácter protocolario, visitas sociales. Pero sintió curiosidad por esa mujer. Era la segunda persona que preguntaba por Rosa.

—No, señorita, la señora Bennet-Jones no se encuentra. Lo siento —contestó Mami amablemente.

Martí se giró al oír el nombre de Rosa. Solo podía ver a aquella mujer de espaldas. Lucía una figura delgada, de piernas largas y pelo rubio recogido en la nuca. Vestía elegantemente.

—¿Puedo ayudarla, señorita? —preguntó acercándose.

La joven se giró y observó el rostro de un hombre moreno, de ojos azules. ¡Como Frank!, pensó. Se le veía acostumbrado a la ciudad, y desde luego, por su acento, era español.

—Permítame presentarme. Mi nombre es Martí Montfort, soy amigo de Rosa, no he podido evitar oír que preguntaba por ella.

—Así es, necesito hablar con ella —le contestó la mujer.

—Pase por aquí, por favor —pidió él.

Martí cedió el paso a aquella hermosa rubia para que pasara al despacho, aunque sus ojos azules le resultaron tan excesivamente fríos que le dio un escalofrío. Una vez dentro Martí le indicó que tomara asiento.

—Oh, perdone, mi nombre es Elena Valdés. Rosa y yo somos vecinas en El Calafate.

—Sí, he oído hablar mucho de ese pueblo.

—Me urge hablar con ella. —Elena desconocía el tipo de relación que Martí podía tener con Rosa, pero evidentemente no podía confiarle sus temores.

—Verá, señorita Valdés, Rosa necesita descansar. Ella ha venido para estar un tiempo sola y no estoy seguro de que quiera recibir visitas.

—Señor Montfort, yo no sé qué le habrá contado ella, pero mi visita está relacionada con los motivos de su estancia aquí.

Martí se puso en guardia.

—¿Viene de parte del señor Bennet-Jones? —preguntó, alerta.

—No, no. Él no sabe nada. De hecho, no le avisé de mi venida. Pero es muy importante que hable con ella, debo evitar que cometa un error.

Martí se fijó en ella con detenimiento. Sus manos revelaban que no estaba comprometida ni casada. Si quería que confiara en él, debería ser él el que diera el primer paso. Solo así podría obtener una segunda visión de lo que estaba pasando en El Calafate. Estaba seguro de que Rosa no se lo había explicado todo.

Frank entró en el consulado decidido. Quería darse prisa, aún le quedaban muchos hoteles por comprobar. Saludó con la mano a Emily, y ella le sonrió coqueta. Cada día encontraba más atractivo a ese hombre.

—¿Está en su despacho el cónsul? —preguntó Frank.

—Sí, señor Bennet-Jones. Lo está esperando.

Frank se adentró en el pasillo dando unos pasos largos.

—Frank! *How are you?* —Kenneth se levantó para ofrecerle su mano.

—*Fine, thanks.* Recibí tu mensaje. —Frank esperaba curioso que hablara.

—Sí, Paul me ha enviado un cable urgente. No pongas esa cara, de ser él también habrías actuado así. Es su trabajo.

—¿Desde cuándo nuestro trabajo es matar a los nuestros?
Frank no parecía dispuesto a olvidar.
El cónsul se levantó acercándose a Frank.
—Hablas así porque estás enamorado.
Frank se volvió enfadado.
—Si crees eso es que no me conoces.
—Está bien. No vamos a discutir entre nosotros, todo va bien ahora, ¿no? Te casaste con ella, está a salvo y eso es lo que importa.
Frank desvió la mirada. Ojalá todo fuera tan fácil.
—¿Qué dice Paul? —Quería cambiar de conversación.
—Hay noticias sobre tus suegros. Tranquilo, tu esposa no sabe nada, me enteré después de que ella viniera a verme.
—¿Ella ha estado aquí? —se levantó impaciente.
—Sí, ¿no te lo ha dicho? Vino acompañada de un amigo suyo, Montfort. Estuve tanteándolo para que fuera nuestro hombre en el Casal.
—Háblame de vuestra conversación. —Por fin parecía tener una pista.

Tras dejar el consulado Frank se dirigió de nuevo hacia el Casal, decidido a salir de allí con una respuesta.
—Buenos días, señor Bennet-Jones. —Aunque Mami dudaba que lo fueran viendo la expresión de su rostro.
—Buen día, Mami. —Frank no se paró, tenía necesidad de aclarar las cosas con Martí.
—Señor Bennet-Jones —ella le siguió por el pasillo—, el señor Montfort no está. Ha salido con una señorita hace

un momento. —Mami notó una gran decepción en la cara de aquel hombre.

—¿Era mi esposa? —preguntó. Su estómago le aguijoneaba sin compasión mientras esperaba la respuesta—. Mami, esto es muy importante, aunque le parezca extraño que le pregunte esto, pero ¿sabe usted dónde se hospeda mi esposa aquí en la capital?

Mami dudó un momento.

—A mí nadie me lo ha dicho, señor.

Frank agachó la cabeza derrotado.

—Pero oí como el señor Montfort se lo decía a la señorita que le acompañaba.

Frank le cogió las manos esperanzado. Quizá tuviera una oportunidad ahora que ella sabía que no era un cobarde.

Esther Masdeu disfrutaba tranquilamente de su lectura cuando el timbrazo insistente de la puerta la sobresaltó. Silvana, la chica de planta, le anunció la visita. Esther hizo que el visitante esperara en la biblioteca mientras ella misma subía a avisar a Rosa.

—¿Es Frank? —preguntó Rosa. Su corazón se aceleró ante la idea.

—No, querida, es la señorita Elena Valdés. —Esther vio la decepción en su cara.

—¿Qué hace esa mujer aquí? —se extrañó Rosa.

—Parece ser que habló con Martí.

—¿Él le dijo cómo encontrarme? No lo entiendo, él sabe que... —Rosa apartó un rizo de su cara con decisión—. Veamos para qué ha venido.

La entrevista tuvo lugar en la biblioteca. Ninguna de las dos se dijo nada, se saludaron con la mirada mientras la anfitriona las dejaba solas.

—Iré a preparar té. —La señora Masdeu las dejó para que hablaran con tranquilidad.

Tomaron asiento una frente a la otra. A Elena le resultaba difícil empezar la conversación.

—¿Vienes a asegurarte de que Frank queda libre? —Rosa rompió el hielo. Su voz estaba tan cargada de reproche que le recordó su última conversación con Anna—. ¡Elena! ¿Qué ocurre? —Rosa vio como Elena se tapaba la cara con las manos para ocultar unas lágrimas que era incapaz de controlar.

—Rosa, yo... —Pero no pudo continuar.

Rosa le ofreció un pañuelo. Esther tocó la puerta, dejó el servicio de té sobre la mesa y abandonó rápida la biblioteca ante la mirada confusa de Rosa.

—Elena, cálmate. Me estás preocupando. ¿Le ha pasado algo a Frank? Por Dios, dime algo.

—¡Perdoname, perdoname! —Elena se enjugaba las lágrimas—. Tengo tanto tiempo guardando esto para mí sola que creía que me volvería loca.

—¿De qué se trata? —Rosa pensaba en Frank.

—Es sobre Anna. Mejor dicho, sobre Anna y Armando. Ahora él presume que se repite la historia.

—¿Qué? ¿Tú lo sabías? ¿Tú sabías que fueron amantes?

—Armando se jacta de eso, de haber conquistado a la mujer del inglés, otra vez.

—¡Dios! —Rosa apretó los labios.

—Se propuso conquistarte en cuanto te vio. Saber que eras la mujer de Frank hizo el resto.

—Me lo imagino. —Rosa se preguntaba si era lo que él había buscado, aunque se resistía a creerlo.

—Rosa, necesito decirte algo, no fui sincera contigo la última vez que nos vimos. Yo vi a tu hermana el día en que murió.

—¿Sabes qué pasó? —preguntó.

—Yo debería haberla avisado. Sé que iba a verse con Armando, que pensaba dejarlo porque estaba embarazada y quería criar a su hijo con Frank.

—¿El niño que esperaba era de Frank? —Rosa abandonó su asiento y se acercó a Elena.

—No lo creo, pero esa era su decisión. Yo debí avisarle, debí prevenirla sobre Armando. Él no es de los que aceptan perder a una mujer, y menos cuando cree que espera un hijo suyo.

—¿Y Frank la aceptó después de todo? Me cuesta trabajo creerlo con su orgullo. ¿Estaba dispuesto a criar al hijo que podía ser de otro hombre, y a darle su apellido?

Elena miró a Rosa con sus ojos empañados y le cogió las manos. Necesitaba ser convincente.

—Frank no es fácil de conocer, es orgulloso pero nunca abandonaría a una mujer que le pide ayuda. Él es un caballero antes que un marido celoso.

A Rosa esa respuesta la ahogaba. Ahora más que nunca comprendía que Frank solo buscó en ella la sustituta de su hermana. Debía de quererla mucho si la aceptó de nuevo.

—Dime, ¿te envía él? —le preguntó.

—No, no. Vine a avisarte de que estás en peligro.

—¿A qué te refieres?

—¿No entendés? La historia se repite de nuevo. Tu hermana murió por eso.

—¿Crees que fue asesinada?

—Está claro que uno de los dos no aceptó que le dejaran. Yo los conozco bien a los dos. Créeme, Armando nunca aceptaría que un hijo suyo llevara los apellidos de un inglés, y menos que lo criara. En cambio Frank... él es diferente.

—Haces esto porque estás enamorada de Frank.

—Hago esto porque quizás pude evitar la muerte de Anna y no lo hice. Yo sabía que Anna iría al Perito Moreno con Frank, quizá lo comenté delante de Armando. Los remordimientos me están torturando desde ese día.

Rosa estaba desconcertada. Había dolor en la cara de Elena, parecía sincera. Por otro lado, le costaba creer que Armando fuera un asesino, pero tampoco lo creía de Frank.

—Sé que estás embarazada. Tené cuidado, si tu hijo es de Armando, no te va a dejar escapar. Él no conoce de reglas, no le va a importar que seas la esposa de otro hombre.

Elena confiaba ciegamente en que su conversación con Rosa la alejaría de Armando. Se alejó de allí con calma, aunque en su interior sintió unos deseos irrefrenables de gritar para celebrar su victoria. Ya había esperado demasiado.

Rosa confió su conversación con Elena a Esther. Necesitaba una opinión algo más objetiva que la suya.

—Pero Elena dijo que no creía que fuera Frank, ¿no es cierto? —preguntó Esther.

—Elena está enamorada de él. Estoy segura. Haría cualquier cosa por no perjudicarle.

—¿Y tú no? No has solicitado la autopsia de tu hermana, que yo sepa. —Esther se fijó en la reacción que sus palabras provocaban en Rosa.

—¡Estoy tan confundida, Esther! Me casé con Frank enamorada del hombre que mi hermana describía en sus cartas y ahora... ahora resulta que ese hombre es Armando.

—¿Y ahora estás dispuesta a renunciar a todo? Si dejas a Frank le estarás robando el padre a tu hijo. Y si lo dejas libre, ¿podrás soportar verlo algún día con otra mujer? ¿Quizá con Elena?

Rosa dio un respingo al oír eso. Los recuerdos de sus momentos íntimos con Frank invadieron su mente. Imaginó a Frank acariciando a otra, amándola. Imaginó a otra mujer desnudándolo, ocupando con sus manos su cuerpo... Las palabras de Esther la rescataron de esa tortura.

—¿Qué es lo que te hace dudar realmente? Es con Frank con quien has vivido hasta ahora tu historia de amor. Las cartas no son más que tinta en un papel, historias que tu hermana seguramente adornó. ¿Cómo crees que era la relación de tu hermana con Armando? Seguramente fue un idilio basado en el aburrimiento, en el tedio, en la búsqueda de emociones, pero sin trasfondo, sin pasión ni amor. Pero Frank ha sido y es real. ¡Qué más da lo que le impulsó a casarse contigo! Solo necesitáis hablar, sinceraros sobre todo y desde el principio. —Esther dejó sola a Rosa; tenía mucho en que pensar.

Cuando se reunieron para comer a Esther le pareció que Rosa estaba más tranquila, por eso cuando recibió a

Frank, que la buscaba, no dudó en subir a decírselo. Le gustaba aquel hombre, parecía sincero, enamorado y estaba segura que Armando solo había sido un deslumbramiento pasajero. ¡El mágico encanto de los hombres argentinos!

Frank caminaba nervioso por el vestíbulo esperando. No estaba seguro de que Rosa lo recibiera, sin embargo la cara de Esther le anunció que sí. Subió las escaleras de dos en dos. La puerta de la habitación estaba abierta. Su corazón parecía desbocado. Rosa se encontraba delante de él; había tenido a aquella mujer muchas veces entre sus brazos, pero en ese momento la sentía distinta, lejana.

—Rosa.

Frank se decidió a entrar en la habitación. Ella no dijo nada, seguía allí de pie, frente a él, mirándolo y sintiendo emociones encontradas. Reparó en su mano vendada.

—Rosa, he hecho muchas cosas mal, lo sé, desde el principio... pero es que... —Frank carraspeó antes de seguir—. Nunca se me ha dado muy bien hablar de estas cosas. Yo quizá no estaba preparado para esto, al principio me sentía extraño, no esperaba que surgiera algo tan fuerte entre tú y yo. Yo quizá no estaba preparado para esto, buff, eso ya lo he dicho... Lo que quiero decir es... es que mi vida se derrumba sin ti. —Se acercaba a ella mientras hablaba, buscando en sus ojos alguna reacción.

Rosa lo escuchaba en silencio. Le hacía daño verlo así pero tenía que resistir, necesitaba una prueba de su amor por ella.

—Rosa. —Frank se acercó un poco más, hasta percibir aquella fragancia que le embrujaba—. Dame una oportunidad, empecemos de nuevo, sin preguntas, olvidando el pasado. ¡O hablando de todo lo que tú quieras! No me importa, pero vuelve conmigo. Vuelve a ser mi mujer, pero esta vez sabiendo quiénes somos.

Frank continuó.

—Fui un cobarde contigo y es algo que nunca me perdonaré.

Ella iba a decir algo, pero él no la dejó.

—Por favor, déjame acabar. Quizá no he sabido amarte como necesitas, pero me pasaría la vida entera intentándolo si me dejas. Han faltado muchas palabras entre nosotros. A pesar de todo, de las circunstancias, me casé contigo porque no podía irme sin ti. La idea de no volver a verte me estaba consumiendo. Saberte en peligro no fue más que una excusa para poder hacer lo que quería. Ya te habías metido muy dentro de mí, te deseaba, te quería.

A Rosa le pareció que su mirada se empañaba. Los dos siguieron unos segundos sin decirse nada. Frank inclinó la cabeza hacia ella.

—Anna me hizo más daño de lo que pensé. Me convirtió en un hombre tan inseguro que me hizo destruir lo que teníamos. Ahora entiendo, después de conocerte, que no estaba enamorado de ella, era mi orgullo de hombre el que me movía, el que me ha hecho odiar a Armando. Pero ahora es diferente, por ti sí tengo miedo, miedo a perderte. Podemos intentarlo de nuevo, tú, yo y el bebé. Nunca, nunca te preguntaré nada sobre lo que haya pasado con ese hombre.

Frank tragó saliva y la cogió por la cintura. Le hablaba casi en un susurro, con su mejilla pegada a la de ella. Notaba el roce de su pelo y su aroma. Contuvo las ganas de robarle un beso.

—Frank, me importa mucho lo que estás diciendo.

Rosa le habló de su conversación con el cónsul. Era el momento de aclararlo todo, de despejar todas las dudas. Él ya conocía su pasado en Barcelona, su acercamiento a Armando, sus dudas sobre la muerte de Anna.

—Estoy dispuesto a pedir la autopsia de ella, lo que sea necesario... con tal de que me creas y vuelvas conmigo. Vuelve a casa conmigo, Rosa... —Le rozó los labios con los suyos, sus manos la acercaron más a su cuerpo, hasta que ni el aire pudo pasar entre los dos. Aquel beso tenía un sabor distinto, como el de los amantes en su primera cita a escondidas. Él le comió los labios, extrañaba su cuerpo, el roce de su piel, aquel aroma que siempre le embriagaba.

—Te sienta bien estar sin mí —le dijo él con tristeza—. ¡Estás preciosa!

—¿Te has vuelto a dejar la barba? —preguntó ella en voz baja.

—Ya no tenía ninguna razón para afeitarme.

—Si quieres que vuelva contigo tendrás... que afeitarte. —Una pícara sonrisa afloró en la cara de ella.

—¿Tienes una cuchilla aquí? —preguntó él decidido.

La levantó del suelo para besarla, pero esa vez su beso fue apasionado, casi fiero, como si quisiera devorarla en ese momento.

—Vámonos a casa. Ven conmigo ahora. —La miró esperando su respuesta.

—Espérame abajo mientras recojo mis cosas.

—No tardes —le pidió él suavemente.

Rosa lo acompañó al pasillo, Frank bajó un par de escalones y se volvió para darle otro beso. Rosa lo observó un instante mientras bajaba las escaleras, sonrió a Esther, que salió de la biblioteca al oírles, inquieta por ver cómo había ido el encuentro. La sonrisa en la cara de Frank la tranquilizó, pero cuando miró a Rosa vio como ella se agarraba al pasamanos al tiempo que su cuerpo se desplomaba. Un grito se escapó de su garganta. Frank se giró para ver que ocurría. Rosa rodaba por las escaleras, él corrió hacia ella, su corazón se encogió al oír el golpe de su cuerpo.

—¡Rosa! —Frank se arrodilló sobre la escalera intentando parar el cuerpo desvanecido de Rosa con el suyo.

—No, por Dios, esto no —pidió—, no me puedes hacer esto ahora.

A Esther las palabras de Frank le hicieron presagiar lo peor. Se abalanzó sobre el teléfono mientras contemplaba impotente el cuerpo inerme de Rosa en brazos de Frank. Los ojos de él no podían expresar más angustia.

Martí caminaba tan deprisa como podía por los largos pasillos del hospital. Se iba recriminando a sí mismo lo que había hecho, aunque fuera involuntariamente: conducir a Frank al paradero de Rosa. Se culpaba de lo que había pasado.

Frank paseaba nervioso ante la puerta de la habitación. Los doctores llevaban mucho tiempo con ella y no sabía nada, nada de su estado.

—¿Podrías sentarte un poco, Frank? Me estás poniendo nerviosa a mí también. No podemos hacer más que esperar, esperar y rezar —dijo la señora Masdeu.

—No puedo sentarme. —Frank vio acercarse a Martí, y su cuerpo se tensó.

—Yo le he avisado. —La señora Masdeu se estaba arrepintiendo.

Martí se abalanzó sobre él sin mediar palabra, empujándolo contra la pared.

—Dime, hijo de puta, ¿para esto querías encontrarla? Explícame, ¿cómo es que todas las mujeres de tu familia tienen accidentes? Primero Anna y ahora Rosa.

—No sabes lo que dices. —Frank se lo quitó de encima.

—Yo creo que sí. —Martí alzó la voz.

—Caballeros, por favor, esto es un hospital —intervino la señora Masdeu. —«En buena hora se me ocurrió», pensó.

La aparición del doctor interrumpió la discusión. Frank se acercó a él.

—Doctor, ¿cómo está mi esposa? —preguntó angustiado.

—Por ahora, estacionada. Tuvo mucha suerte, no parece que el bebé haya sufrido ningún daño, pero ella recibió un fuerte golpe en la cabeza y sigue inconsciente.

—Pero ¿se recuperará? —insistió Frank.

—Es pronto para pronunciarme, debemos esperar y confiar en que sí. Con estos golpes nunca se sabe a ciencia cierta hasta que el paciente vuelve en sí. Aún tenemos que estudiar si se ha formado algún coágulo. Esto puede demorarse por algunos días.

Frank se pasó la mano por la frente intentando calmar su angustia. Martí se aproximó a él.

—¿Que se recupere es una buena o mala noticia para ti? —preguntó con odio.

—Rosa es mi mujer y la quiero, nunca le haría daño.

—Por si acaso voy a vigilarte día y noche, no permitiré que remates el trabajo.

—¡Estás loco!

—¡A partir de ahora voy a convertirme en tu sombra! —le dijo alejándose por el pasillo.

—Lo siento, Frank, no sé en qué estaba pensando cuando lo llamé. Me consta que ese hombre está enamorado de Rosa. Lo siento. He intentado explicarle otra vez que fue un desgraciado accidente, pero no quiere oír.

—No se preocupe. Le estoy muy agradecido por todo lo que ha hecho por Rosa en este tiempo. No podría haber estado en mejores manos.

—Ahora sí que estará en las mejores manos. En las tuyas.

Frank la miró agradecido.

44

La Vista

14 de diciembre de 1943

En la puerta del gigantesco edificio, el nombre de Clarín anunciaba la entrada al periódico más popular y de mayor tirada del país. En uno de sus despachos Armando daba pasos cortos mientras hablaba airadamente. El hombre sentado tras la mesa lo miraba con los ojos muy abiertos.

—¿Que hiciste qué? —le preguntó.

—Interpuse una querella criminal. Lo que recién ocurrió es lo único que necesitaba. —Se refería al accidente de Rosa—. Así conseguiré que practiquen la autopsia a Anna. Si se demuestra que ella esperaba un hijo, por fin lo tendré en mis manos.

—Pero bien podría ser hijo de su marido. No tenés modo de demostrar nada.

—Ella no convivía con él. Todo Buenos Aires lo sabía, vos lo sabés. Con lo que le hizo a Rosa me lo puso en bandeja.

—Quizás fuera un accidente. Tengo entendido que no estaban solos.

—¡No me importa! Ahora no es como antes, tengo personas importantes en la Junta que me apoyarán, ahora estoy en posición de conseguir un juez que no esté bancado por ellos, y vos vas a ayudarme. —Lo apuntó con el dedo.

—Está bien, está bien —intentó calmarlo—. Pero ya sabés que primero habrá una vista preliminar, donde se valorarán los hechos y se considerará si hay suficientes pruebas como para aceptar la demanda.

—Ya sé, ya sé.

Armando paseaba por aquel despacho con las manos apoyadas en la cadera, intentando vislumbrar una salida airosa que le acercara definitivamente a Rosa.

En el hospital Esther apretó con fuerza el periódico contra su cuerpo y abrió con cuidado la puerta de la habitación. Frank seguía en la misma posición en que lo había dejado la noche anterior. La conmovió. A Frank le brotaban enemigos por todas partes y no era justo, y menos viéndolo así, con su mano apretando con suavidad la de Rosa y acariciándole el pelo. Debía de estar rendido.

—Frank —susurró poniéndole una mano en el hombro.

—Buenos días, Esther. ¿Por qué ha venido tan temprano?

—Frank, será mejor que salgamos al pasillo, tenemos que hablar.
Él la miró con preocupación.
—¿Ha visto al doctor? ¿Ha dicho alguna cosa?
—No, no es eso. Mira, lee esto.
Esther le entregó el ejemplar de *Clarín*.
Frank leyó en voz alta sin acabar de creer lo que leía.
—«El terrateniente Frank Bennet-Jones podría ser acusado del asesinato de su primera mujer e intento de homicidio de la segunda». —Suspiró cansado.
—¿Qué piensas hacer? —Esther lo miraba impaciente.
—Esto es cosa de Armando. No estará contento hasta que me vea bajo tierra. Esther, es preciso que hable urgentemente con mi abogado.
—No te preocupes, yo me quedaré con ella.
—Si hay algún cambio, por favor avíseme a este número —Frank se lo anotó en una de sus tarjetas—, es el despacho de mi abogado.
—Ve tranquilo, hijo —dijo guardando la tarjeta en su bolso.

Armando observaba con atención la decoración del bufete mientras hablaba.
—Bien, ahora podés justificar todo el dinero que invertí en vos.
—No lo defraudaré, señor Guzmán —respondió solícito el abogado Támez—. Prepararé la vista preliminar sin omitir ni un solo detalle. Lo importante es que se va a celebrar esa vista preliminar, eso es ya bueno —repitió ner-

vioso—. Y después está lo de la autorización para practicar la autopsia. Esa tiene que ser nuestra principal baza.

—Espero que todo salga como deseo —continuó Armando—. Quiero a ese hombre entre rejas, fuera de circulación, fuera de El Calafate, fuera de la vida de Rosa. —Su voz se iba alzando—. ¿Me entendés? ¡Lo quiero fuera de mi vida, fuera de mi país! —le recalcó.

—Sí, señor, sí —el abogado asentía casi haciendo una reverencia.

Frank apretaba aquel periódico como si fuera el cuello de Armando. Detestaba a aquel hombre cada día más. Quizá fuera bueno que todo estallara de una vez, que las cosas se aclararan y así poder empezar de nuevo con Rosa. Esperaba que Tom le ayudara en ese proceso. Tom Fitzpatrick y él jugaban juntos en el equipo de polo. Se saludaron afectuosamente. Tom le escuchó preocupado.

—Ante todo quiero que Rosa no se vea involucrada en todo esto, Tom —pidió a su amigo.

—Eso va a ser muy difícil si la parte contraria la cita como testigo —le dijo—. Esperarán a que se recupere si es necesario para celebrar la vista. Contra eso no podemos hacer nada. De todas formas, estamos hablando de una vista para decidir si hay indicios o no.

—Tom, tienes que hacer lo imposible para dejar a Rosa al margen —pidió de nuevo.

—Bueno, de todas formas ella podría testificar que su caída fue un accidente. Además contamos con un testigo, la señora Masdeu, por lo que me has dicho. Otro tema será la muerte de Anna.

—¿Pueden solicitar la autopsia no siendo familiares? —preguntó.

—Sí, si presentan indicios de criminalidad en su muerte, o algún trámite incorrecto. Eso será la clave de todo: el resultado de la autopsia y si hay arma del crimen. Tendrán que declarar el juez y el médico que certificaron su muerte.

Frank asintió con la cabeza mientras giraba nervioso el anillo dorado de su dedo. A Tom le pareció que Frank no entendía la gravedad del caso.

—Frank, solo te lo preguntaré una vez: ¿pueden encontrar algo?

—Espero que no. —Miró a su amigo—. Todos los trámites los certificó un juez. No hubo necesidad de médico alguno.

Tom se arregló la barba con la mano intentando descubrir algo en la respuesta de su amigo. No le creía un asesino, pero quizá un accidente involuntario...

—Déjame pensar en todo lo que hemos hablado, ordenaré mis notas y me pondré en contacto contigo de nuevo. Tendré que hacerte muchas preguntas. De todas formas, tenemos que esperar la notificación del juzgado, de momento solo contamos con un titular de prensa.

—Está bien, puedes localizarme en el hospital. —El fuerte apretón de manos que se dieron pareció tranquilizar a Frank.

Cuando Rosa abrió los ojos, se asustó al ver la expresión de Frank.

—¿El bebé? —preguntó en un susurro.

—Rosa, cariño, ¿cómo estás?
Se inclinó sobre ella.
—¿Y el bebé? —preguntó ella de nuevo.
—Está bien, él está bien. Me tenías muy asustado, no me aseguraban que volvieras en ti, Rosa. —Frank le apretó aún más la mano.
—Me desmayé, yo... —Se sentía tan débil que le costaba mucho hablar.
—No digas nada, necesitas descansar. Voy a buscar al doctor.

Las últimas tres semanas, ya en la casa de El Tigre, Frank se esmeraba en mimar a Rosa. Eran sus primeras navidades juntos y, a pesar de todo lo que estaba pasando, quería que fueran muy especiales para los dos. Cuando la vio más recuperada, aun a su pesar, le explicó que se enfrentaba a una vista.

A Rosa le preocupaba la exhumación del cadáver de Anna. Se repetía una vez y otra las palabras de Elena, la posibilidad de que fuera Armando el asesino, pero aunque así fuera, si encontraran algún indicio en el cuerpo de Anna, todos sospecharían de Frank. Él fue el que estaba con ella cuando murió. ¿Qué podía hacer por ayudarlo? ¿Y si hablara con Armando? Sabía que él estaba en Buenos Aires. Tenía que hacer algo.

El taxista la esperaba en la puerta; si no encontraba a la persona que buscaba, aquella pelirroja volvería de nuevo. La puerta se abrió y tras unos instantes la mujer desapareció en el interior de la casa. El taxista arrancó fastidiado.

—¡Rosa! —Armando la besó en la mejilla, gratamente sorprendido. Había perdido las esperanzas de volver a tener encuentros con ella ahora que había vuelto con Frank—. No quise ir al hospital, vos sabés —le explicó.

—Te lo agradezco igualmente, Armando. Me llegó tu nota.

—¿Cómo andás, chiquita? Pasá y sentate.

—Armando, necesito pedirte algo.

—¡No, Rosa! —Se separó de ella. Ya imaginaba el motivo de su visita. Ella le siguió.

—¿Qué buscas con todo esto, Armando? No lo entiendo, me estás haciendo daño a mí también, ¿no lo ves?

—Prefiero hacerte daño yo a verte muerta cualquier día en sus manos. ¡Ya tuviste que alejarte de él una vez! ¿Ya te olvidaste?

—Lo que me ocurrió fue un accidente, perdí el conocimiento.

—No me refiero a eso. Vos no sabés nada. Sos una recién llegada. Tu hermana no murió accidentalmente. ¡No dejaré que eso te pase a vos! —Armando le puso las manos sobre los hombros, reclamando su atención.

—Pero, Armando, ¿cómo sé que ocurrió así?

—¿Y cómo iba a ser si no?

—¿Y si la hubieras matado tú? ¿Cómo puedo estar segura? ¡Los dos pudisteis hacerlo!

Armando le sujetó la cara entre las manos.

—Linda, ya te dije hace mucho que te casaste con el hombre equivocado. Entiendo que quieras criar a tu hijo con su padre, creéme que lo entiendo, pero no me pidás que yo te ayude a estar con él. Yo te quiero para mí, vos y yo tenemos algo muy especial. —Armando señaló su corazón—. Es algo que va más allá de lo físico, es una conexión casi espiritual, y eso, Rosa, es muy difícil de encontrar en este mundo. No podés pedirme que renuncie a eso, no podés y no está bien que vos lo hagas.

Rosa se separó de él.

—¿Por qué todo es tan difícil? —se quejó ella. —Esta situación me sobrepasa. Si se celebra un juicio acabaremos todos perjudicados.

—Podría ser muy fácil si vos quisieras. Quedate conmigo.

—Retira la demanda, Armando, por favor —le suplicó.

—No puedo, no me lo pidás más.

—Esto no lo haces por amor, lo haces por venganza. Solo te mueve el inmenso odio que le tienes a Frank.

—Antes o después te darás cuenta de la realidad, te llegará el desencanto, la decepción, y entonces...

—¿Entonces? —dijo ella airada, esperando una amenaza.

—¡Entonces empezará lo nuestro! —contestó él con sentimiento.

Rosa se dirigió hacia la puerta confundida; siempre le pasaba cuando estaba con Armando. En el momento en que la cerraba tras ella sintió que parte de su alma quedaba en aquella habitación, sentía aún la mirada de aquellos ojos negros sobre ella.

Armando hizo un gran esfuerzo por no retenerla. Su pasión contenida por ella empezaba a hacerle daño. La deseaba y daría lo que fuera por hacerla suya, pero debía dejar que madurara por sí misma y, cuando lo hiciera, cuando estuviera preparada, sería ella quien lo buscara. Era cuestión de tiempo y prefería renunciar a ella ahora si eso significaba tenerla el resto de su vida. Solo necesitaba tiempo, se dijo, solo eso. ¡Maldito tiempo!, maldijo.

Las tardes en El Tigre eran lo más bonito de aquellos días. Frank salió a la terraza buscando a Rosa y la encontró sentada en el balancín. Parecía tranquila con su pelo suelto mirando fija al río, estaba tan bonita que no quería estropear el momento.

—¡Frank! —le llamó ella al notar su presencia.

Él se sentó junto a ella, tenía poco tiempo antes de escoger las palabras. Le pasó el brazo por encima de los hombros y la besó.

—Tus padres están aquí —dijo él simplemente.

—¿Qué? ¿Han venido por si se celebra un juicio finalmente? —se sobresaltó.

—No, no. No exactamente. Han tenido que escapar de España.

—¡Escapar! ¡Dios mío! Mi padre... lo descubrieron. Por mi culpa.

Rosa se levantó sobresaltada.

—Tranquila, tranquila, están bien. Déjame explicarte —le cogió la mano. —El tal don José sí denunció a tu padre por falsificar la documentación de un trabajador, me parece que ya sabes de lo que te hablo. —Ella asintió—. Pero Ferran tuvo tiempo de pedir asilo en la Embajada. Paul logró sacarlos de allí. He estado al tanto de todo el proceso, pero no quería decirte nada hasta estar seguro de que todo había salido bien. Lo bueno es que estarás con ellos estas fiestas.

—Lo habrán perdido todo por mi culpa. —Rosa pensaba en cómo se enfrentaría a su madre.

—No les faltará nada, no te preocupes por eso. Ven, ven aquí. —Frank hizo que se sentara en su regazo.

—Pero Frank, eso significa que mi madre me odiará más que nunca, si saben lo de la vista, ella... podría perjudicarte, solo por hacerme daño a mí.

—Ya lo saben. —La voz de Frank transmitía seguridad.

—¿Qué vamos a hacer? —Intentaba pensar en algo.

—De momento, nada. Mañana nos reuniremos con ellos. De todas formas, no estoy preocupado por tu madre. —Ella lo miró sin entender—. Ya la conoces, no encarcelará a su gallina de los huevos de oro.

Rosa asintió, él tenía razón. Si su madre comprobaba el nivel de vida que podía ofrecerle Frank, no haría nada contra él.

—Abrázame muy fuerte, por favor —pidió ella.

Pero él hizo mucho más, con ella en brazos se encaminó al interior de la casa. Habían esperado casi un mes desde la caída de Rosa y era una tortura tenerla tan cerca y no poder tocarla. Cerró con el pie la puerta de la alcoba. Con cuidado la dejó sobre la cama. Sus ojos mostraban un deseo que se transmitió al resto de su cuerpo, sobre todo cuando notó cómo se estremecía ella con sus caricias.

—Hazme tuya —le pidió mientras se arqueaba sobre él.

—Rosa...

Pero Frank ya no habló más. Sus labios abrasaban la piel de Rosa sin olvidar un espacio. Notaba las manos de ella reclamando más, se olvidó de que estaba embarazada y la amó como un hombre ama a una mujer, pero como un hombre desesperado, como si fuera la última vez que estaría con ella. Así deseaba que fuera siempre, un amor sin límites, desenfrenado. Sentía que en cada caricia, en cada beso luchaba por conquistarla, por hacer que olvidara a aquel hombre. Esperaba el momento en que pudiera liberarse de ese sentimiento que le carcomía más de lo que pensaba.

La mañana siguiente sus padres les esperaban en la costosísima suite que les había reservado Frank. Nada fue como Rosa imaginó. Hasta ese preciso momento no había sido consciente de lo que le importaba su padre. Cuando la puerta de la suite se abrió y vio su cara se sintió como cuando era pequeña, buscó refugio en aquellos brazos que se cerraron fuertes alrededor de ella. ¡Estaba a salvo y allí! Nada importaba el dinero ni las posesiones, nada era igualable a aquel abrazo. Si pudiera contarle todo a él, si pudiera...

Montserrat y Frank, en un segundo plano, se miraron, se entendieron. Sin saber cómo, después de esa reunión Rosa notó un cambio inimaginable en su madre. A partir de ese momento su madre pareció adoptar a Frank, en él encontraría lo que esperaba de un hijo, que la protegiera, que la mantuviera, que le diera su lugar. Y ella, Rosa, pasó a ser simplemente la esposa de Frank.

Fue un intercambio de papeles que los cuatro asumieron sin pactarlo, de un modo natural, cada uno de ellos guiado por una motivación diferente: Ferran buscando la paz entre su mujer y su hija, Montserrat para recuperar su clase y posición, Rosa para proteger a Frank, y él por ella. Hablaron durante horas. Frank contó todo lo que había ocurrido aquel fatídico día. Les habló de Anna, de su muerte, de lo que realmente fue su matrimonio, de su infidelidad con Armando. Ya no tenía sentido ocultar lo que iban a oír en la vista. Les habló de él, de cómo decidió aceptar de nuevo a Anna cuando volvió embarazada. No porque la amara, sino porque ella se lo pidió. Quería alejarse de Armando y él no se lo permitía. Simplemente, la ayudó.

Enero de 1944

La navidad transcurrió como Rosa jamás podría haber imaginado. Resultaron ser unos días felices, intensos. Seguían en Buenos Aires y disfrutó de la decoración navideña de la ciudad, de sus luces, los árboles engalanados, los escaparates llenos de motivos con intensos y vivos colores... El embarazo seguía su curso normal, sin molestias, y Frank la colmaba de atenciones a cada rato. Compartieron cenas con sus padres, a las que casi siempre se les unía la señora Masdeu. Martí, por esas fechas, ya había vuelto a España, lo que le evitó tener un conflicto con Frank si lo invitaba a compartir con ellos esos días. Y los días pasaron, y con ellos llegó el fijado para la vista.

Rosa se sentó en el primer banco de la sala, justo detrás de Frank. Desde allí podía observar de refilón a Armando, pero evitó que sus miradas se encontraran. Se sentía muy extraña y por un instante deseó tener dos cuerpos, dos vidas para poder vivirlas con los dos. No podía dejar de sentir una fuerte atracción por aquel hombre.

La voz del ujier la sobresaltó cuando descubrió a Elena entre el público.

—Todos en pie. Preside la sesión el juez Serrano. Se inicia la vista preliminar en el caso de la República Argentina contra Frank Bennet-Jones. Pueden sentarse.

¡La República contra Frank! Rosa escuchaba atenta los parlamentos del abogado de la acusación. No era la República contra él, era Armando contra Frank. Eran sus acusaciones, sus testigos, sus dudas... y sus declaraciones.

Armando cumplió su palabra de luchar por ella incluso contra ella. Y él citó sus palabras, sus dudas sobre su marido, sobre la muerte de su hermana. Rosa se sintió culpable, intranquila, pero Frank se volvió sonriéndole, su cara le transmitió serenidad.

A Frank no le asustaba que la duda sobre la muerte de Anna le persiguiera toda su vida, su único miedo era que algo le pudiera separar de Rosa. No quería ni imaginar que le llevaran a juicio y le condenaran. Eso significaría que Rosa quedaría sola, libre a merced de Armando, y sabía que él sería capaz de enredarla, de conquistarla. Aquel pensamiento le volvía loco, los carnosos labios de Rosa besando a otro, sus manos recorriendo otro cuerpo que no fuera el suyo... Otro hombre poseyéndola. No entendía qué le había hecho ella, alguna especie de embrujo. Jamás había sentido esas emociones, ese sentimiento de posesión tan fuerte, pero estaban en él y le costaba controlarlo.

Pero inesperada y sorprendentemente, Montserrat se

convirtió en la mejor valedora de Frank. Entró en la sala con el peso de sus perlas al cuello

—Mi yerno —declaró— fue el que nos comunicó el accidente. Fue horroroso, ¡nosotros tan lejos! Horroroso. —Sus dedos acariciaban las perlas buscando su calor—. Su padre y yo nos negamos a la autopsia, mi hija esperaba un hijo de su marido, ella nos lo había comunicado. ¡Nos negamos, claro que nos negamos! ¿Cómo íbamos a permitir que la rajaran, a ella y al bebé? ¡Eso no, nunca! —Escondió su rostro entre las manos.

¡Por fin algo que agradecer a su madre! La siguiente declaración, la del juez Covarrubias, acabó de despejar las dudas sobre Frank.

—Yo certifiqué la muerte. Estaba presente en El Calafate, invitado precisamente por el señor Bennet-Jones. Independientemente de las razones sentimentales para no realizar una autopsia estaba claro que, aunque se hallara algún resto en el cuerpo de la finada, bien proveniente de un cuchillo o de una astilla de hielo, jamás, jamás —repitió— podríamos establecer de cuál de las dos formas murió. Nunca tendríamos la certeza, más allá de la duda razonable, de si ese hombre —señaló a Frank— o cualquier otra persona la mató o simplemente Anna murió por un desgraciado accidente.

Tom estuvo brillante en su defensa de Frank. Insistió una y otra vez en que aquella acusación carecía de sentido. En su exposición presentó fotografías del lugar, ilustraciones de cómo fueron los hechos. No era la primera vez que alguien moría en las mismas circunstancias. ¿Qué hacía ese caso diferente?, preguntó retóricamente. El odio de Armando hacia Frank, pero sobre todo su deseo por conseguir a Rosa.

El juez de Sala coincidió con el planteamiento de Tom y no se presentaron pruebas de que la muerte de Anna no fuera un accidente. El golpe del mazo sobre el estrado apartaba por fin esa espada de Damocles que sentían sobre ellos. Rosa notó el peso de la profunda decepción con que la miró Armando.

El abrazo de su padre le devolvió el calor que necesitaba.

—¡Padre! —Rosa se abrazó a él con tanta fuerza que por un momento se tambalearon.

Ferran contempló a su mujer un instante y después miró a su hija con los ojos algo empañados.

—Ahora que vas a ser madre podrás entenderme. —Miró a su mujer de soslayo—. Aunque sea como es, ha sido la madre de mis hijas, y ese es un lazo que nada puede romper.

Rosa se abrazó de nuevo a su padre.

—Te entiendo, padre. Te quiero —dijo mirando a Frank.

Montserrat tocó de nuevo sus perlas. Contemplar aquel abrazo le transmitió un frío inmenso. Miró a Frank, que caminaba a su lado.

—La vida me está dando una segunda oportunidad, Montserrat, y la voy a aprovechar. Formaré una familia con tu hija, crearé un hogar cálido y feliz. Haz tú lo mismo, no te excluyas.

Montserrat lo escuchó dispuesta a considerar aquel consejo. ¿Quién conoce el futuro? ¿Y si Frank y Rosa tuvieran una niña y se pareciera a Anna? ¡Quizá su yerno tuviera razón, quizá la vida le estaba ofreciendo también a ella una segunda oportunidad!

Y no se equivocaba. En los días siguientes se vieron varias veces para hablar del futuro. De su nueva situación en Argentina. Frank les ofreció que se alojaran en la mansión de El Tigre, ellos pasaban la mayor parte del tiempo en la estancia. Montserrat estaba encantada con la idea, vivir en el barrio más exclusivo de Buenos Aires colmaba todas sus expectativas. Además, contarían con una generosa asignación mensual que Frank les pasaría. Eso incomodaba un poco a Ferran, pero terminó aceptándolo por su mujer.

Era la última semana que Rosa y Frank permanecerían en la capital y encargaron encarecidamente a la señora Masdeu que estuviera pendiente de los recién llegados. Ella sería su contacto y cicerone en la ciudad.

Ferran pronto encontró su lugar en el Casal de Cataluña. Iba a diario, hizo amigos, retomó la pintura, se sentía por primera vez libre. Montserrat, por su parte, quedaba con Esther, que la presentaba a las altas personalidades de su exclusivo círculo. Participaban en meriendas, visitaban exposiciones... cualquier cosa que hiciera que Montserrat se integrara y cultivara nuevas amistades. Esther se lo había prometido a Rosa.

Rosa charlaba largamente con su padre mientras Frank ya ponía en marcha su nueva empresa con Pedro, la de las latas de carne. En esas conversaciones Ferran le explicó cómo había sido su salida de España. Cómo Conchita le alertó del peligro. Gracias a ella tuvo tiempo de recurrir a Paul. Frank sabía de su miedo a ser descubierto, lo hablaron cuando él fue a visitarle a la fábrica para preparar su marcha con Rosa. En ese momento le habló de Paul. Pero Ferran no olvidó a Conchita, no podía, le debía demasiado y se la confió también a Paul, que le prometió ayudarla a salir de España, a llegar a Francia. De momento no sabía nada más de ella, pero Ferran y ahora Rosa confiaban en que todo saliera bien.

Hablaron también de Fuensanta y Tomiro. Ferran les entregó una buena suma con la que volverían a Carmona, su tierra natal, a disfrutar de un digno retiro. Rosa sentía que todo a su alrededor se estaba componiendo. Que realmente empezaba una nueva vida en la que los que le importaban estaban bien, y en la que el hombre que quería estaba con ella.

Pensar en Frank hacía que se estremeciera. El deseo físico por él cada vez era más grande y ahora que ya se acabaron los secretos, las medias verdades, sentía que entre ellos había una gran complicidad. Deseaba llegar de nuevo a El Calafate, para que se acabaran los paseos, las comidas, las salidas, y regresar a su vida retirada con Frank, donde no tuviera que compartirlo con nadie.

45

El Calafate

Febrero de 1944

Elena entró en la casa de sus padres devorando un pensamiento con cada paso que daba. Con las manos en los bolsillos recorrió sin prisas la distancia que llevaba desde la planta baja hasta su dormitorio y abrió lentamente el cajón de la mesilla de noche buscando en el doble fondo del mismo una llave. Colocó un taburete frente al armario. Subida a él tiró de una caja y se aseguró de cerrar con llave la puerta de la alcoba antes de examinar su contenido. Sacó uno a uno los pañuelos y bufandas que cubrían el interior de la caja. Sin prisas. Tomó entre sus manos el objeto plateado que descansaba en el fondo. Lo tomó sin prisas. Le dio la vuelta y su cara se reflejó en un espejo.

—¡Rosa, Rosa! —pronunció con su otra voz, la de verdad—. Tomaste la decisión adecuada. Hiciste bien quedándote con Frank. —La mueca que apareció en el espejo era su sonrisa.

Elena empujó las presillas de plata hasta que estas cedieron y con cuidado deslizó la empuñadura del espejo dejando al descubierto lo que parecía un estilete recién afilado. Lo hizo sin prisas. Pasó la yema de su dedo por el borde encarnado recordando. Sin prisas.

Pensó que era el momento de deshacerse de él. Ahora que volvía a tener el camino libre con Armando no podía arriesgarse a dejar ninguna huella que la pudiera relacionar con la muerte de Anna. Armando pronto llegaría a ser alguien importante en la política del país, lo presentía, y para entonces ella sería la mujer que estaría a su lado. Ella iría a Buenos Aires con él, sería su dama en los actos protocolarios y de ella se enamoraría por fin. ¡Aquella pelirroja intrusa pasaría a ser un recuerdo, como lo era ahora Anna! Guardó el espejo en su bolso, lo lanzaría a las aguas del Perito Moreno. El único testigo de su crimen custodiaría para siempre aquel objeto.

—¿Y esa sonrisa? —preguntó Rosa al ver entrar a Frank en la alcoba. Se incorporó lentamente.

—No seas impaciente. —Él la besó con suavidad y sacó algo de su bolsillo.

—¿Qué es? —Sus ojos se dirigieron directamente a las manos de él.

—La hice arreglar por si volvías —dijo poniéndole la pulsera que le regaló una vez.

—Frank, yo...

—Pssss, no digas nada. —Frank le cogió la mano—. Ven conmigo, quiero enseñarte algo.

Subieron al coche y Frank condujo hasta la salida de la estancia sin escuchar los requerimientos de ella. Se detuvo junto a los postes que marcaban la entrada a sus tierras.

—¡Mira! —le dijo él, expectante ante su reacción.

—¡Santa Cruz! ¡Le has puesto el nombre de la provincia a la estancia! —Eso debía de responder a su deseo de contentarla, pensó ella.

—De la futura provincia —precisó él—. Quiero hacer algo por este país. Tú tenías razón, Argentina me ha ofrecido muchas cosas y ya es hora de que se lo vaya devolviendo. Además, mi hijo será argentino.

Ella se pegó a su cuerpo, le cogió las manos y las llevó hasta su incipiente barriguita.

—Siente, siente cómo se mueve tu hijo —le dijo ella.

Frank cerró los ojos conteniendo la respiración y cuando los abrió estaban llenos de agua. Respiró muy aliviado, se había jurado que nunca le preguntaría nada acerca del bebé, aunque la duda le quemara por dentro. Aquella respuesta era un regalo del cielo para él.

Armando miró por la ventana, curioso al escuchar el ruido de un motor. ¡Ella! Suspiró soltando el aire de su pecho. Conteniendo las ganas de ir a su encuentro, la esperó en el umbral de la puerta. Se sentía molesto con su cobardía durante la vista.

Rosa llegó a su lado sin decir nada. Levantó la cabeza para mirarlo a los ojos, apretando intranquila el tubo de cartón que sujetaba en su mano. Él se hizo a un lado para que entrara a la casa.

—Esto es para ti. —Rosa le entregó el tubo de cartón.

—¿Sabe él que estás aquí? —preguntó tomando el regalo.

—Sí. Frank ha ido a casa de tus tíos. —Ella bajó la cabeza—. Intentamos empezar de nuevo, confiar el uno en el otro...

—Si yo fuera él no te habría dejado venir. —Armando se acercó a ella intentando abrazarla.

—Ábrelo —cortó ella, consciente del esfuerzo que suponía para Frank dejarla ir a encontrarse con aquel hombre. Sabía que hasta que se encontraran de nuevo los celos se apoderarían de él. Y por eso lo quería más, por ser capaz de hacer ese esfuerzo por ella.

Armando apartó el fino papel que cubría el bosquejo del cuadro que pintara Rosa. Recordó con nostalgia aquella tarde y sonrió pensando en la cara de Gaucho posando con Lanas a su alrededor. Pero su atención se fijó en aquel pequeño dibujo de la esquina, no podía dejar de pensar en dónde lo había visto antes sin conseguirlo.

—Lo pongo acá.

Colgó el bosquejo en la pared de su despacho, frente a la mesa. Armando se giró hacia ella. En su mirada ya no había rencor, este había dejado paso al anhelo que sentía por ella, a su pasión contenida. No se resignaba a no tenerla. Lucía tan bella...

—Si vamos a estar un tiempo sin tratarnos, sin hablarnos —él le rozó una mano—, ¿no podríamos despedirnos con un beso? —Armando se inclinó un poco hasta acercar su boca a la mejilla de ella—. Solo uno —le pidió quedamente.

En tierra de fuego

Rosa, indecisa, acurrucó la cabeza en su pecho mientras las manos de Armando la acercaban aún más, tan cerca que los dos sentían el latir del corazón del otro.

—Solo uno —dijo él cuando su boca ya rozaba la de ella—. Decime que sentís lo mismo, decímelo, por favor.

El susurro de su voz se apagó en los labios de ella. Rosa no era capaz de separarse de él.

Un grito desgarrador les sobresaltó, les pareció el grito de un animal herido. Elena les miraba con los ojos inyectados en sangre.

—¡Separate de él, maldita! ¡Apartate! —le chilló—. ¡Deberías estar muerta como la desgraciada de tu hermana! —Sus nerviosas manos rebuscaban algo en el interior de su bolso.

Armando miró a su prima entendiendo de repente. Giró la cabeza hacia el bosquejo de la pared y recordó. Recordó aquel objeto, aquel espejo en manos de Anna, siempre lo llevaba en sus viajes a Buenos Aires, y recordó, recordó el ofrecimiento de Elena de llevarlo al anticuario para restaurar las pequeñas pestañas que perdieron su fijeza. ¡Las pestañas de plata que dejaban al descubierto el abrecartas afilado que escondía su empuñadura! Su mente hilvanó rápidamente los hechos.

Armando se volvió asustado al escuchar el grito ahogado de Rosa. Apenas le dio tiempo de interponerse entre ella y Elena, que avanzaba empuñando el estilete que escondía el espejo. Rosa era incapaz de moverse. El odio y la rabia le dieron a Elena una fuerza impropia de su cuerpo, hundió el estilete con furia, sin darse cuenta de que Rosa era empujada por Armando. No se percató de que luchaba con Armando hasta que él le gritó:

—¡Basta ya, Elena! ¡Estate quieta! —Armando consiguió sujetarla.

—¡Armando, estás herido! —Rosa gritó asustada.

—Ve a buscar ayuda, Rosa, avisa a Juan o a Gaucho. ¡Sal de aquí, vamos! —le gritó.

Elena abrió las manos dejando caer el estilete y se volvió hacia Armando.

—¿Qué te hice? ¿Qué te hice? —repitió con un hilo de voz—. Es culpa de esa mujer, tú eres mío, tú eres para mí, tú lo sabes, mío, mío —repetía.

Armando consiguió tras mucho esfuerzo que Elena se tranquilizara.

—Patrón, ¿qué ha pasado? —Juan dividía su mirada entre aquella mujer con cara de ida y su patrón, que presentaba varios cortes en las manos y una herida profunda en el hombro izquierdo.

—Armando, estás herido. —Rosa se acercó a él asustada ante la sangre que empapaba su camisa.

—¡Rosa, sal de aquí! —la apremió él ante la reacción nerviosa de su prima—. Juan, quedate acá y vigilala. No te fíes de ella. —Armando echó un último vistazo a Elena antes de abandonar la sala. La mujer tenía la cabeza entre las manos y su cuerpo dibujaba un extraño vaivén. La expresión de su cara era desconocida para él. Salió del despacho en busca de Rosa.

—Patrón. —Gaucho entró apresurado en la casa.

—Gaucho, quiero que envies un hombre a casa de mis tíos, que vengan lo antes posible, y que otro avise al médico del pueblo. ¡Vamos! —le urgió.

—Sí, patrón, pero estás herido. —Señaló la camisa ensangrentada.
—Estoy bien, apurate con eso.

Rosa se sentó en la cocina. Le temblaban las piernas. Le costaba trabajo entender lo que había pasado. ¡Elena enamorada de Armando!
—¡Armando! —Rosa se levantó temblando al verlo entrar—. Déjame ver tu herida.
Le esperaba preparada con vendas y antiséptico para hacerle una primera cura.
—No es nada, estoy bien. —Armando se sentó en la silla, apoyando la espalda contra el borde de la mesa.
—Estás herido por intentar salvarme. —La cara de Rosa estaba blanca todavía, el algodón le temblaba en las manos—. Quítate la camisa.
—¿Es mi recompensa? —preguntó mientras tiraba de Rosa haciendo que se acercara más a él—. Vení —dijo él, colocándola entre sus piernas.
—No bromees, por favor. —A Rosa le costaba recuperar la tranquilidad, más aún cuando vio lo profundo de la herida del hombro. Desinfectó la herida y le aplicó un vendaje lo más fuerte que pudo, después se dedicó a los rasguños del brazo y las manos.
Armando se levantó poniéndose de nuevo la camisa mientras pensaba en Elena. La voz de Rosa le devolvió a la realidad.
—Fue ella la que mató a Anna.
Armando se fijó en su cara; intentaba descubrir cómo les afectaría a ellos ese descubrimiento.

—No fue Frank —reconoció él finalmente, tragando saliva—. Ni yo —quiso aclararle.
—Sí. —Rosa lo miró.
—Rosa —él le cogió las manos—, decime algo. Es sobre esas cartas que te escribía tu hermana.
—¿Qué quieres saber? ¿Si ella te quería? —Su voz salió entrecortada de su garganta.
—No, no es eso. Quiero saber si vos te enamoraste de ese hombre, del hombre de las cartas. ¿Es por eso que te casaste con él? Creyendo que lo hacías con ese hombre. —Esperaba ansioso su respuesta.
—Sí, lo creí. Pero si tú estabas enamorado de ella, quizá únicamente veas en mí la posibilidad de continuar aquel romance. Pero yo soy otra mujer, Armando, no soy Anna.
—Lo sé, lo sé. —Él la acercó tomándola por la cintura—. Hasta que no pasó todo este tiempo desde su muerte, en realidad hasta que te conocí, no comprendí qué es lo que tenía con ella. Creo que fue más bien un escape a la rutina y, sí, quizá un poco mi forma de vengarme del inglés. Pero tenés que creerme si te digo que por vos siento algo muy distinto. Me enamoré de vos. Profundamente.
—¿Cómo voy a creerte? —Apoyó las manos en sus brazos, intentando mantener la distancia que necesitaba para pensar.
—Me vas a creer porque voy a dedicar toda mi vida a convencerte de ello. Te quiero a mi lado, siempre, siempre. Los días no tienen vida si vos no estás conmigo.
—Patrón. —Gaucho entró apresurado en la cocina—. Sus tíos están llegando y vienen con el inglés.
Armando no dejó que Rosa se separara de él.
—Acabemos con esto de una vez. Dile que te quedás conmigo y ya.

—No, Armando, no. —Él la miró sin entender—. Tú tienes un largo camino que recorrer ahora en la política. Hazlo, hazlo. Los dos necesitamos alejarnos un poco. Seguramente ambos estamos confundidos. Yo necesito tener un embarazo tranquilo. Quiero intentarlo con Frank, quiero darle una oportunidad a mi matrimonio.

Armando vio la decisión en los ojos de ella.

—Un año. ¿Me prometés que pasado ese tiempo, si sentís algo por mí te vas a entregar sin marcha atrás, sin más tiempo, sin dudas?

—Sí, Armando. Vamos a recibir a tus tíos y a Frank. —La presencia de Armando seguía alterándola, pero en su interior sabía el motivo. Era un amor no vivido y por eso mismo se mantenía vivo entre los dos. Pero estaba segura de que no lo amaba, al menos no como a Frank, no lo deseaba igual, no la llenaba igual. Armando era un hombre atractivo, con conversación, con encanto, pero era como el humo, cuando no estaba presente no se percibía, no de la misma manera.

Frank se sobresaltó al ver el vestido manchado de sangre de Rosa.

—No es mía —le aclaró Rosa rápidamente—, Armando se interpuso entre Elena y yo... Gracias a él estoy viva.

Rosa les explicó con más detalles lo que había ocurrido. Pedro y Teresa corrieron al lado de Elena. Ellos tres se quedaron a solas. Frank se acercó a Armando con la mano extendida, agarrando a Rosa por la cintura.

—Gracias por lo que has hecho, por proteger a mi mujer.

Armando le correspondió de mala gana.

—Te debo una disculpa, ahora sé que no fuiste vos quien mató a Anna. —Los dos hombres se miraron con recelo. La entrada del médico les ayudó a cortar aquella incómoda situación. Teresa y Pedro permanecían con Elena esforzándose en comprender cuándo y cómo había pasado todo aquello. Una locura transitoria, dijo el médico, un sentimiento de amor posesivo, de celos que se habían alojado en su cabeza de una manera equivocada.

Había pasado ya casi un mes cuando Frank y Rosa visitaron de nuevo a Teresa y Pedro. Elena seguía en Buenos Aires internada en una clínica de reposo. Confiaban que con el tiempo pudiera recuperar la cordura que parecía haberse alejado de su mente. En cierto modo, gracias a su locura, consiguieron que no la procesaran por asesinato y sustituyeran su castigo con el internamiento. Así aún tenían libertad para visitarla, y con el tiempo quizá pudieran tenerla en la casa por algunos períodos.

Rosa no preguntó por Armando, pero cuando los hombres se retiraron a la biblioteca, Teresa le habló de él.

—Se marcha ya definitivamente a Buenos Aires por una larga temporada. Va a preparar su carrera política, va a presentar su candidatura en el Parlamento y lo primero que va a hacer como político es pedir que Santa Cruz sea reconocida como provincia. Quién sabe, quizá sea el primer gobernador de la provincia.

—Lo conseguirá, él conseguirá todo lo que se proponga —respondió Rosa.

—Todo no. Me habló de lo que siente por vos. No estará completo hasta que vos no estés a su lado. —Teresa atrapó las manos de Rosa—. Elena ha arruinado su vida persiguiendo a un hombre que no la quiere ni la va a querer nunca.

Rosa la miró sin acabar de entender.

—No malgastés tu vida viviendo con un hombre si estás enamorada de otro. Adoro a Frank, pero él tampoco se merece esto.

—Lo sé. —Rosa se acarició la tripa—. Pero Frank merece una oportunidad.

—Tomá. —Teresa le entregó un sobre—. Armando me pidió que te lo diera.

Rosa alargó la mano y tomó el sobre, del que extrajo una nota: *¡Un año!* Simplemente decía eso. Rosa entendió, miró a Teresa pero no dijo nada, guardó de nuevo el papel en el sobre y lo metió en el bolsillo de la chaqueta. Para ella Armando siempre estaría ahí, escondido en un rincón, como les pasa a los amores no vividos, aquellos que siempre permanecen latentes, los que palpitan cuando los vuelves a ver.

Armando miró por última vez la casa antes de cargar la valija en el coche.

¡Tiempo, maldito tiempo! Le daría tiempo a Rosa para que tuviera a su hijo, un año, le avisó. Pues bien, ese año empezaba ya y después... después sería su tiempo. ¡Volvería a por ella! ¡Lucharía contra Frank y, si hacía falta, contra ella misma! «Entonces, entonces empezará lo nuestro», se dijo.

EPÍLOGO

Fue un sábado a las nueve de la noche cuando Átele vino al mundo. Era una niña de piel sonrosada, de hermosos ojos azules y un incipiente cabello rojizo. Rosa se empeñó en tenerla en la estancia, quería que su hija naciera en la Patagonia, en la misma casa donde estarían sus tierras, quería que sintiera cuál era su origen desde el mismo momento de su nacimiento. Cuando volvieron de Buenos Aires, Rosa lo hizo cargada de libros sobre la historia de la Patagonia, sus tribus, sus costumbres, y en la recta final de su embarazo pasaba las tardes enteras leyéndolos.

En un principio a Frank no le hizo mucha gracia la elección del nombre, hubiera preferido algo más inglés, no tan tehuelche. Pero hacía tiempo que se sentía incapaz de negarle nada a su pelirroja, sobre todo cuando se lo pedía con aquellos hermosos ojos verdes mirándole, moviendo sus carnosos labios que le incitaban a besarla.

En tierra de fuego

—Átele hace referencia a sus ojos, significa ojos azules claros como el agua. ¡Frank, mírala! No podemos llamarla de otra forma —le dijo.

Y cada día que pasaba él se convencía más del acierto. Se quedaba embobado mirándola, a sus dos meses pesaba ya seis quilos y medio. Frank estaba convencido de que Átele reconocía su voz cuando se acercaba a ella. Identificaba en ella el hoyuelo que Rosa tenía en la mejilla, y su pelo rojizo ya empezaba a rizarse. La quería.

Frank y Rosa aprovechaban el mediodía para dar largos paseos antes de comer, para que el bebé tomara el aire. En esos paseos Lanas solía correr alrededor de ellos buscando captar su atención, en clara competencia con la recién llegada. Después, tras la comida, los cuatro subían a la alcoba a descansar un rato, antes de que Teresa y Pedro, los «abuelos» cercanos vinieran, como casi cada día, a visitar a Átele y comprobar cuánto había crecido desde el día anterior.

La alcoba los recibió con la tenue luz rojiza que los pequeños troncos despedían en la chimenea, avisando a la primavera que les acercaba al tímido verano que les ofrecía El Calafate. Mientras Frank se encargaba de acunar a Átele y comprobar cómo se dormía, Rosa se dirigió al guardarropa para colgar las chaquetas. Al tomar la suya recordó la última vez que la usó. Fue en su visita a Pedro y Teresa, cuando esta le entregó la nota de Armando. Puso la mano en el bolsillo derecho y sacó el pequeño sobre.

—¿Qué tienes ahí? —le preguntó Frank acercándose a ella.

—Nada —contestó ella—, algo que ya no necesito recordar. —Rosa apretó el puño arrugando el sobre. Lo hizo con fuerza, y con una clara decisión lo lanzó al fuego. Se quedó mirando cómo las llamas lo consumían ávidamente.

—Rosa. —La voz de Frank sonó íntima, cercana. Le pegó los labios al oído y notó cómo se estremecía.

Los ojos de ella se encontraron con los de él.

—No me mires así, Frank —le pidió Rosa. Todavía conseguía azorarle. Él estaba frente a ella, observándola con su penetrante mirada, haciendo que una corriente de deseo se encendiera en su interior. Rosa le cerró la boca con sus labios. Lo besó con empeño, con ganas, con hambre, él la abrazó para que se pegara más su cuerpo.

—Me enloqueces —le dijo Frank mientras se embriaga de la fragancia a naranjo amargo que emanaba de su piel.

Miró a su alrededor: Átele dormía, Lanas estaba desparramado sobre la alfombra ante la chimenea y tenía a Rosa entre sus brazos. Todo lo que le importaba realmente estaba allí, en aquella alcoba.

—Frank —Rosa levantó la cabeza.

—Dime.

—No, nada importante, que te quiero.

AGRADECIMIENTOS

Publicar por primera vez una novela significa adentrarse por un camino desconocido, pero el contar con amigos a uno y otro lado del recorrido ha hecho que esta sea una experiencia apasionante. Por ello mi agradecimiento a los amigos que leyeron mi primer manuscrito, por sus aportaciones y ánimos: Maribel, Ignasi, Montse, Pedro, Fina, Pepe y Ángel.

A Laia por esas mañanas de domingo. A Mª Carmen por estar siempre para mí, a Virgilio por su paciencia y sentido del humor y a Pilar, por los buenos ratos que hemos pasado hablando de Frank y Armando.

A Miguel, por ser un apoyo incondicional y, por supuesto, a mi familia.

Y cómo no, a todo el equipo de profesionales de Harlequin Ibérica, que nos han mimado tanto, a mis personajes y a mí, desde el primer momento, por su confianza y apuesta por este proyecto.

Por último a los que harán que esos personajes cobren vida una y otra vez en su imaginación: los lectores, que son los que realmente dan sentido a esta locura tan bonita que es escribir.

Mayelen Fouler

Últimos títulos publicados en Top Novel

Entre las azucenas olvidado – GEMA SAMARO
Cierra los ojos… – SUSAN WIGGS
Más allá del odio – DIANA PALMER
Historias nocturnas – NORA ROBERTS
Vacaciones al amor – ISABEL KEATS
Afterburn/Aftershock – SYLVIA DAY
Las reglas del juego – ANNA CASANOVAS
Luz de luna – ROBYN CARR
Cautivar a un dragón – LIS HALEY
Damas y libertinos – STEPHANIE LAURENS
Spanish lady – CLAUDIA VELASCO
Mi alma gemela (Mo anam cara) – CAROLINE MARCH
Corazones errantes – SUSAN WIGGS
Cuando no se olvida – ANNA CASANOVAS
Luces de invierno – ROBYN CARR
Nada más verte/Nunca es tarde – ISABEL KEATS
Amor en cadena – LORRAINE COCÓ
Una rosa en la batalla – BRENDA JOYCE
Tormenta inminente – LORI FOSTER
Las dos historias de Eloisse – CLAUDIA VELASCO
Una casa junto al mar – SUSAN WIGGS
El camino más largo – DIANA PALMER
Melodías – NORA ROBERTS
Donde empieza todo – ANNA CASANOVAS
Un lugar escondido – ROBYN CARR
Te quiero, baby – ISABEL KEATS

www.ingramcontent.com/pod-product-compliance
Lightning Source LLC
LaVergne TN
LVHW030334070526
838199LV00067B/6269